沉醉红楼

给红楼的美人
美食配瓶美酒

蕙馨斋 著

北京出版集团
北京出版社

图书在版编目（CIP）数据

沉醉红楼 / 蕙馨斋著. — 北京：北京出版社，2022.4
ISBN 978-7-200-16820-4

Ⅰ.①沉… Ⅱ.①蕙… Ⅲ.①《红楼梦》—文学欣赏 Ⅳ.①I207.411

中国版本图书馆CIP数据核字（2021）第250366号

责任编辑：张晨光　张　颖
责任营销：猫　娘
责任印制：燕雨萌
装帧设计：思梵星尚

沉醉红楼
CHENZUI HONGLOU

蕙馨斋　著

*

北 京 出 版 集 团
北 京 出 版 社 　出版
（北京北三环中路6号）
邮政编码：100120

网　　址：www.bph.com.cn
北 京 出 版 集 团 总 发 行
新 华 书 店 经 销
武汉市首壹印务有限公司

*

889毫米×1194毫米　32开本　12印张　332千字
2022年4月第1版　2022年4月第2次印刷
ISBN 978-7-200-16820-4
定价：68.00元
如有印装质量问题，由本社负责调换
质量监督电话：010-58572393

作者简介

蕙馨斋,原名程静。工商企业管理硕士,国际葡萄酒市场营销与管理学博士,中法两国首位同时荣获圣爱美隆和汝拉德骑士勋章的中国女企业家。现旅居法国,拥有法国中级葡萄酒名庄砾石堡(château l'estran),酷爱中外古典文学,尤其钟情于《红楼梦》,已出版《漫品红楼》《贾琏传》《探春传》《红楼职场》等作品。

前 言

2020年、2021年,将近两年的时间,法兰西的新冠疫情一波接着一波,一浪高过一浪,禁足令、宵禁令,层出不穷,哪儿都去不了,我这样手脚闲不住的人更是倍感百无聊赖,偶然念及红楼美食,欲整理久矣,却始终因为诸般杂事,未能如愿。常有友人咨询如何配酒,又有伙伴多次建议写本关于葡萄酒的书,一直未有合适的切入点,如今天赐良机,不可辜负,不如将我所钟爱的《红楼梦》中的美食抑或众生配上一款合适的美酒。

美食、美酒、美文,乃至美人,皆为知音而生!故也不必局限于葡萄酒,兴之所至,想到什么酒便是什么酒,管它是红是白,是黄是粉,合适便好。即便你是个酒场小白,看完此书,亦不必再为如何配酒而烦忧了!边喝美酒边品红楼,岂不有趣?!于是又仔细复读《红楼梦》,细检入册,谨供同好者赏玩。本书特与《红楼梦》原著章回一一对应,以方便诸君对照查阅,更增意趣。

　　时间充裕，心定神宁，正宜精雕细刻、字斟句酌。然水平有限，虽反复审校修订十二个回合，恐仍有疏漏不足之处，还望诸君海涵。

目录

第一回　　甄士隐的中秋宴 / 1

第二回　　贾雨村冷子兴和普罗旺斯粉红酒 / 4

第三回　　贾赦和 82 年拉菲 / 7

第四回　　薛文龙和慕尼黑啤酒 / 13

第五回　　神仙的宴席 / 15

第六回　　王狗儿和烧刀子 / 27

第七回　　宁国府的酒局 / 30

第八回　　薛姨妈的款待 / 35

第九回　　兄弟情与干邑白兰地 / 38

第十回	张医生与干红 / 43
第十一回	贾敬的寿宴 / 45
第十二回	贾瑞和绿茶威士忌 / 50
第十三回	香菱与苏玳贵腐甜白 / 53
第十四回	北静王 & 贾宝玉和龙舌兰莱伊925 / 57
第十五回	水月庵的馒头 / 60
第十六回	贾琏的接风宴 / 63
第十七回	稻香村和杏花村 / 66
第十八回	甜品配酒小窍门 / 68
第十九回	元妃赐食 / 75
第二十回	凤姐的邀请 / 77
第二十一回	"绝代双娇"与伏特加 / 80
第二十二回	薛宝钗的生日宴 / 83
第二十三回	诗酒茶 / 86
第二十四回	倪二与伏特加 / 94

第二十五回	王子腾夫人的寿宴	/ 98
第二十六回	薛蟠的生日宴	/ 109
第二十七回	冯紫英与人头马 XO	/ 113
第二十八回	林红玉和赤霞珠	/ 120
第二十九回	贾母和高蒙达瑞亚	/ 124
第三十回	生气要喝莫吉托	/ 130
第三十一回	粽子如何配酒	/ 139
第三十二回	表白专用酒	/ 142
第三十三回	贾政和白诗南	/ 145
第三十四回	宝姐姐和葡萄酒女皇	/ 150
第三十五回	荷叶莲蓬汤配霞多丽干白	/ 156
第三十六回	薛姨妈的寿宴	/ 158
第三十七回	玛瑙碟子和掐丝盒子	/ 164
第三十八回	合欢花酒	/ 168
第三十九回	刘姥姥的野味	/ 170

第四十回　　刘姥姥的篾片生涯（一）　/　175

第四十一回　　刘姥姥的篾片生涯（二）　/　177

第四十二回　　刘姥姥的篾片生涯（三）　/　180

第四十三回　　凤姐的生日宴（一）　/　184

第四十四回　　凤姐的生日宴（二）　/　188

第四十五回　　林黛玉和薛宝钗　/　191

第四十六回　　鸳鸯和伏特加汤尼　/　195

第四十七回　　赖尚荣的升职宴　/　203

第四十八回　　薛家兄妹　/　211

第四十九回　　芦雪庵聚会（一）　/　218

第五十回　　芦雪庵聚会（二）　/　220

第五十一回　　芦雪庵聚会（三）　/　224

第五十二回　　贾宝玉的早点　/　231

第五十三回　　贾府年宴（一）　/　235

第五十四回　　贾府年宴（二）　/　239

第五十五回	大观园里的工作餐	/ 242
第五十六回	平儿和甄宝玉	/ 247
第五十七回	邢岫烟与阿尔萨斯雷司令	/ 254
第五十八回	火腿鲜笋汤和马尔堡长相思	/ 262
第五十九回	杏癍癣(一)	/ 264
第六十回	杏癍癣(二)	/ 266
第六十一回	开小灶	/ 271
第六十二回	四美生日宴	/ 274
第六十三回	怡红夜宴	/ 278
第六十四回	贾琏和智利坏小子	/ 281
第六十五回	小花枝巷的威士忌	/ 285
第六十六回	尤三姐和俄罗斯伏特加	/ 292
第六十七回	伙计们与江小白	/ 297
第六十八回	尤氏母女	/ 303
第六十九回	尤二姐和柯梦波丹	/ 309

第七十回　　　贾探春和王子腾之女 / 312

第七十一回　　贾母寿宴 / 316

第七十二回　　贾雨村降职和王熙凤的梦 / 323

第七十三回　　婆子们和散装黄酒 / 326

第七十四回　　紫鹃和小Y / 329

第七十五回　　中秋夜宴 / 334

第七十六回　　史湘云与酩悦香槟 / 340

第七十七回　　人参养荣丸 / 345

第七十八回　　贾兰和砾石堡 / 350

第七十九回　　薛大少婚宴上的桂花酒 / 361

第八十回　　　夏金桂与假酒 / 365

后记　　　　高鹗续书与酒瓶子 / 368

第一回

甄士隐的中秋宴

原著回目为"甄士隐梦幻识通灵　贾雨村风尘怀闺秀"

虽然本回出场的都是书中极重要的引子式的人物，一个甄士隐（真事隐），一个贾雨村（假语村言），可是对美食美酒的描写却十分寡淡，只说是中秋佳节甄士隐设下杯盘酒席，可是到底他请贾雨村吃了什么、喝了什么，不过一句话便轻轻带过："那美酒佳肴自不必说。"

想来不过是些鸡鸭鱼肉之类寻常之物，曹公自己也懒得细说。喝的想必是寻常黄酒抑或老白干之类的，毕竟人家甄老爷是刚和家人吃完中秋团圆饭的，这一桌实在是为了给贾雨村这个穷小子解解馋的。

不过若是论配鸡鸭鱼肉之类的硬菜，加之贾雨村的体格又是属于雄壮型的，生得"腰宽背厚，面阔口方，剑眉星目，直鼻权腮"。这样的相貌配上一桌子硬菜，来瓶波尔多（Bordeaux）干红也不是不可以的。一则与此刻中秋主题贴得上，这波尔多红酒放在什么团圆、喜庆之类的宴席上还是十分应景的；二则也和贾雨村此刻怀才不遇、离乡背井的心境合拍，正所谓："葡萄美酒夜光杯，欲饮琵琶马上催。"有几分逍遥，带些许惆怅。不过最好是年份不太老的新酒，单宁略显强劲，入口略显青涩，配上那晚的鸡鸭鱼肉，正好可以化解油腻，且迅速软化柔顺。如此，雨村喝下一口，无论是吟诵"玉在椟中求善价，钗于奁内待时飞"还是"天上一轮才捧出，人间万姓仰头看"，都不错，很顺！酒菜搭配，最要紧的便是一个"顺"字。看着顺眼，喝着顺口，这宴席方能吃得顺心、顺意！

想必读者诸君中一定有懂酒的"高手高手高高手"，但是万一有葡萄酒小白在呢？所以请容在下先简单科普一下什么叫作单宁。简而言之，单宁就是葡萄酒中所含有的一种酚类化合物，一般是由葡萄籽、葡萄皮以及梗浸泡发酵而来。橡木桶的存储也可以为葡萄酒添加单宁，不过主要来源是葡萄皮，所以白葡萄酒里是没有单宁的，因为白葡萄酒是要去了皮酿造的。如果红葡萄酒里缺少单宁，喝起来就会觉得口感轻薄，博若莱酒（Beaujolais）最具代表性。据有关专家说，单宁这玩意儿对于心脑血管疾病的预防效果比较好。不过在下以为，吃喝这种事情，各有所好，全凭自己心意，不必时时谨遵专家所言。何况专家的话也并非一成不变，各种新的养生学说也是日新月异。所以，您自己感觉舒适最最重要！

第二回

贾雨村冷子兴和普罗旺斯粉红酒

原著回目为"贾夫人仙逝扬州城　冷子兴演说荣国府"

这一回的故事情节写得就比较热闹了，借冷子兴之口把宁荣二府要紧的人物基本上都概述了一遍。可惜的是，对于吃喝依旧是需要读者有点想象力才行。

因为"有贪酷之弊，且又恃才侮上"而被革职的贾雨村游逛至扬州城，听说盐政老爷林如海要为独女林黛玉招聘一名家庭教师，于是便设法"谋"到了这个岗位。可是由于林黛玉她妈贾敏病逝，林黛玉"哀痛过伤，触犯旧症"，又旷课了，贾老师闲来无事便外出溜达溜达，其本意是要到"那肆中沽饮三杯，以助野趣"，这场地想来应该属于大排档级别的，吃的估计是类似孔乙己所食之茴香豆之类吧，也许还能有个豆腐干抑或煮干丝什么的，毕竟是淮扬菜系嘛。那扬州地界，无论大小饭馆，煮干丝都是必备菜。

贾雨村在小酒馆内偶遇京中旧相识冷子兴，也就是王夫人的陪房周瑞家的女婿。二人所喝的无外乎黄酒与白酒，但其实给他们来杯普罗旺斯的粉红酒也不是不可以的。无论是颜色还是粉红酒清淡新香的气味，和浅绿色隐约散发出些许青草气息的茴香豆都很和谐。而且正好贾雨村和冷子兴二人聊完喝完并不曾用正餐便散了，这杯粉红酒便只当是餐前开胃酒好了。且普罗旺斯的粉红酒产量占法国粉红葡萄酒总产量的45%左右，价钱从高到低应有尽有，出现在路边小酒肆内也很正常。

千万别觉得贾雨村和冷子兴两个糙汉子和粉红酒压根儿就不搭，要知道粉红酒可不仅仅只有想象中的公主粉那一种颜色，其色泽深浅不一，有淡粉、深粉，甚至还有三文鱼色、深橘色，等等，选择余地很大的。而且切莫忘了人家冷子兴的职业——古董商，那是玩细活的。除了冷子兴，贾政的门客程日兴也是个古董商，而且还是个画仕女图的高手。惜春奉贾母之命为刘姥姥作画时，贾宝玉就曾举荐过他，说他的"美人是绝技"。所以这古董行可真是个藏龙卧虎之地呢！甭管是糊弄人，还是防着被人糊弄，他们都得学点真本事傍身。况且冷子兴也是书中引子式的人物之一，脂砚斋于原著本回前注曰："此回亦非正文本旨，只在冷子兴一人，即'冷中出热，无中生有'也。"更是"欲知目下兴衰兆，须问旁观冷眼人"所指的"冷眼人"。

更何况贾雨村也是个文化人呢！倘若贾雨村没两把刷子，自然不可能一考即中，也不可能受到甄士隐的厚爱，后来更是深得林如海、贾政以及王子腾的赏识。而且这会子人家为了论证贾宝玉的天赋异禀，从三皇五帝、王公将相讲到高人逸士、走卒健仆、奇优名倡，将忠奸善恶说了个遍。所以，给他们两位上一瓶粉红酒也不算是委屈了这酒。

当然作为一瓶酒，它在乎的肯定不是谁喝，而是谁是它的配菜。

老外喜欢用橄榄、蒜头、土豆沙拉或者是山羊奶酪之类的俗称地中海式的菜来配普罗旺斯粉红酒。怎么样，是不是觉得和我们的茴香豆、花生米、豆腐干、海带丝有异曲同工之妙啊？所以，放心配吧，没毛病。

第三回

贾赦和82年拉菲

原著回目为"托内兄如海酬训教　接外孙贾母惜孤女"

其实对于林如海送女入京这事,在下一直都有些难解的心结。原著中明明交代林如海夫妻无子,虽曾有个儿子,但三岁就夭折了,如今只有一个嫡妻贾氏所生之女林黛玉,"故爱女如珍"。贾敏死后,林如海对于女儿的未来是有明确的计划和安排的:"意欲令女守制读书。"也正因如此,贾雨村才得以继续留在林府。可是当林如海一听说贾雨村想要进京谋取职务时,立刻就说:巧了!他也正打算要送女儿进京投靠外祖母呢!而且连出发的具体日期——"正月初六"都已拟定。更为稀奇的是,林如海居然连贾雨村的举荐信都早"预为筹画至此,已修下荐书一封"。因此这黛玉进京,似乎不是贾雨村依附林黛玉而行,而是为了给贾雨村进京投奔贾政找一个合适的借口。

虽说贾雨村是林黛玉的家庭教师，可是也只不过"堪堪一载的光景"。这份工作对于贾雨村而言，"只一个女学生，并两个伴读丫鬟，这女学生年又极小，身体又极怯弱，工课不限多寡，故十分省力"。哪里就到了林如海口中所形容的那样若不尽心图报，便难以心安的程度！可是在原著中，他不但给贾雨村写了举荐信，连京中周旋的费用也都全包了。若说林如海财大气粗吧，可是他的宝贝女儿进京的时候居然只带了一个奶娘和一个十岁的小丫头，实在是寒酸得很。哪怕是把那两个伴读的小丫鬟都带上，一左一右，后面再跟个奶娘，看着也威风些。

不管怎么说，总算是把书中的女主角送入了未来的重要活动场所——贾府。林黛玉虽然是书中的女主之一，又是贾母的心肝宝贝，但估计是因为她一进贾府时的年纪实在是太小了，不宜饮酒，所以这第一餐并无美酒相迎。因为按照原著，贾府是不存在未成年人禁酒这一说的。为什么说并未饮酒呢？只因书中交代："寂然饭毕。"古今中外都一样，哪有喝酒的场合还能"寂然"呢？

至于菜肴，书中并未交代，倒是说了一大堆贾府这种老牌贵族之家的用餐礼仪。诸如贾母吃饭的时候，作为儿媳妇或孙媳妇的王夫人、王熙凤、李纨是不能入席的，全都站在边上做服务员，反而是未出阁的姑娘们可以坐下来陪着一起吃饭。当然举办宴席的时候就另当别论了。不过由此也可以看出，贾母并未因林黛玉的到来而特别设宴款待，不过是跟着一起吃个家常便饭而已。然而，即使是家常便饭，人家贾母她老人家可是在大厨房里把天下所有的菜蔬用水牌写了，天天转着吃的，只不知道这一餐翻到哪张牌子了。

不过我以为大厨房还应该再列一份天下所有美酒的酒水单出来配套才好。别以为老人家就不必饮酒了，其实每餐少喝些清酒、黄酒、干红、干白都不错，可以防止脑血栓，减少老人斑。尤其是白葡萄酒，其中的酒石酸钾、硫酸钾、氧化钾的含量都比较高，还可促进排尿，防治水肿，帮助维持身体的酸碱平衡。不单贾母应该喝，王夫人、邢夫人这类中年妇女都应该每天喝一点。至于林妹妹嘛，还小呢，别急，有她喝的时候。

其实原本林黛玉去拜见她的大舅贾赦时，她的大舅母邢夫人倒是真心想要留她吃晚饭的，但是因为林黛玉还要去拜见二舅贾政，所以没有留成。不过，我倒是十分好奇：倘若林黛玉留在贾赦处用餐，那么邢夫人会拿什么样的美食来招待她呢？会上酒吗？难说。看得出来，邢夫人这会子一心想要讨好林黛玉。这也难怪，且撂开王夫人的娘家哥哥王子腾不说，人家王夫人不但有在宫中当差的女儿，还有儿子和孙子，身边更有娘家的侄女王熙凤相助，而邢夫人呢？娘家不值一提不说，和贾赦也一无所出。如今，眼见林黛玉两眼一抹黑地来到贾府，老太太又是这样喜欢她，岂不正是拉拢人心、邀好贾母的好时机？因此，邢夫人留黛玉吃饭那是"苦留"，是真心想要留饭，可不是嘴上虚让假客气哦！所以假如林黛玉真留下来用餐，保不准邢夫人为了显示其诚意和隆重，会特地拿瓶82年拉菲（Lafite）之类的出来镇镇场面呢。

传说中的82年拉菲最有可能出现在贾赦的小别院里。原因很简单，就冲他惦记石呆子那几把古扇的劲儿，名头这么响亮的82年拉菲，他要不搞几瓶放在家里才怪！对于贾赦之流而言，懂不懂、喝不喝的并不重要，重要的是有没有。

盛名之下，其实难副，因为陈年葡萄酒的好坏根本就不能以那个年份的整体评分来作为衡量标准。每一瓶酒离开了酒庄以后，就像每一个独立的人一样，各自开始了自己独有的旅程，谁也不清楚自己拿在手上的这瓶酒经历了什么，目前的存放环境如何，温度、湿度是否都刚刚好。更别说开瓶者的技术如何，饮用者是否真的懂酒，是否知道最恰当的适饮温度之类的问题了。所以，如果您真有一瓶82年拉菲，真心建议您就别开了，放着装装门面、唬唬人吧，免得失望，又或者因为哪个环节操作不当而暴殄天物！

顺便科普一下葡萄酒存放的四要素：

一、恒温，12℃～18℃。

二、恒湿，60%～70%。

三、避光，主要是避太阳光。太阳光的光线中有紫外线，会对葡萄酒造成污染，从而破坏其味道与口感。这也是市面上大多数葡萄酒瓶都是棕色的缘故。据有关专家研究，因为棕色玻璃瓶可阻隔大约90%的紫外线以及蓝色光谱范围内的光线。当然也有绿色的酒瓶，但据说绿色玻璃瓶只能阻隔50%的光线。而透明的酒瓶就更差了，只能阻隔10%的紫外线。到底能阻隔多少，坦率说，我是真不知道。我所知道的是，棕色的酒瓶比绿色的贵，透明的瓶子最便宜，因为这关系到酒庄日常的成本核算。从这个角度看，我想这回专家说的应该是对的。不然棕色的酒瓶凭什么最贵？不过呢，也并不绝对，比如人家拉菲就比较喜欢用绿瓶子。因此，千万别以包装好坏来衡量酒的品质优劣。

四、避震。这个容易理解，运输过程所产生的震动是对葡萄酒的影响最大的，因此在汽车后备厢中存酒的做法是绝对不可行的。

不过，像贾赦这样的人，他本人懂不懂酒真的无所谓，因为会有一堆贾雨村之流的人替他想好所有的注意事项，完全不必担心82年拉菲在他那儿得不到最恰当的礼遇。

第四回

薛文龙和慕尼黑啤酒

原著回目为"薄命女偏逢薄命郎　葫芦僧乱判葫芦案"

说到薛文龙,有的读者可能会有点发蒙,但是提到薛蟠可就无人不知、无人不晓了。薛蟠,薛大少,表字文龙。应天府小红书上抄录的四大家族之一"丰年好大雪,珍珠如土金如铁"的紫薇舍人薛公之后。

如果考虑到薛大少的脾气秉性、整体素质,其实啤酒抑或二锅头是最合适的,图个"爽"字即可。不过,最好别让他喝二锅头,醉了容易闯祸。没准儿冯渊事件便是酒后肇事呢!所以还是喝啤酒吧。原麦芽汁浓度10°～20°,酒精含量在3.5%以上,一时半会儿的醉不了。

不过薛大少家中有百万之富,又领着内帑钱粮,挂着皇商的名头替宫中采办杂料,有的是金银珠宝,不差钱！所以即便是国产啤酒也不错，但估计薛大少肯定是不会喝的，所以怎么也得来点德国的黑啤吧？而且还得是慕尼黑啤酒。黑褐色抑或咖啡色的酒液，扑鼻的麦芽焦香味，就着杯中浮着的厚厚的泡沫闷上一大口，嗯，就一个字：爽！再咬上一大块德国黑森林的咸猪手，脆皮的，嗯，两个字：快活！这样的组合，想来肯定特合薛大少的胃口。

当然，薛大少也并非时时刻刻都是粗线条的。到了贾府除了日日与族中习性相近者成群结党地会酒观花、聚赌嫖娼外，人家也还是有讲究吃喝的时候的，也会哼个诗、行个令之类的。这些后文另有交代，本回暂且不表。咱们且随着曹公叙事的思路一回一回慢慢往下看。

这一回呢，曹公主要是想将甄士隐的女儿甄英莲成功送入贾府，小姑娘虽然在警幻仙姑的排行榜上身居副册，但人家的美貌却是丝毫不逊色于钗、黛的。秦可卿乳名兼美，即兼具钗、黛二人之美，既有宝钗的鲜妍妩媚，又有黛玉的袅娜风流。而甄英莲则大有秦可卿之神韵，自然也是个美人了。不然那冯渊本是个同性恋者，怎么能只看了她一眼便连性取向都改了？！

第五回

神仙的宴席

原著回目为"灵石迷性难解仙机　警幻多情秘垂淫训"

既然是神仙的宴席,自然不可能明白告诉你我,吃的到底是红烧鸡还是清蒸鸡,喝的到底是红酒还是白酒了!只是叫你我知晓,警幻仙子打算请贾宝玉吃饭,一帮子小仙女忙着张罗桌椅碗筷,摆设美酒佳肴。至于那肴馔如何之盛,怎能明说?!就跟菩萨不能轻易开口是一个道理,开口了就是凡夫俗子了。

看到此处,不知诸位是否发现一个问题:除了警幻仙姑,为什么这些太虚幻境的仙子竟都称贾宝玉为"浊物"?如果按照各路专家学者所言,贾宝玉乃是神瑛侍者下凡的话,那么这些小仙子怎么敢称他为"浊物"呢?而且还说他"污染"了神仙之境?原著中还有一个与"浊物"相对应的称谓——"蠢物",指的乃是那块被遗弃在大荒山无稽崖青埂峰下无材补天、自怨自叹、日夜悲啼的顽石。所以这贾宝玉究竟是哪路神仙，这里且卖个关子。诸君若有兴致，可将拙作《贾琏传》找来一阅，在下将谜底写在那本书里了。眼下只论这顿神仙的宴席。"琼浆满泛玻璃盏，玉液浓斟琥珀杯"，这顿宴席的滋味究竟如何，您就放开胆子往美里想吧！怎么想都不过分。

不过，对于酒，人家仙子是说了名字的，叫作"万艳同杯"（万艳同悲），正好和茶名凑成一对——茶曰"千红一窟"（千红一哭）。酒的配方比较独特，乃是以百花之蕊、万木之汁，又加了麟髓凤乳酿制而成。虽是一杯荤酒，闻上去却是清香甘洌。这大约算是一款老白干香型的白酒吧？老白干香型的白酒因为其生产工艺相对独特，所以具备清香秀雅、醇厚丰柔、甘洌爽净的特点。

当然，曹公写这一回的目的不是为了吃喝，而是要把金陵十二钗以及几个俏丫头的命运做成谜语，提前公布于众。那么若是将这十二钗都比作一种美酒，那分别该是哪一种最为合适呢？

我们就先从贾府四美说起吧。

首先是大姑娘贾元春。她的官方身份是凤藻宫尚书加封贤德妃，在家排行老大，所以葡萄酒王罗曼尼·康帝（Romanée-Conti）非她莫属。

罗曼尼·康帝是法国最顶尖的葡萄酒园，同时也是毫无争议的世界顶级的红葡萄酒园之一，它仅凭一己之力就将勃艮第（Bourgogne）产区的地位提升到和号称葡萄酒世界之都的波尔多并驾齐驱。这种酒选用号称是世界上最好的夜丘黑皮诺酿造，生长过程特娇贵，产量还低，关键是有钱都未必买得到，因为酒庄压根儿就不单独销售，通常是买12瓶酒庄其他园区的酒，里面才搭售一瓶罗曼尼·康帝。对，就是这么巧，也是12。从酒庄发出的葡萄酒通常来说有两种，一种是6瓶装，一种是12瓶装。既然是配额销售，当然是要选12瓶的大包装了。这样不仅看着更气派一些，和元春的身份也更搭。

二姑娘贾迎春，是贾赦的小妾所生，性格懦弱，人稍稍多一点的场合她的存在便如同空气一般，像极了法国博若莱酒。这种酒同样产于勃艮第大区，而且还是法国唯一使用佳美（Gamay）葡萄酿造的，但是因为其生命力太过脆弱，酿造出来以后根本不能久存，最好是当年酒当年喝，所以一直以来只能在低价区徘徊。其实对于爱好葡萄酒的入门者来说，这种酒是个不错的选择，口感清新，果香较重，单宁含量很少，还适合冰镇饮用，配菜也不太挑剔，很实用。

三姑娘贾探春则更像是一款西班牙的酒，不断创新，积极进取。佩内德斯（Penedes）产区以赤霞珠（Cabernet Sauvignon）单品酿造的干红甚至还曾在某届葡萄酒奥林匹克大赛中，打败过波尔多一级庄拉图（Château Latour）和奥比昂（Haut-Brion）。西班牙的长相思（Sauvignon Blanc）白葡萄酒更是以其清新明快、富含矿物质风味的特色在全球范围内独树一帜。可惜，法国葡萄酒的世界王者地位坚若磐石，凭你西班牙酒再怎么折腾，出身是其永远的痛，就像一瓶酒的瓶标一样，永远贴在身上，即便是粉身碎骨，也不能超越法国酒在人们心目中的地位。"姨娘养的"这四个字同样是探春身上永远撕不掉的标签。

四姑娘贾惜春宛如江南人酿制的米酒，散装的，从缸里拿竹筒舀出来就喝，清新淡薄，入口绵软，有丝丝甜意，但是你若是因此轻视了它，把它当成米汤来喝，没准就能被它给放倒了。抄检大观园时，惜春为了趁机摆脱宁国府的阴影，不惜牺牲自己的贴身大丫头入画，还将嫂子尤氏数落了一顿。尤氏原以为惜春年幼，平时又并不拔尖，谁想竟被她气得够呛，却还不好发作，只得忍了。惜春的性格，真是像极了这土制的米酒。

巧姐也是贾府的姑娘，但比四春要晚一辈，虽被纳入十二钗之列，但在书中前八十回并没有什么要紧的戏码，不过是为了和刘姥姥的外孙子王板儿将来相配埋下了几处伏笔而已：一是刘姥姥和王板儿一进荣国府的首站便是巧姐的卧室；二是巧姐的柚子换了板儿的佛手；三是巧姐之名乃刘姥姥所起，取其"巧"字，希望她长大以后"成家立业，或一时有不遂心的事，必然是遇难呈祥，逢凶化吉"，皆从这个"巧"字上来。所以这个前八十回里的巧姐，咱们便只当她是夜总会里小瓶装的啤酒好了，可喝可不喝，喝了也不过是烘托个气氛。但是有一点，只因是夜场里卖的酒，所以身价可不低，挺贵。

接下来再说贾府的媳妇们。理所当然，要从老大贾珠的媳妇李纨说起。李纨就像一坛永远被埋在土里的女儿红，凭你有多香，从来无人知。李纨槁木死灰的外表下，没有人知道她内心的真实想法。李纨情绪失控抑或是无意间泄露情感，在书中仅有三处：

第一处是贾宝玉挨了贾政一顿猛揍，王夫人心疼至极，痛哭不已，不料哭着哭着竟想起了大儿子贾珠，于是便开始哭喊贾珠。李纨听见，哪里还控制得住，于是跟着王夫人一起放声大哭。

第二处则是史湘云开菊花社，薛宝钗赞助大螃蟹，大伙儿吃喝玩乐，无不尽兴。李纨自然也没少喝，结果见了平儿，心有所感，酒后便露了真情，无限怀念贾珠，说着说着便滴下泪来。

这第三处则是在寿怡红群芳开夜宴之时，李纨不但出人意料地来参加了这场完全无视规章制度的史无前例的秘密夜Party，而且当林黛玉提出当家的不以身作则以后难以服众时，兴奋的李纨竟然一时忘情，随口便说："这有何妨？一年之中不过生日、节间如此，并无夜夜如此，这倒也不怕。"

因此李纨这坛女儿红，纵然是芳香扑鼻，也只能长埋于地下，无人品尝。

李纨之后，自然该说妙玉了。在下一直认为，妙玉是贾珠未过门的媳妇。读者诸君若有兴趣了解详情，可参阅拙作《漫品红楼》《贾琏传》《探春传》，其中对此皆有描述。因为没有过门,只是娃娃亲而已,因此这里将其排在李纨之后。

把妙玉比作日本清酒,那是再恰当不过了。名为清酒,实则本是浊酒,正与妙玉"欲洁何曾洁,云空未必空"的命运相吻合。而且清酒也最宜与寿司、刺身等生冷食物相配,与妙玉冷漠的外表也很相宜。

然后便是威风八面的琏二爷的媳妇、荣国府当家奶奶王熙凤了。再没有比设拉子(Syrah)酿造的葡萄酒更像王熙凤的了,除了具备紫罗兰、黑莓、巧克力以及咖啡的气息,最特别的是它含有黑胡椒的味道,陈酿以后还会出现皮革和松露的气息。这种酒喝起来口感辛辣,单宁强劲,没两把刷子还真驾驭不了,与"凤辣子"真是天生绝配呢!

秦可卿也是贾府的媳妇,不过是孙子辈的,而且来历还不太明白,是其父从养生堂里抱来的孤儿,但她却是贾母众孙媳中第一个得意之人。有以研究曹公家世来解读《红楼梦》的学者认为秦可卿乃是某个废太子之女,所以才深得贾母宠爱。在下是不太赞成此等说辞的,因为小说就是小说,论书中人物时,咱们大可不必非得将其人生拉硬拽地拖出剧本。

那贾母思想开放,不倚势凌人,也并非只对秦可卿一人。清虚观打醮,她托张道士为贾宝玉留神亲事时就曾明确表示:"不管他根基富贵,只要模样儿配的上就罢了,来告诉我。便是那家子穷,不过给他几两银子也罢。也只是模样儿性格儿难得好的。"正如民间老百姓所说的:"娶媳妇管他穷与富干吗?人品好就行。买猪不买圈。"话虽糙,可所表达的心意倒是和贾母一般无二。再有贾母八旬寿庆时,族里的穷亲戚家有两个女孩子喜鸾和四姐儿。贾母见她二人生得好,且说话行事与众不同,心中喜欢,便留她俩住下玩几天再走,晚上临睡前还让鸳鸯去各处打招呼,唯恐家里那帮势利小人委屈了两个小姑娘。至于贾母对待薛宝琴就更不必说了,而薛宝琴家也是早已衰败不堪了。她老人家可不是为了讨好王夫人或者薛姨妈才对宝琴好的,根本没必要,老太太就是喜欢年轻漂亮、聪明伶俐的小姑娘。这秦可卿不但人长得袅娜纤巧,为人处世还温柔平和。其实从这一点上也可以看出,女孩子性情中的"平和"二字,是深受贾母赏识的。贾母之所以特意给薛宝钗过生日,也是因为"喜她稳重平和"。

此外,在原著本回的结尾处曹公还故意点破秦可卿便是警幻仙子的妹子,乳名兼美。脂砚斋更于此处批注:"妙!盖指薛、林而言也。"贾母怎能不将她作为众孙媳中第一个得意之人呢!此人还于贾宝玉的梦中做了他的性启蒙者。最后可能是因为与公爹贾珍的奸情败露,也可能还有其他不得已的缘由,自缢于天香楼内。一款贵腐酒(La Pourriture Noble)非她莫属。酿制这款酒所用的葡萄最大的特点是:葡萄受到感染穿孔,但又不全部腐烂,对于气候条件的要求十分苛刻,因此这种葡萄的产量极低,所以酒价亦不菲。

下面该几位贾府的客人了,便按照进府的先后顺序来说吧。

首先是史湘云。著名的红楼四美图——黛玉葬花、宝钗扑蝶、湘云醉卧、宝琴抱梅中,顶数湘云醉酒最为旖旎迷人:"湘云卧于山石僻处一个石凳子上,业经香梦沉酣,四面芍药花飞了一身,满头脸衣襟上皆是红香散乱,手中的扇子在地下,也半被落花埋了,一群蜂蝶闹嚷嚷地围着她,又用鲛帕包了一包芍药花瓣枕着。""口内犹作睡语说酒令,唧唧嘟嘟说:'泉香而酒洌,玉碗盛来琥珀光,直饮到梅梢月上,醉扶归,却为宜会亲友。'"如此一幅活《海棠春睡图》,除了一坛精雕细刻了花卉图案抑或诗词歌赋的上好花雕，别的什么酒皆不宜入画。违和！

花雕酒性柔和，色泽橙黄清亮，酒香馥郁芬芳，口感甘香醇厚，与女儿红、状元红一脉所承，但据传只是女儿在嫁人之前不幸离世，此酒才被称为花雕。如此凄切的名称来由倒是同湘云的身世也颇为般配："襁褓中，父母叹双亡。""厮配得才貌仙郎，博得个地久天长，准折得幼年时坎坷形状。终久是云散高唐，水涸湘江。"唉！

伤心事不说也罢，还是来说说林黛玉吧。林妹妹不但才华横溢，更生得美若天仙，闲静时如娇花照水，行动处似弱柳扶风，只可惜"态生两靥之愁，娇袭一身之病"，还孤高自许，目下无人。除了贾宝玉，一般人还真是伺候不了她。把她比作滴金（D'Yquem）再合适不过了：酿酒的葡萄是赛美容（Sémillon）和长相思。诸位，是不是一听这两种葡萄的名字就感觉和林妹妹很搭了？您要是知道酿这款酒的葡萄必须等那变态的贵腐菌降临并浸染了整个果实才能采摘，是不是更无语了？滴金是波尔多和贝萨克（Barsac）产区1855年官方列级酒庄评级中唯一的超一级甜白，近年来更被粉丝们追捧为"甜酒中的爱马仕"。在2006年的伦敦拍卖会上，一套135个垂直年份的酒，拍出了150万美元。2011年，一瓶1811年的滴金拍了近12万美元，名副其实的"滴金"。滴滴是黄金，正好酒液也呈金黄色。至于滴金从采摘到装瓶各种为了追求完美的任性举措更是和林妹妹如出一辙。比如2012年，因为当年的雨水太多，酒庄竟然直接宣布这一年放弃酿造，据说那一年的损失高达2500万欧元。没点底气谁敢这么玩？就像人家林妹妹，赏人要么随手抓两把铜钱（怡红院的小丫头佳蕙送茶叶到潇湘馆，正遇上林黛玉给自己的丫头们分钱，佳蕙于是也得了两把），要么出手就是几百钱（蘅芜院的老妈子给林黛玉送燕窝，林妹妹随口便吩咐赏她几百钱打酒吃），就是这么任性！

最后是薛宝钗。薛宝钗年纪虽然比大观园里的其他小姐妹大得并不多，但是品格端方，行为豁达，随分从时，而且还生得容貌丰美，像极了雷司令（Riesling）白葡萄酒。作为餐前酒，雷司令干白葡萄酒清爽凛冽，叫人一下子便食欲大开；作为餐后酒，甜美可人的雷司令冰酒是个不错的选择，完全可以替代餐后甜品带给味蕾的幸福感。正餐就更不用说了。如果你吃的是川菜，可以用雷司令半干白的甜来缓和川菜的辣；如果吃的是北方菜，雷司令干白的酸爽可以直接缓解油腻。怎么样，是不是很像我们善解人意、随分从时、上下老少皆合得来的宝姑娘呢？

第六回

王狗儿和烧刀子

原著回目为"贾宝玉初试云雨情 刘姥姥一进荣国府"

巧姐的判词上写着:"偶因济刘氏,巧得遇恩人。"这话说得很直白,一点也不难理解,意思是王熙凤偶然接济了刘姥姥,没想到却无意中给女儿种下了来日的福报之因。

要说刘姥姥和王熙凤的缘分,应该是起源于刘姥姥的女婿王狗儿的一顿酒。只因秋尽冬来,家计窘困,王狗儿一个人在家喝了几杯闷酒,便拿老婆出气。刘姥姥心疼女儿,出言顶撞。姑婿二人你一言我一语,话赶话的,这才引出了刘姥姥一进荣国府,遇上了王熙凤,开启了不一样的人生历程。

王狗儿在家独饮的不知是什么酒,估计是散装的烧刀子之类的。烧刀子的酒精度最高可达75%,划根火柴就能点着，味道浓烈，入口如同烧红的刀刃，下咽犹似吞入一团火焰，价格还亲民，最适合穷人用来借酒浇愁了。也不知王狗儿这闷酒喝着有没有下酒菜，兴许会剥两瓣大蒜，或者撅一根大葱当下酒菜。

倒是刘姥姥到了王熙凤家，虽有凤姐吃剩下的，却仍是"满满的鱼肉"的剩菜，但凤姐却依旧拿她当客人招待，给她另上了客馔。虽然不知上了些什么，反正刘姥姥吃完了还舔唇咂嘴的回味无穷。

既是客馔，没准也能备上一壶黄酒，以示客气，但刘姥姥肯定是不会喝的：一则是不好意思，二则是忙不过来。对于刘姥姥和她的外孙子王板儿来说，当然是要抓紧时间多吃点鸡鸭鱼肉之类的才合适，酒不酒的无所谓。刚刚看见凤姐的剩菜时，板儿就已经嚷着要肉吃了，为此还挨了他姥姥一巴掌呢。

谁能想到这么个因为要吃肉挨了揍的穷小子和眼下正遍身罗绮的凤姐之女巧姐将来会有一段姻缘呢！不过这会子凤姐之女只唤作"大姐"，约等于没有名字，"巧姐"这名得等到刘姥姥二进荣国府的时候才会送给她呢。而且实际上刘姥姥给她取的名字本是"巧哥"，估计是家里人原先喊惯了"大姐"，便取其精髓唤作

"巧姐"了。这"巧哥"既入了金陵十二钗正册,此时年纪虽小,但来日亦必非凡品,估计还是多多少少会遗传些她老妈"凤哥"雷厉风行、精明干练的风格的。

第七回

宁国府的酒局

原著回目为"尤氏女独请王熙凤　贾宝玉初会秦鲸卿"

这一回该有两场酒局才是。一场自然是尤氏宴请王熙凤。尤氏和王熙凤应该是经常在一起吃喝的，只是平时都有长辈在，自然要守些规矩，否则便失了大家风范。这回尤氏原本是要单请王熙凤一人，结果贾宝玉凑热闹也跟着一道来玩。

尤氏这边的陪客有秦可卿和贾珍的几个小老婆，此处倒是可见尤氏与贾珍妾室的关系还是十分融洽的。这一点和王熙凤截然不同。王熙凤是非但料理了贾琏原先的两个房里人，连自己陪嫁的四个丫头也收拾得只剩下一个平儿了。都说"侄女像家姑"，其实王夫人在这方面和王熙凤也差不多。你什么时候见过王夫人和赵姨娘、周姨娘聚在一堆吃吃喝喝的？被赵姨娘惹急了，虽说没像王熙凤那样直接将赵姨娘打个"烂羊头",可也一样骂她个臭要死。在原著第二十五回中,贾环烫伤了贾宝玉,这可是触碰到王夫人忍耐的底线了。于是王夫人不骂贾环,单叫赵姨娘过来,骂道:"养出这样黑心不知道理的下流种子来,也不管管!几番几次我都不理论,你们得了意了,越发上来了。"可见王夫人是忍了许久,终于爆发了。但是毕竟王夫人和王熙凤的脾气秉性还是有所不同,彼此的身份地位也大异,怎么说也是皇帝老儿的丈母娘之一,所以自然不会像王熙凤那样全无容人之量。

不过话又说回来,王夫人虽然地位尊贵,其实也挺可怜的。首先,贾政和她基本上就是条案上的花瓶,一对摆设而已。从原著第七十三回不难看出,贾政的日常起居实际上是由赵姨娘负责的。也正因如此,贾环才敢在贾政面前称赵姨娘为"我母亲",这其实是大不合礼仪的。其次,元春虽然懂事,但身在深宫,难得一见,因为皇帝老儿一念之善才得以"每月逢二六日期,准其椒房眷属入宫请候看视"。再次,在贾母眼中,王夫人是个"木头似的"角色,所以这婆媳关系自然也不过就是个表面文章。最后,再看身边人——贾政的两房妾室：赵姨娘不用说了，诸位都知道，而那位毫无存在感的周姨娘和赵姨娘虽未必有什么私交，但也不会有什么矛盾。俩人地位相近，估计私下里应该会比和王夫人之间更亲近些。例如，凤姐过生日，尤氏将一部分人的份子钱还回去时，这两位姨娘便是在一处的。而且尤氏将她俩并称为"两个苦瓠子"，俩人谁也不敢接尤氏还回来的银子。直到尤氏声称一切后果都由她承担时，二人才千恩万谢地收了。王夫人和这两房妾室的关系由此可见一斑。至于王夫人屋里那几个大丫头，就更滑稽了。从原著第三十九回李纨的描述来看，彩霞应该是王夫人屋里的当家大丫头，王夫人屋里"凡百一应事都是她提着太太的醒。连老爷在家出外去一应大小事，她都知道"。可是这么个当家的大丫头，姐妹两个都和贾环相好，更与赵姨娘私交甚笃。另外两个大丫头金钏儿姐妹怎么样呢？金钏儿因为被王夫人打了一巴掌，跳井自杀了，估计玉钏儿也很难再和王夫人一条心了。她在王熙凤的生日宴上独自坐在廊檐下垂泪，自然是忘不了金钏儿之死。至于绣鸾、绣凤姐妹俩，原著中没什么戏份，本书也就忽略不计了。所以这王夫人幸亏有个娘家的侄女王熙凤在身边，否则若有什么心里话，她也就只能和周瑞家的这些个陪房说说了。不过我想，王夫人是不会向周瑞家的抒发自己的真情实感的。这就不难理解当年王家那位"着实爽快"的二小姐为什么变成如今"木头似"的一个人了。

扯得有点远了，还是接着说尤氏的宴席。贾珍是个吃喝玩乐的行家里手，尤氏跟他在一起自然也要学得几手。而且宁国府又不缺银子，菜肴自不必说，好酒肯定是有几瓶的。凤姐来了，开胃酒怎么也得来瓶香槟才够档次。只是不知他们家有没有冰桶呢？因为香槟最好是冰一冰再喝，最佳饮用温度应该在7℃～9℃。

另一场酒局不知是在哪里进行的，也不知道酒客都有谁，只知道其中有个醉鬼，名叫焦大。这个家伙不但跟着宁国府的老祖宗上过战场，还从死人堆里救了主子的性命，是名副其实的宁国府创业元老，经常趁着酒兴打狗撵鸡、指桑骂槐。也不知是谁，究竟是有心还是无意，安排酒后的焦大负责送贾宝玉的新朋友秦钟，也就是秦可卿的弟弟回家。焦大爷听说要他送秦钟，估计喝的和王狗儿的酒差不多，烧刀子一类的，容易上头，更容易上火，于是乎，各种积怨随着酒气翻腾上来，又知道反正贾珍今晚不在家，索性扯开嗓子痛痛快快地骂了一场。

凤姐和贾蓉想必听了也不止一回了,所以听见只当没听见。贾宝玉却是头一回听见,自是觉得新鲜有趣,因此立刻请教凤姐:"姐姐,你听他说'爬灰的爬灰',什么是'爬灰'?"当即便被凤姐劈头盖脸地训了一顿,吓得哪里还敢再接着请教什么叫作"养小叔子的养小叔子"!

第八回

薛姨妈的款待

原著回目为"拦酒兴李奶母讨厌 掷茶杯贾公子生嗔"

哈哈,这一回总算看见好吃的了——糟鹅掌、糟鸭信。薛姨妈来自金陵,江南人爱吃糟卤菜,家中常备,来客时可做凉菜,也叫下酒菜。糟卤本身的配料中就含酒,香糟与黄酒的配比大约是1∶4。因此贾宝玉一见便说:"这个须得酾酒才好。"薛姨妈一听,赶紧让人去灌了最上等的酒来。

薛姨妈家最上等的是什么酒且不去理会,只说糟卤菜配什么酒最合适呢?不妨来瓶西班牙的干型雪利酒(Sherry),这种酒酒体较轻,有杏仁、香草等香气,酒精度在15℃~17℃,秋冬季节喝着既开胃又保暖。正好此刻外头开始下雪了,岂不应景?!只是一条,雪利酒不宜加热。本来宝姐姐是劝贾宝玉不要贪凉喝冷酒,因为："酒性最热，若热吃下去，发散得就快；若冷吃下去，便凝结在内，以五脏去暖它，岂不受害？"贾宝玉听了，觉得有理，便不再喝冷酒了。可是如今让我这么一搅和，宝姐姐的金玉良言便没了用武之地了！也好，省了林妹妹拿东比西地拈酸吃醋了。雪雁也不必因为奉了紫鹃之命特意跑来给林黛玉送趟小手炉而平白被主子作筏子教训了："也亏你倒听她的话。我平日和你说的，全当耳旁风；怎么她说了，你就依，比圣旨还快些！"贾宝玉也就更不必因此而尬笑了。

不过，咱们国产的米酒和黄酒加热了再喝，味道也不错。黄酒可加些姜片和陈皮梅，别有一番滋味在舌头。欧洲人在过万圣节和圣诞节的时候也会把酒热了喝，尤其是圣诞集市上的热红酒，配方更是千奇百怪，有加丁香、茴香、肉蔻、肉桂的，也有加柠檬、苹果、生姜的，不过所用的红酒大多是散装酒，好酒是舍不得拿来这么混搭的。所以这些酒一杯1.5～5欧元不等，杯子也大小不一，每个摊点不一样，喝的是个气氛。认识不认识的，捧一杯热气腾腾的红酒，倚在摊位旁边的橡木桶上，想聊就聊，想笑就笑，特快活！

还是回到薛姨妈家的餐桌上吧。除了糟鹅掌之类，也不知还上了什么主菜，只说了碗汤，叫作酸笋鸭皮汤。看名字倒也不复杂，只是不知这鸭皮有没有先拿油炸一下。若是不炸，只怕放在汤里太烂且不好看呢。另有一份碧粳粥，想来是把什么菜叶子剁碎了或是放了什么菜汁在粥里吧？既然薛姨妈已经吩咐收了酒杯，餐后酒只好拉倒了。

倒是贾宝玉从薛姨妈家出来，回到家后闹的那出撑茜雪的导火索之———豆腐皮包子，值得一说。那是他在宁国府吃早饭时特意要了留给心爱的大丫头晴雯吃的。这豆腐皮包子，若是荤馅，来杯霞多丽干白（Chardonnay），没毛病。霞多丽干白口感略酸，有浓郁的柑橘类水果以及苹果、梨子、菠萝的芳香，还略带一点点奶油味，回味香甜悠长，正好适合味道比较清淡的肉类。若是素馅，那就配上一杯绿维特利纳（Grüner Veltliner）干白吧。绿维特利纳原产于奥地利，这种酒刚出来时有柑橘类水果、柠檬皮、青苹果以及白胡椒、丁香等风味，陈年后散发出层层的蜂蜜和烤面包的气息，最宜搭配沙拉、蔬菜等，用它来配素馅的豆腐皮包子当真是没话说了！

第九回

兄弟情与干邑白兰地

——宝玉和秦钟,薛蟠和金荣,贾蔷和贾蓉,
香怜和玉爱,贾菌和贾兰

原著回目为"恋风流情友入家塾　起嫌疑顽童闹学堂"

别看本回副标题写得热闹,原著读起来也十分过瘾,但是和吃喝一点关系也没有。不过原著这一回的字里行间暗藏玄机,值得细品。此外,在下也的确是想给几对剧中人配几款美酒助助兴。

配酒之前,先说一下这一回中暗藏了什么玄机,免得有读者心生疑虑。这玄机便是贾蔷与宁国府的关系。从血缘来说,贾蔷是宁国府的正派玄孙,父母早亡。贾珍作为他的同宗叔伯大爷之类的,照顾他合情亦合理。他从小跟着贾珍长大,自然与贾珍的儿子贾蓉关系密切。这本也无可厚非,但偏偏就有"那些不得志的奴

仆们，专能造言诽谤主人"。究竟不知编了些什么样的"淫污之词"，吓得贾珍要避嫌疑，竟让才十六岁的贾蔷自立门户过日子去了。曹公既未明言，你我便放在心中各自揣摩吧。

贾蓉是个美少年，原著中有明确描述："面目清秀，身材夭乔，轻裘宝带，美服华冠。"而贾蔷生得比贾蓉更加风流俊俏。说到此处，忽然想起原著脂砚斋的批注来，十分有趣。这位脂砚斋不知其是男是女。旧时士大夫们常说"红颜祸水"，唯独这位先生见原著中说"这贾蔷外相既美，内性又聪明"，便于"外相既美"处批注道："亦不免招谤，难怪小人之口。"看来依先生之意，招灾惹祸的不独"红颜"，"美男"也一样啊！贾蓉、贾蔷这对花样美少年素日最相亲厚，常相共处，正如脂砚斋所说，果然引得流言纷纷。

而这一回的茗烟闹学堂的起因也正是几个交叉的断背山事件。尤其是香怜和玉爱，金荣和薛蟠，秦钟和香怜，那都是明写的。即便是宝玉和秦钟，前回书中也是有所暗示的。秦钟见了宝玉"形容出众，举止不群，更兼金冠绣服，娇婢侈童"，心中便暗自感慨："可恨我偏生于清寒之家，不能与他耳鬓交接。"甚至贾蓉与秦钟之间都有诸多不同寻常的举动。例如，当王熙凤要见秦钟时，贾蓉立刻便说他"生得腼腆，没见过大阵仗儿，婶子见了，没的生气"，而且亲自出去将秦钟领了进来见凤姐，又亲自领着去拜见贾母。这和他领着贾蔷见贾琏谋事的情形如出一辙。所以曹公特于此处提及贾蔷和贾蓉乃至贾珍之间的渊源，自然不是无缘无故的。且不管蔷、蓉二人如何相厚，只论这二人的外部形象，两人往一处那么一站，也算是一对璧人。因此，给他们来瓶干邑白兰地（Cognac）如何？

白兰地是世界上最古老的酒精饮料之一。白兰地家族中历史最为悠久的当数雅文邑白兰地，但是知道的人并不太多。提到白兰地，绝大多数的酒客还是首先会想到法国的干邑白兰地。所有白兰地的瓶子都特别漂亮，这倒是和贾蓉、贾蔷的外形很匹配，而且干邑白兰地必须是以铜制蒸馏器双重蒸馏、提炼而成。彼时彼刻，同性之恋不可示人，因此深陷其中之人便如同这蒸馏酒一般，受尽内心煎熬，甘苦自知。这和贾珍的蓄养娈童，薛蟠的偶然动了龙阳之兴不同，是有情有义的，所以才会百般煎熬。

一瓶白兰地如果想在酒标上标注"干邑白兰地"的

字样，那它所采用的葡萄必须全部产自法国的大香槟区（Grand Champagne）、小香槟区（Petite Champagne）、边缘区（Borderies）、上乘林区（Fins Bois）、优质林区（Bons Bois）以及常规林区（Bois Ordinaires）这六大产区。酿造1升干邑白兰地大约需要8升葡萄酒蒸馏浓缩。干邑白兰地初时并无颜色，后来因在橡木桶中存放时间久了，橡木的色素溶入酒中，才有了颜色，故年代越久，颜色越深，越接近焦糖色。

干邑白兰地通常的分级为：

VS：酒龄桶陈2年以上。

VSOP：酒龄桶陈4年以上。

NAPOLEON：酒龄桶陈6年以上。

XO：酒龄桶陈10年以上。

EXTRA：酒龄桶陈15年以上。

有些品牌自己还会另设分类系统。

顺便说一下，桶陈是指酒液存放在橡木桶里的时间。

既然已将同性恋比作干邑白兰地，那么贾蓉和贾蔷理所当然应该是EXTRA了，因为俩人是从小一起长大的。宝玉和秦钟相识虽短，但却是相见恨晚，正所谓

"倾盖之交，胜于白首"，自然可算作XO了。香怜和玉爱勉强算作VS，而薛蟠和金荣压根儿不入流，根本配不上白兰地。说到金荣，不由得想起他那可怜又可嫌的母亲胡氏，实在不堪！一年得着薛蟠三四十两银子，哪管儿子为此付出了什么！

将贾茵和贾兰列入本回，可不是说他二人也玩同性恋。这俩小伙子可都是纯爷们儿，钢铁直男，只是因为原著本回中有他二人的情节，若不提一下未免有些可惜。尤其是贾茵，人小胆大，还有一副侠义心肠，看见金荣的朋友暗助金荣，立刻出手相助宝玉等人，虽说是终因身小力薄，帮了个倒忙，把书匣子抡到了宝玉、秦钟的案子上，却是可见其身上很有些辽东小烧的呛劲。原著描写甚是精彩传神，有兴趣的读者可寻来一看。

第十回

张医生与干红

原著回目为"金寡妇贪利权受辱　张太医论病细穷源"

张医生姓张，名友士，是神武将军家的公子冯紫英举荐给秦可卿看病的。他所开的益气养荣补脾和肝汤的方子里好几味药皆需用酒炒。在下不懂医，不知用的是白酒还是黄酒。既未注明，想必皆可。贾蓉不问，在下也就不细究了。

在原著中，秦可卿只吃了半盏燕窝汤。也是，一个病人，我们就不让她喝酒了。

倒是张医生自己喝什么酒，值得多说两句。中医历来注重养生，想必张医生也不例外，也许每晚睡前来杯干红亦未可知。

提了好几次干红，正好本回无菜，索性借此机会普及一下相关知识吧。

这"干"字主要是根据酒中的含糖量来区分的：干型葡萄酒的含糖量每升不超过4克。

根据颜色的不同，又分为干红、干白、干桃红葡萄酒。

每升含糖量在4～12克的，叫作半干；除了高泡葡萄酒，每升含糖量不超过45克的，叫作半甜；超过45克的就叫作甜型。同上，甜型葡萄酒根据颜色，又可分为甜红、甜白和甜粉红葡萄酒。

另外还有一种根据总糖与总酒石酸的差值来衡量的方法，有点复杂，诸君若非专业人士，不记也罢。

至于那个高泡葡萄酒它自成体系，分为：天然高泡，每升含糖量不超过12克；绝干高泡，每升含糖量在2.1～17克；干高泡，每升含糖量为17.1～32克；半干高泡，每升含糖量为32.1～50克；甜高泡，每升含糖量超过50克。

以上5种，其含糖量均可有上下3克的浮动余地。

健康在养，饮食低糖，尤其是人到中年之后。张医生既然是因为要给儿子捐官才进京的，自然也该是个中老年人了，所以睡前来杯干红还是很有必要的。

第十一回

贾敬的寿宴

原著回目为"庆寿辰宁府排家宴 见熙凤贾瑞起淫心"

贾敬，宁国公的小孙子，因为哥哥贾敷不幸夭折，所以由他袭了官爵。他父亲贾代化乃是京营节度使世袭一等神威将军，他儿子贾珍所袭的爵位是三品爵威烈将军，那他所袭的应该是个二品的什么将军。但是人家贾敬却硬碰硬地考了个乙卯科的进士，妥妥的学霸一枚。秦可卿死的时候，贾珍觉得儿子只是个黉门监，灵幡经榜上写的时候太没面子了，因此花了一千二百两银子给他现捐了个五品龙禁尉。贾蓉所填的履历表上写着其祖贾敬乃"乙卯科进士"，只是也不知道贾敬在都城外的玄真观中究竟是和道士们如何胡羼的，到了死的时候居然是个白衣之身，最终因为皇上大发慈悲，念在他家祖宗之功的分儿上，给他追赐了个五品之职，但是朝中王公以上的大臣是不允许前往祭吊的，跟他的孙媳妇秦可卿丧礼的排场那是绝对没法比的。可是这样的旨意一下，"不但贾府中人谢恩，连朝中所有大臣皆嵩呼称颂不绝"。实在是奇哉！怪哉！

好了，还是先说说他活着的时候吧。贾敬是修行之人，所以过生日这种事自然不会太在意。此处不得不再一次提醒诸君，贾敬虽然没回家过生日，但是什么南安郡王、东平郡王、西宁郡王、北静郡王，以及什么镇国公等六家、忠靖侯史府等八家，可都是着人持了名帖送了寿礼来的，而且跑腿的差人们也全都是照旧例打赏的。这就和贾敬死的时候只允许王公以下的大臣前往祭吊形成了鲜明的对比。

无论贾敬回与不回，贾珍、贾琏等人都正好得着个由头乐和乐和，因此贾琏、贾蔷俩人一来便问："有什么玩意儿没有？"但是贾珍害怕贾敬万一回家过生日，所以没敢搞什么花头，后来听说贾敬确定不回家了，这才临时叫了一班小戏儿和一档子打十番的。小戏儿不用解释，一看就明白；打十番也就是民族交响乐，原以打击乐为主，后添加了锣鼓和丝竹合奏。

小戏儿是为女眷们准备的，演出场地在天香楼，也就是后来秦可卿自缢的所在。女眷们吃酒听戏，来点餐前酒正好合适，还是西班牙的雪利酒吧，可以试试菲诺（Fino）。眼下正是菊花盛开的时节，菲诺酒体较轻，带有杏仁、香草等气息，酒精度在15°～17°，这会子喝，开胃又保暖。无论是邢夫人、王夫人还是尤老娘，都能喝两杯。看完戏用正餐时，正好可以接着来杯干白或者干红都不违和。

打十番的跟着贾珍等人都去了凝曦轩，这伙人自然是要喝些花头出来的，不然岂能尽兴？！威士忌（Whisky）吧，喝着够劲，还感觉时尚上档次，适合贾珍、贾琏之流的身份。如果打十番的演奏家们觉得太烈，还可以兑水加冰。

不过需要留神的是，兑水加冰要有节制。理论上来说，威士忌加水稀释至20%的酒精度（威士忌原酒的酒精度在40°～65°），是最能释放其所有香气的最佳状态。当然这也是因酒而异的，年份低的威士忌添加的水量略多于年份高的，通常以12年为界。说到此处，诸位有没有发现这酒真的是和《红楼梦》大有渊源。《红楼梦》有金陵十二钗，不但威士忌加水以12年为界，咱们上回所提到的干型葡萄酒同样以12克为分界点，每升含糖量超过12克的基本上便是和"干型"无缘了。甚至那个自成体系的高泡葡萄酒，也还是以12克为分界点，若是每升含糖量超过12克便与"天然"无缘了。而且更为神奇的是被称为绝干高泡的葡萄酒，其每升含糖量在12.1～17克，这"17"恰好又和芦雪庵争联时后补的那几位相吻合。彼时，大观园中又添了薛宝琴、邢岫烟、李纹、李绮四位美女。这四位美人来时贾宝玉曾对探春说："这是你一高兴起诗社，所以鬼使神差来了这些人。"没错，这几位也是太虚幻境旧相识，贾宝玉这话正是为了提醒读者莫忘了茫茫大士、渺渺真人所说的那"一干风流冤家"。后来这四人加上贾宝玉这个"绛洞花主"，连同在册的十二钗，刚好是17个人，真真令人拍案叫绝呀！

虽说这样的联想有点牵强附会，但是对于热爱红楼的酒徒而言，岂非美事一桩？毕竟这样一来，可是非常便于记忆啊！

好吧，接着说威士忌兑水加冰的事。

12年的威士忌酒水的配比通常为1∶1，低于12年的水量要增加，高于12年的则要减少水量，超过25年的威士忌最好是别再兑水加冰了。若是您实在想加，那就少加一点点，意思意思得了。加冰虽然能增加一定的视觉美感，但同时也会因为降温而将部分香气锁住，使威士忌原有的风味不能得到尽情的挥散，所以最好选择单个的大型冰块，而非细碎的小冰块。这样可以在一定程度上避免因为冰块融化太快而使威士忌变得寡淡无味。

威士忌和白兰地一样，也是蒸馏酒。不同的是，威士忌是以谷物为原料所制造出来的蒸馏酒，而白兰地则是以水果为原料所制造出来的蒸馏酒。

威士忌的迷人之处不仅仅在于它的原味充满了香草、焦糖、烟熏以及多种香料的风味，更在于它变幻多端的饮用形式：除了兑水加冰，还可以加可乐、苏打水；不但可以冻饮，也就是将整瓶威士忌放入冷冻室冻至0℃以下再开瓶享用，还可以热饮。这种喝法流行于苏格兰，可添加的东西多得去了，全凭各人喜好，可加柠檬汁、蜂蜜、红糖、肉桂等，特别适合喜好追新猎奇的贾珍一伙。

第十二回

贾瑞和绿茶威士忌

原著回目为"王熙凤毒设相思局　贾天祥正照风月鉴"

贾瑞这个不知天高地厚的臭小子,纯属"天堂有路他不走,地狱无门偏进来",吃了熊心豹子胆,居然敢撩拨王熙凤!

王熙凤头一回收拾他,是让他寒冬腊月在穿堂里冻了一夜。他爷爷贾代儒平时对他管得特严,见他一夜未归,认定他在外头逛夜店了,非饮即赌,嫖娼宿妓,因此揍了他三四十板子,还不让吃饭,罚跪在院子里读书,必定要补出10天的功课来才算罢休。

不知道那会子的夜店里都喝些什么呢?上回提到的威士忌,如果在夜店里经常会加绿茶。这种喝法有人说是从日本传出来的,也有人说是香港人发明的。许多年轻人都很喜欢威士忌加绿茶的喝法,实际上夜店这么做是为了混淆威士忌的真实口感。绿茶略带甜味,威士忌加了绿茶后,就会变得很"腻",因此饮者根本无法再去辨别威士忌的好坏了。即便给你的是一杯假酒,也很难识别。正如黑暗中冒充王熙凤赴约的贾蓉一般,欲火焚心的贾瑞哪里还能辨认得清!也许夜店掌柜要的就是这个效果吧?!

且说那贾瑞吃了凤姐一回亏还不吸取教训,依然是贼心不死,因此又惹来了第二回。这一回更惨,被贾蓉、贾蔷每人敲了五十两银子的竹杠不说,还被浇了一身的屎尿。回到家中,他哪里敢对人说实话,只说是失足掉进茅厕里了,最终因为照了渺渺真人幻化的跛足道长所赠"风月宝鉴"精尽而亡。

这贾瑞虽然为人不堪,但也该是个有些来历的。王熙凤乃是警幻仙子处榜上有名之人,贾瑞之死又劳动渺渺真人出手,而且这《红楼梦》曾名《风月宝鉴》,想来这贾瑞与王熙凤也是陪着神瑛使者与绛珠仙子一同入世历劫的一对风流冤家了。恰如夜店里的那杯绿茶威士忌,说不准它的好与坏。你说他坏吧,他对王熙凤那还真是一往情深,不然也不会一而再地上当受骗,乃至最终死于凤姐的幻影之手。你说他好吧,整个贾府上上下下竟无一人看得起他的为人。茗烟闹学堂时，贾宝玉的跟班李贵就曾当众说他："不怕你老人家恼我，素知你老人家到底有些不正，所以这些兄弟才不听。"

  不过，不正经的贾瑞和难辨真伪的绿茶威士忌倒也挺般配的。贾瑞为人十分不堪，不少医学专家对于绿茶威士忌也是持反对态度的。他们认为酒精会使神经兴奋，而绿茶中的咖啡因也会引起神经兴奋，两者合在一起饮用会使神经兴奋的力度加强，而且对胃的刺激也更大，十分不利于健康。所以，喝还是不喝，诸位您自己看着办吧！

第十三回

香菱与苏玳贵腐甜白

原著回目为"秦可卿死封龙禁尉　王熙凤协理宁国府"

王熙凤绝对是个看人下菜碟的人。宁荣二府，她瞧得上的人没几个，让她从心底里认同的人更是屈指可数。

薛宝钗那样的贤良淑德，文采女红兼备，还是她的亲表妹，她提到时也是十分不以为然，认为她"不干己事不张口，一问摇头三不知"，不是一个可以担当重任的人。而林黛玉则更不值得一提了，"风吹吹就坏了"。她之所以对林黛玉那么热情，纯粹是因为贾母喜欢她，同时也因为王夫人打心眼里对林黛玉她妈贾敏的羡慕感染了她："你林妹妹的母亲，未出阁时，是何等娇生惯养，是何等金尊玉贵，那才像个千金小姐的体统。"只有财富和权力才能让王熙凤臣服，那些什么诗画才情在王熙凤眼里根本就一钱不值。即便是请她去当诗监,她的第一反应也只是:不过是叫她去做个掏钱的赞助商罢了。

贾探春那么能干,王熙凤内心也对她很是欣赏,但因为她庶出的身份,所以平时也并未与她十分亲近。而秦可卿这个从养生堂抱来的出身不明的孤儿,王熙凤却与她相当有交情。王熙凤第一次见秦钟,平儿替她准备见面礼时,便因"素知凤姐与秦氏厚密"而特别隆重地预备了一匹尺头、两个"状元及第"的小金锞子。在贾母的寿宴上,南安太妃给薛宝钗、林黛玉等人的见面礼也不过就是一人一枚金玉戒指、一副香串而已,所以平儿准备的这份礼可是不薄啊!

说到此处,不由得想起一事来。那秦业知道贾家上下皆是一双富贵眼,儿子要到贾府私塾借读,这贽见礼必须丰厚,可是家里一时又拿不出来,所以只好东拼西凑了二十四两礼金。这话说得好生奇怪。且不论秦钟临死前念念不忘的家中三四千两银子的积蓄,只王熙凤给的这两个小金锞子,外加贾母给的一个荷包并一个金魁星,也不止二十四两银子呀!锞子,是清代的一种金银度量单位。最重的是元宝,每个重约五十两;其次是小元宝，重约十两；再次便是锞子，重量多在五两以下，而荷包里通常装的也是金银锞子。例如，贾母送给刘姥姥的荷包里装的便是笔锭如意的锞子。秦可卿乃是贾母众孙媳妇中第一个得意之人，对她的兄弟，贾母自然不会亏待。更何况老太太本身就喜欢俊男美女，眼见秦钟"形容标致，举止温柔"，绝对堪陪自己的宝贝孙子读书，"心中十分欢喜"，出手更不可能吝啬，所以区区二十四两银子哪里用得着秦业"东拼西凑"？！

好吧，还是回到王熙凤和秦可卿的交情上来。当然，秦可卿在原著中的神秘之处太多，在下也曾在拙作《漫品红楼》中细致论述过，此处就不重复说那些车轱辘话了。秦可卿这位红楼第一美，集钗、黛二人的外形优势于一身，从临终托梦一节来看，其精明能干不在凤姐之下。作为宁国府的大少奶奶，秦可卿会不会作诗也就不那么重要了。可惜竟是十二钗中第一个香消玉殒之人，着实令人扼腕！

好在她留下了个影子——香菱，金陵十二钗副册第一人，也是原著中第一个出场的情榜中人。她的长相神似秦可卿，身世也很相似：秦可卿被人弃入养生堂，香菱则从小被人贩子拐卖，同样忘却了爹娘；秦可卿与贾珍、贾蓉甚至贾蔷纠纠缠缠，最终"淫丧天香楼"，而香菱则留在世上继续着她与薛蟠和夏金桂的纠结，同样不死不休。

前文曾将秦可卿比作贵腐酒，香菱不但长相神似秦可卿，性情也同样像极了贵腐酒。准确地说，她更像是苏玳贵腐甜白（Sauternes）。苏玳贵腐甜白是波尔多著名的甜型葡萄酒，也是法国最具特色的白葡萄酒，以其极为平衡的甜度、酸度以及精致的香气而闻名于世。这款酒具有蜂蜜杏仁、奶油糖果、焦糖、椰子、芒果、姜、橘子酱、柑橘、热带水果、金银花和烘烤香料的风味，人见人爱，带些憨劲儿。但是以我个人的口感而言，它要么只适合与甜品搭配，甜上加甜，一派温馨浪漫，一如香菱斗草；要么便与川菜相配，甜腻与辛辣两相中和，不过是否能达到口感均衡还得取决于哪个味道更重些，正如香菱与夏金桂之争。

当然了，准确地说，香菱和夏金桂之间压根儿算不上"争"，因为香菱自始至终都处于被动挨整的状态，但是这并不妨碍夏金桂将她假定为竞争对手，不置其于死地万难心安。

第十四回

北静王＆贾宝玉和龙舌兰莱伊925

原著回目为"林如海捐馆扬州城　贾宝玉路谒北静王"

北静王和贾宝玉相逢在秦可卿的葬礼上，二人都对对方的大名如雷贯耳，皆是早已心向往之。那北静王生得是面如美玉，目似明星，而贾宝玉则是面若春花，目如点漆。贾宝玉早就远远地瞥见了坐在轿内的北静王水溶，真好秀丽的人物，抢上前便要下跪参见。水溶则连忙从轿内伸出手来一把挽住，口中赞道："名不虚传，果然如'宝'似'玉'。"当日，水溶头戴洁白簪缨银翅王帽，身着江牙海水五爪坐龙白蟒袍，系一条碧玉红鞓腰带，而贾宝玉则头戴束发银冠，勒着双龙出海抹额，身着白蟒箭袖，腰围攒珠银带。啊呀呀！真是好一对玉人呀！虽说宝玉和秦钟二人在一处也是一道亮丽的风景线，但是和北静王与贾宝玉的这幅画面一比，立时便相形见绌了。

　　此刻的水溶与宝玉宛如一瓶龙舌兰莱伊925（Tequila Ley 925），奢华、高贵、典雅，整个瓶身上镀着24K铂金，还镶嵌了6500颗钻石，只是静静地立在桌面上，凭它什么样的珍馐美味、玉液琼浆，统统黯然失色。

　　龙舌兰酒是墨西哥的国酒，也是一款蒸馏酒，酒精浓度为40%。刚蒸馏完成的龙舌兰新酒透明无色，陈酒的颜色通常来源于橡木桶陈酿所致，不过Mixto这种混合酒中有可能是添加了焦糖。只有所用原料大于51%是来自蓝色龙舌兰草的酒才有资格称为Tequila，若是因原料不足而添加了酒用焦糖等的酒液则被称为Mixto，等级则较为一般了。

　　龙舌兰最为有趣的地方在于它的饮用方法与众不同，甚至还颇需一些技巧，若是千年难得喝一回的，恐怕还真是难以驾驭。需先将盐巴撒于手背虎口处，然后用拇指和食指捏住一小杯龙舌兰酒，同时用无名指和中指夹住一片柠檬，迅速舔一口虎口上的盐巴后将酒一饮而尽，马上再咬一口柠檬片。整个过程一定要一气呵成，只有这样才能品味出龙舌兰最为完美的滋味。怎么样,好玩吧?相信北静王和贾宝玉也一定会喜欢的。他俩逢阴雨天气在家闲来无事时,不是也常穿了蓑衣、斗笠、木屐子玩耍吗?!

第十五回

水月庵的馒头

原著回目为"王凤姐弄权铁槛寺　秦鲸卿得趣馒头庵"

水月庵因为馒头做得好,所以得了个"馒头庵"的绰号。水月庵离贾府的家庙铁槛寺不远,正合了宋人范成大的诗意:"纵有千年铁门槛,终须一个土馒头。"妙玉十分推崇这两句话,声称"自汉晋五代唐宋以来皆无好诗,只有两句好",说的便是这两句了。

王熙凤一行因为替秦可卿办理丧葬事宜,夜宿水月庵,一连住了两个晚上。王熙凤之所以在这个小庵中连宿两晚,一则是丧仪大事虽妥,但还有些小事需要安排;二则水月庵的老尼姑管红尘俗事,请王熙凤出头,凤姐当然不会白忙活,趁机捞了三千两银子的好处费;三则是因为秦钟和水月庵的小尼姑智能儿偷情不舍得离开,便唆使宝玉求凤姐多住一天。

说到秦钟这小子，不得不多啰嗦几句。他在学堂里惹是生非，他姐姐秦可卿气得连早饭也没吃。为什么呢？一则秦可卿是个"心细且又心重"的人，"不拘听见了什么话儿，都要度量个三日五夜才罢"。而且眼下秦可卿的病也正是"打这个秉性上头"思虑过度才弄出来的，而秦钟却是因为玩同性恋跟同学争风吃醋把头都给打破了，何况不久前还因为要送他回家惹出了那场著名的"焦大之骂"。二则自然也不排除是因为真心喜爱秦钟，知道他在学堂里受了气也跟着不爽。而秦钟呢？姐姐秦可卿可谓是尸骨未寒，停尸在铁槛寺内，他却在邻居水月庵里泡上妞了，真正叫作没心没肺呢！

一行人连住两个晚上，自然是有机会吃到庵内的馒头了。

若论这馒头配什么酒？可参照法棍的配法，威士忌和红酒都可以，不过也得适当注意要根据不同馒头选择风味相符的红酒。毕竟除了白馒头，还有葱花馒头、奶香馒头、紫薯馒头、玉米馒头等。馒头庵既然是以馒头得名，自然不会只有一款馒头。原则上，如果馒头味淡，就选择干红；如果味重，则不妨选择半干红试试看。具体品牌,则各有所好了。几个馒头而已,在下也就不费心思举荐了。酒和人一样,千人千面,每一款酒也都不尽相同,您就按我说的选酒原则随意挑款自己心仪的得了。

第十六回

贾琏的接风宴

原著回目为"贾元春才选凤藻宫　秦鲸卿夭逝黄泉路"

本回其实有两个饭局：一个是香菱的，一个是贾琏的。

先说香菱的。香菱被薛蟠买回家后，并没有像许多读者想象的那样，当天晚上便被薛大少霸王硬上弓了，而是一直陪伴着薛姨妈和薛宝钗，直到林黛玉二进荣国府前不久，薛姨妈才摆酒请客，明堂正道地举行了仪式才算成了亲，圆了房。

既然是成亲，虽说不是正室，但总归是喜事一桩，红酒自然是最合适的。中国人嘛，喜欢红色，喜庆。尤其是老人主持的婚礼，更要图个吉利。有不少中国消费者都喜欢红酒兑雪碧，尤其是在婚宴上。通常主人家都喜欢在桌上放一瓶红酒、一瓶白酒和两瓶大瓶装的饮料，而且大瓶装饮料通常又都是碳酸饮料为主。红酒兑上雪碧，颜色变为粉红色，颇为赏心悦目，酒精度也得到缓解，因此许多人都喜欢这么勾兑。但是近几年随着红酒知识的不断普及，大家逐渐不这么喝了。不喝的原因大多是因为听说人家外国人不这么喝，这么喝太老土。也有人辩驳说：外国人还不是一样拿我们中国的茶乱兑？加奶加糖的，怎么就没人说了？了解真正原因的人其实并不多，借此机会科普一下。

首先，碳酸饮料是指加入二氧化碳气体的软饮料，且大部分碳酸饮料是以糖浆和碳酸水等调制而成的，这首先就让红酒的脱糖工作白忙活了。其次，碳酸饮料在人们的肠胃中释放的二氧化碳气体会迫使人体内的酒精快速进入小肠，而小肠吸收酒精的速度要比胃快得多。这样一来，看似被碳酸饮料稀释了酒精度的红酒就会从口感上"骗"得人们在不知不觉中越喝越多，同时也更容易喝醉。至于勾兑以后红酒口感的变化，在我看来并不重要，萝卜青菜各有所爱，正如茶加了奶，喜欢的人就叫它奶茶。当然，我个人是不提倡红酒兑雪碧的喝法的，关键是对健康有害无益，不值得。

说完香菱的婚宴，该来说说贾琏的接风酒了。这是王熙凤给贾琏摆的一桌接风宴。他俩吃什么不知道,只知道贾琏的乳母赵嬷嬷来了,王熙凤让人特意给她上了一道火腿炖肘子。喝的是贾琏从南方带回来的惠泉酒。

惠泉酒是黄酒的一种,口感比较柔和。红楼中人大多喜欢喝热黄酒,热黄酒的最佳品评温度在38℃左右,而我个人则偏爱冰黄酒,温度以3℃左右为宜。

但其实火腿炖肘子配金粉黛(Zinfandel)或黑皮诺(Pinot noir)都不错。火腿炖肘子是苏中地区的一道美食。火腿是经过盐渍、烟熏、发酵和干燥处理的腌制动物后腿,一般都是用猪后腿,呈金黄色,而此处的肘子是指新鲜的猪肘子,因此这道菜又被称作"金银蹄",盖取其色也。

王熙凤说:"早起我说那一碗火腿炖肘子很烂,正好给妈妈吃。"这样的一碗肘子肉,虽说有火腿在内,可以减轻不少油腻,但是如果配上一杯酒体饱满、色泽深浓、果香充沛、口感强劲成熟型的美国加州金粉黛,那就更加完美了!又或者来杯质感较强,单宁饱满柔顺的勃艮第黑皮诺,黑皮诺的酸度正好可以调和肘子的油腻感,也许更合喜欢新花样的新晋国舅老爷贾琏的口味。

第十七回

稻香村和杏花村

原著回目为"大观园试才题对额　怡红院迷路探深幽"

这一回曹公写得不易,大到山石琼楼,小到苔藓藤萝,细到窗槅雕花、桶瓦泥鳅脊,尽皆历历在目。如此工程,真不知花了多少时间!即便是借着宁国府原有的花园所建,但方圆三里半的场地,还不仅仅是建些亭台楼阁,更有山水庙宇,而且里面床几椅案无不是合着建筑物本身量身打造的。试想,寻常人家装修个二三百平方米的房子都要忙个一年半载的,如此造船修路、叠山开渠,从无到有的浩大工程没准要搞个三两年的也未可知,又或者更久。只想想贾蔷下江南带回来的那帮子小姑娘吧,已经被训练成可以给贵妃娘娘演出的成熟演员了。所以原著中也只以"又不知历几何时"含糊其词而已。

如此美景却与本书宗旨"吃喝"二字无关。虽说行至稻香村时,贾政一时兴起,想让贾珍做个酒幌,上书"杏花村"几字,用竹竿挑在树梢上,但到底不如贾宝玉的"稻香村"三字来得有新意,因此酒幌子也没挂成。

倒是真有酒名叫稻香村,是一种四川白酒。也有酒名叫杏花村,是一种山西白酒,这种酒估计得名于唐代杜牧《清明》中的名句"借问酒家何处有,牧童遥指杏花村"。据说全国叫杏花村的地方有十多处,究竟何处才是杜牧笔下的杏花村,至今并无定论。由它去吧!谁酿的酒好,咱就喝谁的。

第十八回

甜品配酒小窍门

原著回目为"庆元宵贾元春归省　助情人林黛玉传诗"

好想看看贾皇妃这么声势浩大地回趟娘家究竟都吃了些什么好东西！可惜除了赏赐了龄官两回吃食，曹公尽忙着写景写诗了，且赏赐龄官的食物写得也很潦草。

第一回赐食是四出折子戏《豪宴》《乞巧》《仙缘》《离魂》刚演完，元妃就让太监拿了一金盘子的糕点之类点名赏给龄官。此处不得不多说几句，给读者诸君提个醒：原著此处每一出戏的后面都有脂砚斋的批注，特别注明这四出戏乃是"通部书之大过节、大关键"。所以真诚建议诸君若有闲暇时间，不妨将这四出戏的出处全都找出来完整地看一遍，方能体会到曹公于此处设这么四出戏的良苦用心。

这第一出《豪宴》出自李玉的《一捧雪》。"一捧雪"乃是一只古玉杯的名字，诸位是不是立刻便想到了那位手里捏着一堆古董茶具的妙玉了？而这出戏正伏了贾家之败。

第二出《乞巧》则出自洪昇的《长生殿》。这个故事在中国几乎可以说是妇孺皆知，说的是唐明皇与杨贵妃的爱情故事。杨贵妃一匹白绫死于马嵬坡，而元春的判词上有一幅画，画着一张弓，弓上挂一香橼。"橼"与"元"谐音，"弓"与"宫"谐音，也有学者以此推断，元妃是被弓弦给勒死的。关于元妃的死法本书就不参与讨论了，但是这一出《乞巧》暗伏元妃之死再贴题不过了。

至于这第三出《仙缘》，乃是出自汤显祖的《邯郸梦》。脂砚斋说其中"暗伏甄宝玉送玉"，后世专家学者便有人认为极有可能贾宝玉那块"宝玉"遗失，最后由甄宝玉送回，因为原著第二十三回脂砚斋的批注中还有关于凤姐日后"扫雪拾玉"之说，而且地点明确，是在贾宝玉旧居附近的某个"穿堂门前"。试想，若有凤姐"拾玉"，却又如何才能又有甄宝玉送玉呢？因此关于送玉之举在下倒是有些不同的想法，详见拙作《贾琏传》，本书就不再赘述了。不过这《仙缘》乃是《邯郸梦》第三十出,又称《合仙》,值得细品。这出戏讲的是富贵成空,万境一梦,卢生大悟,拜吕洞宾为师来到仙界证盟,众仙开始各抒己见,于众仙的台词中不难窥见《好了歌》的影踪。

那汉钟离说道:"甚么大姻亲?太岁花神,粉骷髅门户一时新。那崔氏的人儿何处也?你个痴人!"

(世人都说神仙好,只有娇妻忘不了!君生日日说恩情,君死又随人去了。)

曹国舅则道:"甚么大关津?使着钱神,插宫花御酒笑生春。夺取的状元何处也?你个痴人!"

铁拐李有言:"甚么大功臣?掘断河津,为开疆展土害了人民。勒石的功名何处也?你个痴人!"

(世人都晓神仙好,惟有功名忘不了!古今将相在何方?荒冢一堆草没了。世人都晓神仙好,只有金银忘不了!终朝只恨聚无多,及到多时眼闭了。)

蓝采和说:"甚么大冤亲?窜贬在烟尘,云阳市斩首泼鲜新?受过的凄惶何处也?你个痴人!"

韩湘子言说:"甚么大阶勋?宾客填门,猛金钗十二醉楼春。受用过家园何处也?你个痴人!"

何仙姑最后道："甚么大恩亲？缠到八旬，还乞恩忍死护儿孙。闹喳喳孝堂何处也？你个痴人！"

（世人都说神仙好，惟有儿孙忘不了！痴心父母古来多，孝顺儿孙谁见了？）

尤其是甄士隐关于《好了歌》的注解"陋室空堂，当年笏满床"又与清虚观打醮时贾珍在神前所拈的戏《满床笏》相对应。更有寿怡红群芳开夜宴时所采用的背景音乐——芳官所唱《邯郸梦·赏花时》遥相呼应。这段《邯郸梦·赏花时》乃是何仙姑的唱词，说的是何仙姑坐等吕洞宾下凡去度个扫花人来替补自己。诸位自然不会忘记大观园里有两位扫花人——贾宝玉和林黛玉，这也是在下不认同贾宝玉系神瑛侍者下凡的原因之一。若贾宝玉是神瑛侍者下凡，回到仙界后，自然是要回自己的家——赤瑕宫的，怎么可能去当个扫花人呢？！曹公可不比我辈，动辄抄录原文用以说服读者，但这支《邯郸梦·赏花时》以及宝钗推荐给宝玉的《山门·寄生草》可都是全文摘录。那支《山门·寄生草》乃是宝钗的生日宴上，宝钗推荐给宝玉的，而这支《邯郸梦·赏花时》则是宝玉的生日宴上宝钗抽到"艳冠群芳"的花签时，签上注明"不拘诗词歌曲，道一则以侑酒"的。由此看来，说不定他日宝钗彻悟于宝玉之前亦未可知。且唱这《邯郸梦·赏花时》的芳官后来是随了水月庵的智通出家去了的，而整部红楼的引子人物贾雨村在维扬城外所见的那副名联"身后有余忘缩手，眼前无路想回头"则正是贴于智通寺的大门外。

因此切莫小看了这出戏。本回虽只是提了个名而已，实则书中围绕这出戏不知耗费了曹公多少心血，埋下了多少伏笔。所以此处虽有脂砚斋批注"伏甄宝玉送玉"，实则同样伏《红楼梦》终场，果然是通部书之"大过节、大关键"。

第四出《离魂》出自汤显祖的《牡丹亭》。这出戏暗伏了黛玉之死。想那杜丽娘乃是相思而亡，估计黛玉死时，那贾宝玉是肯定没在跟前的。不过杜丽娘最终是复活了的，和柳梦梅是有情人终成眷属，因此宝、黛二人没准到太虚幻境来场重逢也未可知。

元妃的第二回赐食则是龄官自作主张唱了《相约》《相骂》后，元妃赏了两匹宫缎、两个荷包和金银锞子以及食物等。

每每看到此处脂砚斋的批注，都忍不住笑出声来。

看来脂砚斋是很看不惯戏子的，若是放在今天，肯定是忍不住要与各种粉丝互怼的。且看他首先愤然道："能养千军，不养一戏。"接着解释说："大抵一班之中，此一人技艺稍优出众，此一人则拿腔作势，唬众恃强，种种可恶，使主逐之不舍，责之不可，虽欲不怜，实不能不怜，虽欲不爱，而实不能不爱。"紧接着又进一步针对龄官以《游园》和《惊梦》皆非本角之戏，所以"执意不作"的做法气道："恃能压众，乔酸姣妒，淋漓满纸矣。"最后还心就不甘地责怪贾蔷："如何反扭她不过！"哈哈，妥妥的黑粉专业户。

不过元妃既然赏了吃食，本书是专门要讨论吃喝的，当然就不能视而不见了，然而第二回的赏赐实在太过笼统，无从下笔，便只好说说第一回所赏的糕点了。

糕点大多是以甜食为主，那么甜品配什么酒合适呢？有以下两个小窍门。

一是根据酒的含糖量来选择。在前面第十回中，我们曾经说过葡萄酒是如何依据含糖量来区分干红、半干红等的，那么配甜品的酒款则最好选用含糖量在每升50～150克的甜型或加强型酒。如果是以水果为主制作的甜品，每升含糖量在50～100克就可以了。

第二种方法是通过糕点的颜色来选择。糕点的颜色越深,搭配的甜酒的颜色也越深,比如以李子、黑莓等深色水果为主制成的甜品或者是巧克力蛋糕,甚至可以选择用红葡萄酒来搭配。

总的原则,其实就是糕点的口味越重,就需要选择相应较重口味的酒来压制它,以获取口感的均衡。比如说核桃派,这种甜品本身的味道丰富,如果选用味道较轻的酒,则酒的风味就会被甜品压住,因此必须要用口感更加丰富的酒来配它,才能使得核桃派的油腻感在得到良好的控制的同时,更加充分地体会核桃与黄油、鸡蛋等混合而成的酥松、爽脆和清香。

第十九回

元妃赐食

原著回目为"情切切良宵花解语　意绵绵静日玉生香"

这一回有点儿意思了，虽没什么大菜，可是不但有两味甜品，还有两种坚果。

这头一道甜品的来头可不小，乃是贾元妃特意从皇宫里头赏赐出来的，名叫糖蒸酥酪。

糖蒸酥酪，其实就是一种特制的酸奶，是一道北京的风味小吃。在牛奶中放入冰糖，加热使冰糖融化，将牛奶用纱布过滤后凉凉，再加入醪糟汁，搅拌均匀后，上屉蒸二三十分钟即可出锅。凉凉后，撒上杏仁片或蔓越莓干、葡萄干等皆可。

元妃这道糖蒸酥酪本来是给贾宝玉吃的，但贾宝玉想起袭人喜欢吃，于是便没舍得吃，留给回家省亲的袭人回来吃，结果却被他的乳母李妈妈给吃了。若不是袭人协调得好，必定又是一场风波。袭人故意说自己吃糖蒸酥酪容易闹肚子，让贾宝玉给她剥栗子吃，这才把贾宝玉的注意力从糖蒸酥酪上移开了。

这第二道甜品则并非实物，而是贾宝玉为了逗林黛玉开心编出来的，名为腊八粥。这粥用什么米制作，书中没有交代，但是粥里添加的果子却说得明白详细，分别是红枣、栗子、落花生、菱角、香玉。虽说民间所煮腊八粥也有咸口的，但因为这几味果子，因此才敢断定这腊八粥必定是甜口的。

那么这糖蒸酥酪和这甜口的腊八粥该配什么酒呢？上一回我们刚说过甜品配酒的小窍门，这回正好派上用场。糖蒸酥酪的甜味主要来源于冰糖和醪糟汁，不会太过甜腻，成品色白，所以可以来杯冰酒，稍甜、略酸，美味均衡，正好与糖蒸酥酪搭调。

至于那碗想象中的腊八粥，就斟上一杯香槟吧，不用甜度太高的，半甜或半干即可，每升含糖量在12～20克。

至于贾宝玉给袭人剥的风干栗子，以及贾宝玉到袭人家里做客，袭人替他剥的松子仁，我以为如果单吃这类坚果，黄酒抑或老白酒最相宜，便如同干嚼五香豆腐干与茴香豆一般。

第二十回

凤姐的邀请

原著回目为"王熙凤正言弹妒意　林黛玉俏语谑娇音"

凤姐邀请的人是贾宝玉的乳母李妈妈。当然,她可不是真心想要请这么个老奴才吃酒,只不过是为解宝玉之围罢了。贾宝玉的大丫头袭人因偶感风寒,头疼目胀,四肢火热,吃了药躺在炕上渥汗,不曾起来迎接李妈妈。那李妈妈恰好赌博输了钱,于是逮着这个由头把袭人好一顿骂。宝玉心疼袭人,出言相劝,可哪里劝得住?!

要说这李妈妈也是真够呛,隔三差五地便和怡红院里的一帮小丫头拌嘴,也难怪林黛玉听见怡红院里的吵嚷声要说她"老背晦"了。不过,同样是面对李妈妈的吵闹,薛宝钗和林黛玉的态度却完全不同。林黛玉是明确站队支持袭人的,于是贾宝玉听了她的话便要赶过去帮袭人。这时，薛宝钗却一把拉住贾宝玉说："你别和李妈妈吵才是，她老糊涂了，倒要让她一步为是。"诸位，不知薛、林二位您此刻心中更倾向于谁呢？说实话，在下是更喜欢薛宝钗一些的。原因很简单，她懂事又省心呀！林黛玉的嘴巴实在是忒刻薄了些，且不论她和同辈们相处时嘴不饶人，单是对待老人家，一点轻重没有，真心觉得过分了。称贾宝玉的乳母"老背晦"也就罢了，还直呼其为"老货"，更是称刘姥姥为"母蝗虫"，全无半点贵族小姐的气度与修养。

不过这李妈妈也的确难缠，若非凤姐闻声赶来，单凭贾宝玉哪里压得住女人拌嘴的场面！凤姐一到，连说带笑便止住了李妈妈的哭闹，又随口邀请道："我家里烧得滚热的野鸡，快来跟我吃酒去。"说着话，已如一阵风似的拉着李妈妈脚不沾地地走了。

那么李妈妈是否真的敢到凤姐的小院里去吃喝呢？我想她是绝对没这个胆的。这把年纪要是连凤姐这么句顺嘴的客气话都听不出来，那岂不是真就白活了！

但是既然凤姐炖了滚热的野鸡，又是大正月里的，如何能不替她配上一瓶好酒呢？这样的大冬天，凤姐又说了是"烧得滚热的"，估计大多是红烧野鸡呢，所以来瓶意大利的蓝布鲁斯科（lambrusco）吧，百分百纯天然发酵，是半甜型的红葡萄酒，果香浓郁，酸甜适中，口感轻盈，特别是在入口后，芬芳的果香随着气泡在舌尖上绽放。看官中可有小时候吃过跳跳糖的？没错，和那种感觉有异曲同工之妙，只不过跳跳糖在舌尖上跳动时，舌头有些酥麻的感觉，而蓝布鲁斯科在舌尖上炸裂的感觉则清新而又甜蜜。

第二十一回

"绝代双娇"与伏特加

原著回目为"贤袭人娇嗔箴宝玉　俏平儿软语救贾琏"

贾宝玉在这一回里吃了两顿饭，一顿早饭，一顿晚饭，估计都是在贾母处吃的。早饭时，袭人因为贾宝玉一大早就跑到林黛玉那里，还让史湘云帮他梳了头而不爽，等贾宝玉回到家正打算同他怄气，却因为贾母差人来喊贾宝玉过去吃早饭，只得作罢。

贾宝玉吃完饭回来，袭人还在继续怄气，于是贾宝玉只得一个人闷在家里一天。估计午饭是在自己房里吃的，晚饭应该还是和贾母等人一起吃的，因为史湘云这一回怎么也是个新来的客人，贾母肯定要请她吃饭的。而且贾宝玉晚餐是喝了酒的，绝不可能是一个人在家喝闷酒的。这可不是生性爱热闹的怡红公子的风格！

可惜，两顿饭吃什么喝什么，曹公居然一个字也不曾提起。天知道他们喝了什么酒，把贾宝玉喝得怡然自悦，趁着酒兴还给《南华经》的《外篇·胠箧》写了篇续。

和女孩子们怄怄气再和和好，这便是贾宝玉的日常了，倒也不足为奇。奇的是本回还一并写了贾琏的故事。既写贾琏，自然少不了"酒色"二字。不过，这一回的贾琏喝没喝酒倒还真不确定，但与他偷情的多姑娘拿酒灌醉了老公"多浑虫"却是千真万确的事。多姑娘可算是红楼里的一朵奇葩，可与那位调戏贾宝玉的晴雯的姑舅嫂子灯姑娘并称"绝代双娇"。

这位多姑娘年方二十来岁，生得有几分人才，见者无不羡爱，听说贾琏因为巧姐出痘疹须得在外书房斋戒十二日，她便"没事走三趟去招惹"，惹得贾琏似饥鼠一般。也不知这多姑娘给"多浑虫"喝了什么酒，以他的身份来说，估计多半是烧刀子一类，可若单是想快速放倒一个人，伏特加（Vodka）也是不错的选择。

伏特加以俄罗斯出产的最为著名，不过波兰人认为公元1772年波兰被分割成了俄国、普鲁士和奥匈帝国的一部分，伏特加便是在这个时期由波兰传入俄国的。早期的伏特加来自于冰冻葡萄酒，波兰人是把伏特加当作药物来使用的。刚开始的时候并不叫伏特加,而是叫"第21号餐酒",后来还用过"面包酒"和"烧酒"的名字。直到20世纪初,才因为这种酒所含的水分高于酒精,才被取了个与俄语"水"的发音谐音的名字——伏特加。伏特加用谷物或马铃薯为原料,经过蒸馏制成高达95°的酒精,然后再用蒸馏水淡化至40°~60°。这样一种烈性酒,放倒一个不成器的破烂酒头厨子"多浑虫"还不是小菜一碟?!

那位灯姑娘更绝了,也是嫁了个酒鬼,于是"不免有蒹葭倚玉之叹,红颜寂寞之悲",又见她老公"器量宽宏",于是便"恣意纵欲,延揽满宅内的英雄,收纳才俊,上上下下,竟有一半是她'考试'过的"。这两位"女中豪杰"都是没什么等级观念的,在她们的眼里,只有喜欢和不喜欢。至于那个人是主子还是奴才,她们根本就不在乎。所以那灯姑娘一见了贾宝玉便出言调戏,而且是话到手到,差点儿没把整天和淑女打交道的贾宝玉给吓死。

不用问,灯姑爷日常喝的肯定和多姑爷差不多——散装烧刀子。至于伏特加,只好听我说说罢了。

第二十二回

薛宝钗的生日宴

原著回目为"听曲文宝玉悟禅机　制灯谜贾政悲谶语"

薛宝钗进贾府过的头一个生日，恰好是十五岁，虽不是整生日，但也算是"将笄之年"。《礼记·内则》记载："女子十年不出，十有五年而笄。"意思是说：女孩子十岁尚未到婚嫁的年龄，在十五岁的时候要替她举行笄礼，以示成人，可以结婚了。很奇怪：为什么薛宝钗过十五岁生日凤姐却说是"也算得将笄之年"？不知道是不是后生小辈在誊录过程中的笔误。

贾母自从宝钗来了，见她"稳重和平"，十分喜爱，因此拿出二十两银子来，吩咐凤姐置办酒戏，为宝钗庆生。

贾母做东，戏酒自然都安排在她的院子里。大伙点戏的点戏，点菜的点菜。这个时候，宝姐姐善解人意优点可就体现出来了，戏点的是《西游记》《鲁智深醉闹五台山》，全都是极热闹的武戏。前面第十八回中所提及的那支《山门·寄生草》正是这出《鲁智深醉闹五台山》中的一段唱词。菜呢？虽未说名字，但都是甜烂之食。为什么？因为老年人喜欢呀！别说是贾母做东了，就算不是，贾府内眷们谁不是看着贾母的脸色行事的呀！而此刻的林妹妹则因为嫉妒贾母为宝钗庆生，气得一个人睡在炕上，戏也不看，饭也不吃。不过没关系的，自有宝哥哥会去哄她的，不必旁人操心。我们只管想想：若是甜烂之食，配什么酒最好呢？

前文已经说过甜食最好配甜酒，不过宝钗的生日宴上可不仅仅只有甜点，还有肉菜等，因此配一款酸度稍高的酒可能更合适，一则解腻，二则开胃。前面第五回我们曾将宝姐姐比作雷司令，她的生日自然是要来瓶德国的雷司令了。从干酒到甜酒、冰酒，雷司令都有，而且雷司令酿造的成酒酒精度较低，富含桃子、梨子、苹果、柑橘、薰衣草、茉莉花、蜂蜜等清香甜美的风味特色。女士们大多比较喜欢，贾母应该也会喜欢的。

其实本回除了宝钗的生日宴，第二天晚上猜灯谜的时候众人也喝了酒，且不单单是贾母预备了酒果，贾政为表孝心，还特意带了彩礼和酒席前来凑趣承欢。诸位可别以为这彩礼是我们通常所说的结婚用的彩礼，这是特别针对元宵节所制作的新巧玩意儿，故这个"彩"可作为"彩头"理解。

其实在猜灯谜这类走来走去的Party上，最合适的用酒就是香槟，或者是酒体比较简单的红、白葡萄酒，年份也不必太老，图的是烘托个氛围出来。因此，不妨来一款博若莱新酒，单宁极少，口感清新，果香浓郁。

不过贾政不走，多好的酒也都是白搭。幸亏贾母人虽老，心却一点也不糊涂，知道众人拘束不乐皆系贾政一人在场所致，于是将他撵出去。宝玉这才如同开了笼的猴子一般，活泛起来。而且贾政在席，李纨和王熙凤是要回避的，只能坐在里间的席上。李纨尚可，这Party上如何少得了王熙凤?！果然贾政一走，一屋子的人全都有说有笑了。不知不觉，一直玩到四更天方才散去。

第二十三回

诗酒茶

原著回目为"西厢记妙词通戏语　牡丹亭艳曲警芳心"

元妃正月十五省亲后回宫不提,而由她题名的"省亲别墅"就便宜了贾宝玉等人。二月二十二,贾宝玉和众姊妹搬进了大观园。贾宝玉住进了怡红院,林黛玉要了潇湘馆,薛宝钗住了蘅芜院,贾迎春住了缀锦楼,贾探春则住了秋爽斋,惜春住了蓼风轩,稻香村归了李纨。

这一回贾宝玉可算是心满意足了,每天跟姐姐妹妹们读读书,写写字,弹弹琴,下下棋,或作画写诗、低吟悄唱,或拆字猜枚,有时还学姑娘们描鸾刺凤、斗草簪花,好生快活!当真是再无别项可生贪求之心了。闲来无事,自己挑了几首比较得意的小诗写了下来,传到社会上,竟然成了网红作品,各处传颂。我们也凑个热闹，拜读一下他这几首成名作吧。

春夜即事

霞绡云幄任铺陈，隔巷蟆更听未真。

枕上轻寒窗外雨，眼前春色梦中人。

盈盈烛泪因谁泣，默默花愁为我嗔。

自是小鬟娇懒惯，拥衾不耐笑言频。

原著中特别交代，诗虽写得平平，但都是真情真景。既是真情真景，我们就来猜猜贾宝玉的诗里都有谁？

"霞绡云幄"，虽说怡红院里有一个叫檀云的丫头，但我想也许说的是他老妈王夫人屋里的两个大丫头——彩霞和彩云，毕竟姐妹二人在一个科室里工作，一起说似乎更顺些。

那么贾宝玉的"梦中人"是谁呢？也许是他听着窗外点点滴滴的雨声，往事如烟，不禁想起了秦可卿亦未可知。当初秦可卿的卧室里曾有一副对联，上联乃是"嫩寒锁梦因春冷"。眼下"枕上轻寒窗外雨"之时，贾宝玉面对"眼前春色"，思绪万千，在所难免。

这"眼前春色"也许是指袭人,贾宝玉看着袭人,不由自主地想起了昔日的"梦中人"来。毕竟是袭人和他在现实世界里共同演试了梦中人所授的生理知识,所以此情此景,眼前的袭人,自然令他又想起那位梦中人来。

至于"盈盈烛泪""默默花愁"自然都是说他的林妹妹。

"自是小鬟娇懒惯,拥衾不耐笑言频。"可以和贾宝玉一起"拥衾"的丫头有数的只有那几个人,"娇懒"二字从来都是小姐们的专属。林黛玉就曾一边伸懒腰,一边吟诵"每日家情思睡昏昏"。而此处贾宝玉却将其用在丫头身上,自然是说那个眉眼酷似林黛玉的晴雯了。丫头丛中,只有她特别地任性随意,小姐一般的让麝月伺候自己喝茶,去见王夫人时"钗歪鬓松,衫垂带褪",大有春睡捧心之娇懒遗风,而且书中明确描写钻进贾宝玉的被窝的似乎也就只有她。所以,这个"娇懒惯"了的"拥衾小鬟"非晴雯莫属。

夏夜即事

倦绣佳人幽梦长,金笼鹦鹉唤茶汤。

窗明麝月开宫镜,室霭檀云品御香。

琥珀杯倾荷露滑，玻璃槛纳柳风凉。

水亭处处齐纨动，帘卷朱楼罢晚妆。

"倦绣佳人幽梦长"的，除了林黛玉再没别人了。别人都有活干，就只有她，一个香袋儿做了一年，也只有她闲来无事便躺着"每日家情思睡昏昏"。后面一句"金笼鹦鹉唤茶汤"则更是林黛玉的专利了。下面一句写得明白，不用猜，说的是贾宝玉的大丫头麝月和檀云。再下面一句就有点意思了，既可将其理解成物名，又可将其理解成人名。若是当作物名来理解，则"琥珀杯倾荷露滑"乃是实句，后面的"玻璃槛"则是虚拟出来同"琥珀杯"相对的，这世上何尝有什么"玻璃槛"呢？古人倒是常将美酒与琥珀相连，诸如李太白的"兰陵美酒郁金香，玉碗盛来琥珀光"，白香山的"荔枝新熟鸡冠色，烧酒初开琥珀香"，杜工部的"春酒杯浓琥珀薄，冰浆碗碧玛瑙寒"，"诗鬼"李贺的"琉璃钟，琥珀浓，小槽酒滴真珠红"，南唐冯延巳的"歌阑赏尽珊瑚树，情厚重斟琥珀杯"。更有女词人李清照的"莫许杯深琥珀浓，未成沈醉意先融"。所以我更愿意贾宝玉的琥珀杯中所倾的"荷露"别管是水还是茶，总之千万别是酒,否则岂不是太可惜了?!若是当作人名来理解,则琥珀和玻璃恰好是贾母房内的两个大丫头。那琥珀还曾因为"紫鹃情词试宝玉"之事到潇湘馆内伺候过林黛玉一段时间。

至于那句"水亭处处齐纨动,帘卷朱楼罢晚妆",不过是大观园里的日常写照罢了。毕竟临水而居的美人太多了,很难说具体是谁。

秋夜即事

绛芸轩里绝喧哗,桂魄流光浸茜纱。

苔锁石纹容睡鹤,井飘桐露湿栖鸦。

抱衾婢至舒金凤,倚槛人归落翠花。

静夜不眠因酒渴,沉烟重拨索烹茶。

"绛芸轩"便是怡红院,原著第五十九回的回目便叫"柳叶渚边嗔莺咤燕,绛云轩里召将飞符"。与怡红院相对的,自然是潇湘馆,而"茜纱"正是贾母特意为林黛玉选的窗纱。"苔锁石纹容睡鹤",当然是史湘云啦,再没有第二个大小姐在石头上睡过觉了。"井飘桐露湿栖鸦",所指该是探春,因为探春房间的后廊檐下种着梧桐。

"抱衾婢至舒金凤",这一句坦率说真不太好确定。大观园里给主子送过衣裳的大丫头可不止一个,鸳鸯给贾母送过,袭人给贾宝玉送过,紫鹃给林黛玉也送过。不过提到"金凤"免不了会联想到迎春,毕竟只有她的累丝金凤上过回目。原著第七十三回的回目中便有"懦小姐不问累金凤",所以若是此处的"金凤"是指迎春,那么这个"抱衾婢"则是司棋抑或是绣橘了。

"倚槛人归落翠花",也许是说的袭人吧?在原著第二十三回中,贾政向贾宝玉等人转告元妃让他们入住大观园的通知。贾宝玉离了贾政,往回走至来日的"凤姐扫雪拾玉"处,恰巧看见袭人倚在门边等着他,刚好袭人又姓花。

"静夜不眠因酒渴",还真是喝多了的真实写照,喝得七荤八素地回到家,睡到半夜渴醒了。当然啦,人家贾宝玉是可以慵懒而诗意地"沉烟重拨索烹茶"的,为他静夜烹茶的大有人在,而你我恐怕就只能打开台灯自斟茶了。

冬夜即事

梅魂竹梦已三更，锦罽鹴衾睡未成。

松影一庭惟见鹤，梨花满地不闻莺。

女儿翠袖诗怀冷，公子金貂酒力轻。

却喜侍儿知试茗，扫将新雪及时烹。

我以为这"梅魂"可以说是妙玉，也可能说是李纨，甚至可以说是薛宝琴。妙玉栊翠庵的梅花长得最好，李纨群芳夜宴时所抽到的花签乃是一枝老梅，而薛宝琴雪中抱梅的《艳雪图》则是大观园里著名的四美图之一。

"竹梦"自然是潇湘妃子林黛玉啦。"锦罽鹴衾睡未成"，照理也该是林黛玉，就只有她的睡眠最差。虽说史湘云也有择席之症，但那只是偶尔睡不着，只有林黛玉一年之中通共只睡足十夜，所以这"睡未成"对于她而言，实在是家常便饭。

"梨花满地不闻莺"应该是说薛宝钗和她的大丫头莺儿。薛宝钗初到贾府时，就住在梨香院内，她那著名的"冷香丸"便埋在梨花树下。下面的"女儿翠袖诗怀冷"应该还是说的宝钗。只有宝钗吃冷香丸，而且也正好和下半句相对。"公子金貂酒力轻"中的"公子"当然就是怡红公子贾宝玉本尊了。宝姑娘羞笼红麝串，怡红公子深恨无福直观感受一下宝姐姐那段雪白的酥臂，又想起"金玉"之说，登时如痴如醉，岂不正如"公子金貂酒力轻"一般？酒不醉人人自醉。

这扫雪烹茶该是学的妙玉的做派，妙玉就曾把五年前苏州蟠香寺的雪水拿来泡茶，据说若是用隔年的雨水泡茶，则火爆气不尽，泡不出上品的好茶来。这个在下确实是不懂，难道这泡茶的水也和酒一样，是需要有个窖藏的过程吗？

第二十四回

倪二与伏特加

原著回目为"醉金刚轻财尚义侠 痴女儿遗帕惹相思"

贾氏是个大族,并非只有宁、荣两府,族中后辈人口繁杂,贫富不一。贾芸便是住在所谓后廊上的草字辈的,这"后廊上"可能是位于宁、荣二府豪宅之后的民居,不然也不可能和倪二之流是邻居。贾芸幼年丧父,他父亲应该是玉字辈的,和贾琏、贾宝玉等人同辈,所以贾琏称其寡母卜氏"五嫂子"。

卜世仁是贾芸的嫡亲舅舅,一家香料铺的老板。就冲着他敷衍贾芸的圆滑劲,估计贾芸他爹死后,他借着帮忙料理丧事肯定没少从中做手脚、捞油水。贾芸找他赊些香料,打算拿去孝敬凤姐,以求谋个差事养家糊口,被他一口回绝不说,还啰里啰嗦说了一堆屁用没有的废话,末了还要装模作样地要留贾芸吃饭,可他那绝配的娘子却说:"你又糊涂了。说道没有米,这里买了半斤面来,下给你吃,这会子还装胖呢。留下外甥挨饿不成?"卜世仁让她再买半斤来,他老婆便让女儿到对门邻居家现借钱买去。这夫妻俩一唱一和地演着戏,贾芸怎么可能还待得下去!

贾芸离了卜家,一边低头想心事,一边往家走,一不小心撞到了邻居倪二身上。这倪二乃是附近有名的泼皮无赖,平时混迹赌场专门放高利贷的。这么个混混,偏生了一副侠义心肠,听了贾芸的烦恼当时便仗义疏财,随手便从搭包里掏出一包银子,声称共十五两三钱有零,要借给贾芸,还明确表态不要利息。贾芸因为自己平时和倪二来往并不十分密切,而且当时倪二喝了些酒,因此怕他醉中慷慨,万一酒醒了再加倍索取可就糟了,于是走到一个铜钱铺子里,将倪二的银子校了校秤,也好等自己的工作落实了还起来有个依据。不想,那包银子居然足足有十五两三钱四分二厘。倪二并没有撒谎,贾芸自此对倪二刮目相看。

本回原著的回目为"醉金刚轻财尚义侠",曹公用"金刚""义侠"这样的词语来形容倪二,自然是十分喜爱这个角色的。脂砚斋还生怕读者粗心,特意在回前提醒道:"醉金刚一回,是书中之大文字……亦书中必不可少之文,必不可少之人。今写在市井俗人身上,又加一侠字,则大有深意存焉。"更是剧透:"醉金刚一回文字,伏芸哥仗义探庵。"也就是说贾府被抄检以后,倪二和贾芸将去关押场所狱神庙探监。

因此,这样的倪二,虽说在剧中他只能和王狗儿之流差不多,日常估计也就只能喝些烧刀子之类的,但是我却想送他一瓶正宗俄罗斯的伏特加,方才配得上他这一腔豪气。

其实本回原著中是有一顿正式的宴席的,只是写得太过笼统,实在无从分析。贾赦偶感风寒,家里的子侄辈们照礼是都要前去请安问候的,所以贾宝玉、贾环、贾兰以及迎春姐妹等人全都聚到了贾赦的别院。邢夫人故意说有话要单独和贾宝玉说,让贾环和贾兰先走了,实际上是要留宝玉和姑娘们一起吃晚饭。在原著中,曹公只说是"调开桌椅,罗列杯盘",再无别话。前文曾说过贾赦是一定会有些藏酒的。当然,他肯定不会把82年拉菲拿出来招待这帮小屁孩儿的,而且他生着病,正服用汤药,自然是要忌酒的。常言道:"主不饮,客不食。"他不喝酒,众人自然也不会喝了。当然,既是招待姑娘们吃饭，贾赦是完全用不着露面的，反正成天混在女孩儿堆里的贾宝玉，府中也没几个人心里拿他当爷们儿看待的。

第二十五回

王子腾夫人的寿宴

原著回目为"魇魔法姊弟逢五鬼　红楼梦通灵遇双真"

贵族女眷的生日Party，向来便是重要的社交场合，从古至今都一样。大权在握的王子腾的夫人的寿宴更是上流妇女们争奇斗艳的好时机，什么新奇的首饰、新鲜的时装，此刻不穿不戴，更待何时？这样的场合，更是相亲的好机会。谁家有年已及笄的姑娘，谁家有弱冠的公子，这个时候就要留心了。该展示的要展示，该夸耀的就别谦虚了。

王子腾夫人寿诞，发了帖子来请贾母和王夫人。贾母不知何故没去，搞得王夫人也不好去了，只好由薛姨妈带队，领着凤姐、迎春、探春、惜春、宝钗、宝玉一起出席了。细心的读者一定会发现，这支队伍里少了一个人——林黛玉。她病了吗？没有。刚听说贾宝玉被贾环给烫了,她便赶过去瞧了。那么她有别的事吗?也没有。她一个人在家闷得要死,书中说:"林黛玉见宝玉出了一天门,就觉闷闷的,没个可说话的人。"可不,小伙伴们都去吃酒席了,就她一个人待在家里,怎么能不闷呢?

贾母为什么不让林黛玉跟着一起去玩玩呢?她太小了?可是探春、惜春都比林黛玉小,贾母为什么却让她们去了?林黛玉和王子腾夫人没什么直接的关系?迎春、惜春是宝玉的堂姐妹,黛玉是宝玉的姑表妹,大家的亲属关系差不多。

为什么贾母自己也没有去呢?因为王子腾夫人是晚辈,贾母可以去也可以不去?可是贾敬也是晚辈,他的寿宴,贾母虽然没去,但是有明确的理由:头天晚上因为看见贾宝玉他们吃桃,老太太嘴馋也吃了大半个,吃坏肚子了,不然肯定要出席的。可是王子腾夫人的寿诞,王家是正式打发了人来请贾母和王夫人的,而贾母并没有什么理由,甚至没有任何借口,就是不去,而且也不让林黛玉去,搞得王夫人"见贾母不去,自己也便不去了"。此处若用"王夫人见贾母不去,自己也不便去了"来表达似乎更贴切些。脂砚斋于这看似无关紧要处特批注了一句："所谓'一笔两用'也。"因此林黛玉的这一次落单，就不得不让人心存疑虑了。

老太太极有可能是心里不太平衡：想当年，贾家可是位列"八公"的，而王家只不过是个"都太尉统制县伯"，可如今贾赦只不过是个一等将军，贾珍只是个三品的将军，而且还都是世袭的虚职，贾政这个工部员外郎还是皇帝额外赏赐的。可是人家王子腾如今是什么呀？京营节度使，后擢九省统制，奉旨查边，后来还升了九省都检点。老太太也是人，怎么可能没点自己的私心杂念呢！迎春是贾赦的女儿，惜春是贾珍的妹子，贾赦和贾珍还都指望王子腾罩着点儿呢，迎春和惜春当然要去。林黛玉就不同了，林如海、贾敏都死了，干吗还要去拍人家的马屁啊？！根本没必要。

也许有读者会说，贾母这把年纪了，怎么可能还有这样世俗的念头？如果没有，为什么听说贾元春被晋封为凤藻宫尚书，加封贤德妃时，"贾母等听了方心神安定，不免又都洋洋喜气盈腮"呢？又为什么"宁荣两处上下里外，莫不欣然踊跃，个个面上皆有得意之状"呢？并不曾说"独贾母历经沧桑，诸事看淡"之类的话呀！

也许还有读者会说，王子腾夫人可不止请了一回客呀，原著第七十回王子腾的女儿要结婚，请王熙凤过去帮忙，顺便也请众人一起过去耍一天，贾母可就安排了林黛玉跟着宝玉、探春和宝钗四个一起去了呀！对，没错。可是看官您可曾注意到那时的黛玉早已过了及笄之年了吗？在原著第四十五回"金兰契互剖金兰语　风雨夕闷制风雨词"中，林黛玉亲口说"我长了今年十五岁"，因此必要的社交活动那是一定要参加的。

一定又有读者不服了：贾母是宝黛婚事的最大支持者，怎么可能安排林黛玉出去参加此类的相亲活动呢？诸君莫急，且容我辩白一二，说完您再评论不迟。

也许贾母在林黛玉进府的前几年，心里也曾有过这样的打算，但是随着时间的推移，随着对林黛玉的深入了解，这了解不光是性格也包括健康状况，加之薛宝钗的出现，贾母的想法则未必就一成不变了。一定有读者要说：贾母根本就不赞成"金玉良缘"之说。是的，贾母是不赞成"金玉"之说，但这并不是因为她讨厌薛宝钗所致。她反对"金玉"之说，更多的是从家族的内部政治斗争出发。对于薛宝钗本人，她还是颇为欣赏的。在原著第二十二回中，她为薛宝钗过生日，就是因为

"喜她稳重和平"。此处脂砚斋特意点评说:"四字评倒黛玉,是以特从贾母眼中写出。"

试想,若是贾母对于宝黛之事自始至终都不曾作过他想,那她为什么不直接挑明,趁着自己还说了算的时候将大局确定呢?她又有什么必要在见到薛宝琴后要让薛姨妈产生误解,以为自己有意要撮合宝琴和宝玉呢?而且这样的误解显然并非只是薛姨妈一人自作多情,连紫鹃也有所耳闻或者说心存疑虑。在原著第五十七回中,紫鹃便曾对宝玉说过:"年里我就听见老太太说,要定下琴姑娘呢。不然那么疼她?"更何况宝黛之间的感情,怎么可能瞒得过贾母这样的人精?这俩人都是她的心爱之人,他们的喜怒哀乐可都牵着她的心呢!可她就是不点破,除了在犹豫,难道还有什么更好的解释?

而且,随着宝黛二人年龄的增长,他俩的恋爱方式也并不是贾母所能认同的。贾母的随和是有尺度的,她可以允许身边的大丫头们和年轻的主子们一桌吃饭,一桌喝酒,一起说笑,但她毕竟是个老牌的贵族老太太,娘家是保龄侯尚书府,婆家是国公府,她的人生历程决定了她是不可能欣赏什么自由恋爱的,不然她也不会批驳《凤求鸾》,说这些书都是一个套路,什么才子佳人之说，最是无趣，而且"把人家女儿说得那样坏，还说是佳人"？一个"通文知礼，无所不晓"的"绝代佳人"，"只一见了一个清俊的男子，不管是亲是友，便想起终身大事来了，父母也忘了，羞耻也没了，鬼不成鬼，贼不成贼，哪一点儿是佳人？就是满腹的文章，做出这些事来，也算不得是佳人了"。林黛玉是她的外孙女，贾敏是她的亲闺女，林黛玉如果和贾宝玉之间的事情坐实了，她的颜面何存？

再加上林黛玉像个纸糊的美人灯一样，风都能吹得倒的身子骨，而宝玉是贾母的心尖子，黛玉再宝贝也不可能超越宝玉。贾母怎么可能拿自己亲孙子的婚姻大事冒险呢？

扯得有点远了，言归正传。王子腾夫人的寿宴都吃了什么、喝了什么呢？贾宝玉一回到家，王夫人便一长一短地问他："今日是哪几位堂客，戏文好歹，酒席如何？"是啊！我也正关心呢，酒席如何呀？尤其是酒呀，喝的什么酒？

王子腾在官场上能一路高升，除了工作能力外，为官谨慎应该也是官场的必备素质之一。整部红楼，诸位什么时候看见王子腾去过贾家？甚至连四王八公会聚的秦可卿的葬礼上也不曾有过王子腾的身影。是因为王子腾与贾府是亲戚,自家人,所以就不一一列出了吗?可是送殡的名单中清楚地写着"忠靖侯史鼎",贾母的亲侄儿。当然,也许恰好那会子王子腾正在巡边亦未可知。

总之,以在下拙见,王子腾府上的宴席不会有什么特别奢侈的酒,否则那位路易十四时期的大红人尼古拉·富凯便是前车之鉴。那富凯在自己的沃子爵城堡内宴请路易十四以及各路达官显贵三千余人,极尽奢侈与排场,除了想要讨好国王,当然也有心想要趁机在同僚面前炫把富,结果竟招致了国王的嫉恨,一声令下,以贪污罪将其逮捕。富凯最终由法兰西的财政总管沦为阶下囚,被扔进了巴士底狱。所以,我想王子腾家的宴席极有可能选择法国波尔多中级庄酒,经济、实惠、够档次,很难找出比波尔多中级庄的酒性价比更高的酒了。

波尔多中级庄是个神奇的存在,许多酒庄都和那些大名鼎鼎的列级庄毗邻而居。田里的葡萄们沐浴着一样的阳光雨露,长出来的葡萄本身的差距并不明显,就好比寒门子弟和富家子弟,全都生而为人,但是门第不同,便有了平民与贵族之分。当然,他们所接受的后天教育自然也会有所区别,渐渐地便走向了截然不同的人生旅途,似乎一切也都合情合理。

此处顺带简单科普一下什么叫作列级庄,什么叫作中级庄。

1855年巴黎世博会,应拿破仑三世的要求,波尔多葡萄酒经纪人工会根据当时各个酒庄的声望和历史价格所反映出来的品质,拟出了一份分级名单,一共61家,后来这61家就被称为列级庄,它们的酒标上就会写上"Grand Cru Classé"或者是"Grands Crus Classes en 1855"。国内有不少葡萄酒爱好者喜欢直接叫它们"钢库酒",取的是法语的谐音。它们中有许多品牌在中国消费者中广为流传,但真喝过的人并不多,喝过真酒的人就更少了,比如拉菲(Château Lafite)、木桐(Château Mouton)、玛歌(Château Margaux)等。

中级庄则是一帮不甘居于列级庄之下,可又没法改变历史的资产阶级庄主在1932年敦促波尔多贸易与农业商会所列出的一份名单,共计444家酒庄。这些酒庄从此以后便在自家的酒标上打上了"Cru Bourgeois"的标识。Bourgeois,意为"中产阶级"。

几乎所有的葡萄酒爱好者都知道法国葡萄酒分级有

个金字塔形的图标，共分九层，俗称分级九层塔。

塔尖上的理所当然是列级庄；紧随其后的便是中级庄；然后是村庄级AOC；第四层是产区AOC；第五层是波尔多高级AOC；下面是波尔多AOC；第七层是VDQS，也就是优良地区葡萄酒；下面是地区特色葡萄酒VDP；最底下一层是日常佐餐葡萄酒VDT。

上述字母均系酒标上所标注的葡萄酒产区级别的第一个字母，比如AOC全称为"法定产区葡萄酒"（Appellation d'Origine Contrôlée）。

从2011年1月1日起，又有了新的等级标识：AOC和VDQS合并成为AOP（Appellation d'Origine Protégée），大约可译为"原产地控名酒"；VDP改为IGP（Indication Géographique Protégée），就翻译成"地理标识控名酒"吧；VDT改为VDF（Vin De France）意思是"法国日常餐酒"。虽然有了新的分级制度，但是人们还是习惯于旧的分级制度，而且法国国家原产地命名管理局也授权葡萄酒生产商既可以使用AOP也可以使用AOC。尤其是绝大多数的消费者在提到法国的法定产区酒时，还是习惯称之为AOC产区。对于不懂法语的普通消费者来说，搞不清楚为什么要这么改，真的无关紧要，只需记住瓶标上每个单词的首字母就足够了，好歹知道一下自己手中这瓶酒的江湖地位即可！记不住新的分级制度，记旧的也没毛病，反正列级庄和中级庄的江湖地位依然如故。

这么看来，直观感受是不是觉得中级庄其实也很牛？但人家列级庄是在皇帝的授意下弄出来的，所以人家天生就在贵族的行列里，而中级庄坦率说是民间自发选举而成的。中产阶级又怎样？从阶级角度论，也还是平民阶层啊！但可怜的中级庄却被以贵族的标准要求着，从土壤到种植标准、允许收获的产量，再到后期的酿造过程，乃至最终成品的风味，甚至酒庄的自然环境、生产环境等，中级庄接受着来自法律以及中级庄协会的双重监督，因此中级庄的生产成本并不比列级庄低多少，但是最终一瓶盲品过程中很难鉴别出与列级庄酒的差异的中级庄酒，其市场价却连列级庄的零头都不到。

这就难怪中级庄的数量从最初的444家到了今天只剩下249家了，这其中有被考核淘汰的，也有受不了一年一度的严苛品评愤而退出的。虽说中级庄协会的一帮人也没闲着，在不停地想办法搞改革、求突破，但收效甚微，而新的中级庄分级制度无疑是在中级庄庄主们本就伤痕累累的心头上又撒了一把盐。唯一值得安慰的是，新规不再要求中级庄的酒必须每年送审了，而是审一次可以管五年。但是随之而来的大量的软硬件要求同样又让可怜的中级庄庄主们欲哭无泪，备受熬煎。

好吧，他们熬他们的，反正物美价廉的美酒最终还得乖乖地给咱酿出来，只管喝就是了。

第二十六回

薛蟠的生日宴

原著回目为"蜂腰桥设言传心事　潇湘馆春困发幽情"

只要有薛大少在场,吃喝便皆在其次,必然是笑声不断,这回也不例外。

虽说有古董商程日兴拍马屁送来的"这么长、粉脆的鲜藕,这么大的大西瓜,这么长一尾新鲜的鲟鱼,这么大的一个暹罗国进贡的灵柏香熏的暹猪",但即使没有这些,只要薛大少一开口,他的宴席也不会冷清。听见贾宝玉要送他一幅字或一张画做生日礼物,薛大少立刻凑趣说:"你提画儿,我才想起来了。昨儿我看人家一张春宫,画得着实好。上面还有许多的字,我也没细看,只看落的款,原来是'庚黄'画的。真真好的了不得!"从之前的"这么长""这么大"之类的形容词到眼前将"唐寅"读作"庚黄",诸君是不是和我一样肚子都笑疼了？然而没完，薛大少知道自己附庸不了风雅，便接着玩了个谐音梗："谁知他'糖银''果银'的。"估计下回再看见，他依然未必分得清什么"庚黄"与"唐寅"，长得实在是太像了！

其实，薛蟠的生日应该是五月初三，并不是他请贾宝玉等人吃饭的这一天。他之所以提前一天过，只是因为程日兴的四样礼十分难得，怕过夜了便不十分新鲜了。程日兴是贾政的门客，前文说冷子兴的时候曾经提到过他，也是干古董行的，照理肚子里也还是有几滴墨水的，应该大可不必讨好薛蟠这种分不清"唐寅"和"庚黄"的货色，但是"人在屋檐下，哪能不低头"！贾政是薛蟠的嫡亲姨父，不看僧面还得看佛面呢！总得给王夫人个面子吧？更何况薛蟠乃是"珍珠如土金如铁"的"雪"家大少爷，古董行里混的便是这类人的金银，所以这个马屁怎能不拍?！

不过话又说回来，薛大少虽然浑，但其实本质上和贾宝玉一样，不过都是被宠坏了的富四代罢了。薛蟠看中的东西必须弄到手，哪怕为此伤人性命亦在所不惜。贾宝玉和他性情不同，他的观点是："这件东西不好，横竖那一件好，就弃了这件取那个。""你原是来乐的，既不能取乐，就往别处去再寻乐，玩一会子。"因此他是绝对不会为了某一件东西而执着的，所以他能对林黛玉如此痴情，声称："任凭弱水三千，我只取一瓢饮。"对于他这样性格的人还真是难得。不过他也并未做到，最终还不是"金锁配玉娃"了？虽说是"终不忘，世外仙姝寂寞林"，但终究"齐眉举案"的还是"山中高士晶莹雪"，也不过就是个人心不足罢了！所以难免感慨："叹人间，美中不足今方信。纵然是齐眉举案，到底意难平。"

薛大少喝令手下打死冯渊是任性，贾宝玉撵走茜雪、踢伤袭人又何尝不是任性呢？众多读者因为香菱事件对薛蟠的霸道形象先入为主，而贾宝玉则一直是多情公子的人设，其实真要让现代的年轻小姑娘们做个选择，未必人人都选贾宝玉呢！薛蟠"吃着碗里看着锅里"的毛病尽人皆知，可那也分对谁。宝蟾若非夏金桂怂恿，薛蟠也未必敢下手，如果换成那个叫他当场便"酥倒那里"的"风流婉转"的林黛玉，未必不是另一番景象。而贾宝玉呢？说起来他是拿林黛玉当女神一样供着的，但这并不妨碍他和袭人、碧痕、晴雯等人各种各样的肌肤之亲。试问，现代的姑娘们谁能受得了这个?

又扯远了。赶紧给薛大少的生日宴配款好酒吧。西瓜算是饭后的水果,不去管它。粉脆的鲜藕,清炒最好,糖醋也可,新鲜的鲟鱼,最好是清蒸才够鲜美,灵柏香熏的遏猪,便烤了吃吧。其他的配菜暂不理论,只眼前的几道美食嘛,慕斯卡岱(Muscadet)半干白葡萄酒配清炒藕片或糖醋藕以及清蒸鲟鱼皆可。慕斯卡岱的特点是:不甜,略带些许咸味,酒质坚硬但并不尖酸,配清蒸鱼或是其他的原味海鲜再合适不过了。

至于那道烤香猪嘛,长相思是首选。纯净的果香和草本植物的气息在口腔中弥漫,略微偏高的酸度恰到好处地化解了烤肉的油腻感。

第二十七回

冯紫英与人头马XO

原著回目为"蒋玉菡情赠茜香罗　薛宝钗羞笼红麝串"

若是依着原著来，冯紫英的宴席本该在下一回，也就是第二十八回，可是因为这顿饭本是在薛蟠的生日宴上预约下的，所以在下便将这一席安排在薛蟠的生日宴后面了。

原著中煞有介事地提及冯紫英，是在第十回秦可卿重病之时，他给宁国府推荐了一位"学问最渊博，更兼医理精明，且能断人的生死"的高手，也就是前文提到过的张医生。在那一回中，冯紫英虽未露面，但从张医生一口一个"我们冯大爷"来看，他与冯紫英虽是师生之谊，但却对冯紫英十分尊敬。众读者自然便对冯紫英有了好奇之心，但冯紫英始终不曾露个脸。直到秦可卿的葬礼上，冯紫英才和陈也俊、卫若兰等诸王孙公子一起被胡乱点了个名。只因那葬礼上另有更为重要的人物需要浓墨重彩地来描述，没错，正是北静王水溶要出场了。因此冯紫英自然不能露脸，否则怎么写也都是个配角儿。

在薛蟠的生日宴上，冯紫英总算是正式闪亮登场。冯紫英的出场和王熙凤、史湘云俩人的出场有着异曲同工之处。王熙凤是"人人皆敛声屏气，恭肃严整"之时，"只听后院中有人笑声，说：'我来迟了，不曾迎接远客'"。接着便在一群媳妇丫鬟的围拥之下仿若神妃仙子一般的出现了。写史湘云的出场是宝玉和宝钗到贾母那儿去看她，"只见史湘云正大笑大说的"。写冯紫英则是小厮报告"冯大爷来了"，薛蟠等人一齐都叫"快请"。话音未落，"只见冯紫英一路说笑，已进来了"。三个人，可以说都是未见其人，先闻其声。

《红楼梦》有个特点，好词好句几乎全都用到女孩身上了。王熙凤是"脂粉队里的英雄"，足以愧煞束带顶冠的男子；史湘云是生来便"英豪阔大宽宏量，从未将儿女私情略萦心上。好一似，霁月光风耀玉堂"。当然，曹公也还是有华丽的辞藻用来形容男士的，比如说北静王水溶是"面如美玉，目似明星，真好秀丽人物"，说秦钟是"清眉秀目，粉面朱唇"，说蒋玉菡则是"妩媚温柔"，总之多多少少都带着些脂粉气。唯独对冯紫英，不但没有一丝一毫的闺阁气，还将其与王熙凤和史湘云二位大美女用同样的手法来描述，这自然是因为他们仨有着类似的性格特征。当然，冯紫英的出场也的确没有让人失望。

冯紫英一进来，薛蟠便看见他脸上的青伤，就问他和谁打架了。冯紫英答得妙，笑道："从那一遭把仇都尉的儿子打伤了，我就记了，再不怄气，如何又挥拳？这个脸上，是打围在铁网山，教兔鹘捎一翅膀。"少年英侠的形象顿时跃然纸上。更妙的是，冯紫英只是到场点个卯便离开了，因为早退，所以站着将两大海的酒一气饮尽，平添了万丈豪情。临行前，他还撂下话，"多则十日，少则八天"，他做东，一面说一面就出了门，策马而去。是不是帅呆了、酷毙了？

冯紫英的宴席客人很简单，贾宝玉、薛蟠、蒋玉菡、妓女云儿，还有许多唱曲儿的小厮。准确地说，只有贾宝玉和薛蟠两个算是正经客人，其他人等不过都是来烘托气氛的。

看见蒋玉菡，不禁想起贾宝玉这个口是心非的小子一向声称:"女儿是水做的骨肉,男人是泥做的骨肉。我见了女儿,我便清爽;见了男子,便觉浊臭逼人。"可是他一见了这蒋玉菡"妩媚温柔,心中十分留恋,便紧紧的捏着他的手",约他有空到家里做客。当听说蒋玉菡便是名满天下的琪官时,他更是当时便将自己随身携带的一个玉玦扇坠赠予蒋玉菡。而当蒋玉菡将自己的汗巾子送给他时,他则赶紧解下自己的互换。虽说这汗巾子来日另有他用,只是此刻却终究是贴身之物,他也不嫌"浊臭"了。想当年初见秦钟时,他也是自忖:"天下竟有这等的人物!如今看了,我竟成了泥猪癞狗了。"可见,无论男女,即便是贾宝玉、薛蟠也一样,凡帅哥美女都喜欢。养眼嘛!只不过贾宝玉的要求更高一些,尤其是对男性,必得超凡脱俗者方才入得他的法眼。而且贾宝玉和他们交往是建立在彼此尊重的基础上,即使是同性,也要两情相悦方可。薛大少则管不了那么多,他是完全从自己的喜好出发,图的是大爷我自己开心就好。正如警幻仙子所言:"淫虽一理,意则有别。如世之好淫者,不过悦容貌,喜歌舞,调笑无厌,云雨无休,恨不能尽天下之美女供我片时之趣兴,此皆皮肤淫滥之蠢物耳。"贾珍、贾琏、薛蟠大概都属这一类的。唯独贾宝玉，"天分中生成一段痴情"，仙子谓之"意淫"。如今的佛系中青年倒是有不少人悟得了几分真味呢！

另外，这个妓女云儿必须得提醒诸君一下。《红楼梦》里有两个云儿，一个是这个锦香院的妓女云儿，另一位则是位列十二钗的史湘云，从贾母开始，林黛玉等人都曾称史湘云为"云儿"。曹公最会给人起名字了，什么样刁钻古怪的名字他老人家可都想得出来，怎么会突然词穷，居然给史湘云这么重要而且又是他这么喜欢的人物起了个和妓女一样的名字呢？这自然是另有深意的。今日的云儿便是他日的湘云。

秦可卿是十二正钗中第一个出场的，冯紫英曾给她举荐过张医生；史湘云是十二正钗中最后一个出场的，今日，冯紫英的宴席上有锦香院的云儿。他日，焉知冯紫英的饭局上没有湘云呢？也许，冯紫英也是贾府衰败的最终结局的目击者之一。

那么冯紫英的宴席喝什么好呢？且不管他们吃了什么，单只冯紫英这个人，便值得为他特配一款专属他的酒。

英国诗人塞谬尔·约翰逊曾说过："葡萄酒予后生，

波特酒惠成人。唯此白兰地，留赠我英雄。"冯紫英这样的少年英侠自然是要配上一款白兰地了，还有什么酒能比人头马XO更适合冯少侠的?!

人头马XO是顶级特优香槟干邑，采用人头马家族私藏"生命之水"进行调配，是XO同等级别中陈酿时间最久的，具有独特的味觉与芳香，入口醇香丰盈，富含茉莉、鸢尾花、无花果等花果香味，可净饮，亦可加冰。净饮时，酒香自然、醇厚，回味悠长；加冰后，则果香更为突出，入口纯净，回味干爽。

最爱人头马瓶身上的那个半人半马的射手Logo，像极了冯少侠！

坦率说，原本是想将冯少侠比作路易十三（LOUIS XIII）的，路易十三可算是人头马家族最上乘的干邑，浓郁的花香中混杂着些许辛辣的气息，既有茉莉的清香，又有番红花热烈的芬芳，还有一丝丝雪茄的熏馨，以及细致的干果香和柔和的乳香弥漫，入口后随即会有无花果和细微的檀木香味在舌尖绽放，香醇丰厚，真正的余味绵长。路易十三所用的酒瓶也与众不同。纯手工打制的巴卡哈（Baccarat）水晶玻璃瓶，桶陈时间少于50年的干邑是绝对不能称为路易十三的。也正因如此，我才不想让它来配冯紫英,实在是太老了!和英姿勃发的冯少侠有点违和,而且其酒体风骨也太过沉稳,若不认认真真地细品慢咽还真未必品得出那么复杂的风味。怎么想都不如人头马XO与冯少侠更般配!

第二十八回

林红玉和赤霞珠

原著回目为"滴翠亭杨妃戏彩蝶　埋香冢飞燕泣残红"

为着冯紫英的缘故，将本回置后了。

本来元春归省之时，林黛玉是打算要好好地露一手，以便将众人压倒的，却没得着机会——元春只让每人各题一匾一咏。直到这一回，林黛玉的文采才第一次得到充分的展示：先是又玩了一把行为艺术——葬花，为什么说是"又"呢？因为这不是头一回了。上回是和贾宝玉一起葬的桃花，不知这回葬的是些什么花。想来该是和贾宝玉一样，收拾些凤仙、石榴等各色落花，反正无关紧要，要紧的是人家林妹妹随口便吟了一首《葬花词》。诸君可能会诧异：这么长的一篇《葬花词》，莫非是信口所吟呢？没错，林妹妹就是这么有才、这么牛。试想，她总不能在家先把《葬花词》写好，背熟，然后再出去扫花、葬花吧？关键是还得一边背一边哭呢！万一背卡壳了呢？所以绝对不用质疑林妹妹的才情。

林黛玉葬花之时，一直在怡红院里备受压迫的林红玉终于逮着了一个一显身手的好机会——替凤姐办事。只一件事便让王熙凤大加赞赏，夸她"说话虽不多，听那口声就简断"，而且当时便要认她做干女儿。只因林红玉的妈已经认了王熙凤做干妈了，只好作罢。时隔不久，林红玉便被凤姐直接调到身边去了。到了清虚观打醮之时，已然和平儿、丰儿一起成了凤姐的贴身丫鬟，而那几位嘲笑她不配递茶递水、说她攀高枝的怡红院的大丫头，则因为主子是个爷，这种可以大开眼界的出外差的美事，永远也不可能轮到她们。不过相对于后来的抄检大观园，外出观光这种事实在是太微不足道了。林红玉若不是离开了怡红院，难保不被卷进那个旋涡里，前景如何还真说不准。

其实林红玉是贾府内妥妥的官二代：父亲林之孝是荣国府仅次于赖大的二号大管家，人称林二爷；母亲自然也就是略逊于赖大家的二号管家婆。人家林红玉并没有走关系、通路子，而是完全靠自身实力得到了领导的赏识，成功进入"总经办"，成了凤姐的左膀右臂。不仅仅是工作，爱情也一样。林红玉同样靠一己之力，成功地网到了贾府的正经公子爷——贾芸。虽说贾芸眼下一般般，但人家是绩优股，尤其是将来贾府败亡之时，贾芸是有一段仗义探庵的戏份的。也只有这样的夫妻二人，才有可能在贾宝玉落魄之时"有大得力处"。

在前文第五回中，我们曾把林黛玉比作以赛美容和长相思酿成的滴金。那么，这个和林黛玉的名字有着一字之差的林红玉，我们给她配一款什么酒呢？

赤霞珠吧，既有红酒，也有桃红酒、起泡酒，还有甜酒。

如果是葡萄酒的初级爱好者，可以选择赤霞珠酒进行自我训练。这酒比较容易鉴别，香气浓郁，而且赤霞珠酿造的葡萄酒的气味受采摘季葡萄成熟度的影响十分明显：如果当年的果实成熟度高，酒液会有明显的黑色水果的香气，诸如桑葚、李子、黑醋栗等；如果采摘时迫于各种气候因素，果实不够成熟，酒液则会呈现植物的气息，诸如青草、青椒、雪松等；如果是经过橡木桶陈酿的，还会有浓郁的烟草、雪茄、咖啡等香气。

据美国学者考证，赤霞珠是由品丽珠（Cabernet

Franc）和长相思这两种葡萄杂交而来，因此生命力特别顽强，易于成活，抗病能力超强，尤其是对于灰霉菌的抵抗力更是首屈一指，因此得以在全世界范围内广泛种植。前文我们曾提到过灰霉菌，如果伺候妥了，可以酿制贵腐酒，就是那款专属于秦可卿的酒，一旦伺候不好，则有可能导致葡萄大面积死亡。因此，几乎没有哪个葡萄种植者提到灰霉菌不头疼的，而赤霞珠恰恰对这种病菌有着超强的抵抗力。这顽强的生命力是不是和林红玉有几分神似？

第二十九回

贾母和高蒙达瑞亚

原著回目为"享福人福深还祷福　痴情女情重愈斟情"

清虚观里的张道士是当年荣国公出家修行的替身。这里的荣国公,照理来说应该是荣国府的创始人——贾源。林黛玉一进荣国府时所见到的"荣禧堂"匾额上便明确写着"某年月日,书赐荣国公贾源"几个字,落款是"万岁宸翰之宝",也就是皇帝亲笔所书。曹公借冷子兴之口也曾明白交代:"自荣公死后,长子贾代善袭了官,娶的也是金陵世勋史侯家的小姐为妻。"不知为什么要用"也是"二字?难道宁国府的贾代化娶的"也是"金陵世勋史侯家的小姐不成?兄弟俩娶了姐妹俩也不是不可能的。若真是这样,可就难怪贾珍对贾母如此的恭敬有加了。虽说贾母是宁、荣二府活着的唯一的老祖宗,但从原著的字里行间不难看出,贾珍对于贾母的恭敬绝对不仅仅是出于表面上的礼节，而是实打实地出于真心。让尤氏婆媳预备过年送给贾母的针线礼物；年货送到，留出供祖的，马上便将各样都取了些，让贾蓉送到荣国府。元宵节看戏，贾母一声"赏"，贾珍等人赶紧让小厮们往台上撒钱，讨贾母欢心，连中秋节的月饼都是自己先试吃后才让做了孝敬贾母。贾敬生日宴时，贾母缺席，贾珍一直惴惴不安，直到王熙凤说了贾母因为贪吃了大半个桃子，所以拉肚子来不了了，贾珍才放下心来说："我说老祖宗是爱热闹，今日不来，必定有个原故，若是这么着，就是了。"

同理，也就不难理解：贾母为什么要将宁国府的惜春养在身边；为什么贾宝玉挨了贾政的打，贾母把贾珍叫到跟前骂上一顿了——怎么说贾珍也是个朝廷的命官，贾母这样的官宦世家出身的贵妇人，怎么可能像个市井老太太，为了自己的孙子就把隔房的孙子喊过来骂一顿呢？而且这孙子还是个三品威烈将军。如果贾珍的亲奶奶和贾母乃是姐妹，那么这一切便都顺理成章了。

说到贾珍的三品爵位，不得不再多扯几句。按照律法，世袭的官每传一代应该降一级，但是在秦可卿的葬礼上，贾蓉的履历上写着："曾祖，原任京营节度使世袭一等神威将军贾代化。"

那么是不是可以理解为贾代善也是个什么世袭一等将军呢？因为贾代善和贾代化是堂兄弟，他们俩的官爵分别从各自的父辈处继承而来。但是在林如海给贾雨村做介绍时却说贾赦"现袭一等将军之职"，而宁国府的贾珍则是"三品爵威烈将军"。贾珍的父亲贾敬如果袭爵该是个二等将军，贾敬的父亲贾代化是一等将军，爷爷是宁国公，一点不乱；可是荣国府的贾赦和贾敬是平辈，但是爵位却和叔叔辈的贾代化平级，这就说明荣国府其实在爵位上已经高出了宁国府一级了。虽然原著中并没有交代缘由，不过通过上面的叙述，我们不难发现，这高出来的一级发生在贾代善身上。贾代善承袭的爵位并没有降级，仍然是荣国公，所以这张道士乃是贾代善的替身，并非那位荣国府的创始人——荣国公贾源的替身。

也正因如此，张道士和贾母叙旧时才会套近乎说："我看见哥儿的这个形容身段，言谈举动，怎么就同当日国公爷一个稿子！"贾母也说自己养了"这些儿子孙子，也没个像他爷爷的，就只这宝玉还像他爷爷"。人人都说贾母生来便是个享福之人，可是贾母的痛只有她自己懂。张道士说:"当日国公爷的模样儿,爷们辈的不用说,自然没赶上,大约连大老爷、二老爷也记不清楚了。""爷们辈"指的是贾珍、贾琏等"玉"字辈,而"大老爷、二老爷"指的则是贾赦、贾政、贾敬等"文"字辈,也就是说贾代善是英年早逝,儿子们根本都记不清他的长相了。估计贾代善是病故,所以才有可能是因为久病缠身而选了这位张道士做替身出家修行。妙玉不就是因为自小多病,买了许多替身都不管用,才不得已亲自人了空门吗?当然,贾代善肯定不可能是"自小多病"之身,否则他怎么可能承袭荣国公之爵呢?更不可能弄六个小老婆在房里了。所以没准是立了战功呢!而这病也许便是从战场上带回来的。

因此,贾母实际上是青春守寡。偌大一座荣国府,赫赫扬扬这些年,即便是成年的贾赦也不过是个"膏粱轻薄之流",贾政则是个"诗酒放诞""不谙俗务"之人。试想,贾赦等人尚未成人之际,更别提贾琏等人了,荣国府靠谁?全靠贾母一力支撑啊!这就难怪当贾母听见薛宝钗奉承她说"我来了这么几年,留神看起来,凤丫头凭她怎么巧,再巧不过老太太去"时,毫不谦虚地说:"我如今老了,哪里还巧什么。当日我像凤姐儿这么大年纪，比她还来得呢。她如今虽说不如我们，也就算好了。"贾母说这话还真不是倚老卖老，自吹自擂。一直到她过八旬大寿时，对于留宿的喜鸾和四姐儿，她都还能关照到。那位"独艳理亲丧"的宁国府当家奶奶尤氏不得不由衷地感慨："老太太也太想得到，实在我们年轻力壮的人捆上十个也赶不上。"李纨也赞叹："凤丫头仗着鬼聪明，还离脚踪儿不远。咱们是不能了。"所以贾母才是《红楼梦》里真正的头号女强人啊！这也是为什么贾母对李纨处处关照，让她的月例和自己以及王夫人同级，年终分红也拿最高级别，平时还有租金收入。因为贾母自己就有切身体会，知道青春守寡有多难！

所以贾母这老太太，如同一款塞浦路斯高蒙达瑞亚（Commandaria）。这是目前仍在生产的世界上最古老的葡萄酒，它的生产历史可以追溯到公元前800年。相传英格兰国王理查一世，骁勇善战，在战场上如同雄狮般威猛。他率十字军东征途中夺得塞浦路斯岛，十分喜爱岛上出产的高蒙达瑞亚，不仅把它定为自己的婚宴用酒，还盛赞其为"国王的葡萄酒，葡萄酒之王"（The wine of kings and the king of wines）。

高蒙达瑞亚的酒体十分强劲,味道丰富,具有明显的咖啡、干果、野生浆果等气息,陈年能力也很强,适饮温度为8℃～15℃。这样的酒和贾母这样的贵族老太太一样,需要细细地品,慢慢地品。

第三十回

生气要喝莫吉托

原著回目为"宝钗借扇机带双敲　龄官画蔷痴及局外"

宝姐姐一向端庄贤淑,没想到也有生气发火的时候。究其缘由,乃是因为薛蟠生日,家里请了戏班子,宝钗嫌人多太热了,故而离席溜到大观园里躲一会儿清静。不巧贾宝玉和林黛玉两个又怄气,贾宝玉正无趣之时,见到宝钗便没话找话,随口打趣说她像杨贵妃,"体丰怯热"。薛宝钗听他说自己因为胖所以怕热,当然不高兴了,于是针锋相对说:"我倒像杨妃,只是没一个好哥哥、好兄弟可以做得杨国忠的!"这话乍听没什么大不了的,但若是细琢磨可就不简单了:贾元春便是正经的皇妃呀,她又何尝有个好哥哥、好兄弟可以做杨国忠呢?她嫡亲的兄弟一个死了,一个整天只知道混在女儿丛中,即便算上贾环又如何?还不是废物一个!

恰巧小丫头靛儿丢了扇子寻了来，因宝钗平时为人极其随和，于是靛儿便不假思索地问宝钗有没有藏了她的扇子逗她。不想宝姑娘这回却当着众人的面拿手指着靛儿训斥道："你要仔细！我和你玩过，你再疑我。和你素日嘻皮笑脸的那些姑娘们跟前，该问她们去。"小丫头靛儿吓得一溜烟跑了。贾宝玉当然听出这话乃是一语双关，宝钗在他面前一向十分自重，不比林黛玉，和他好起来一桌吃饭、一床睡觉，恼起来又哭又闹；自己刚刚开的玩笑显然是惹恼了宝姐姐，只得赶紧躲开了。

这里头有个时间差的问题，借此机会聊一聊。前文刚说过薛蟠的生日宴乃是五月初二，因为薛蟠亲口说："明儿五月初三日是我的生日。"当天晚上，宝玉吃饱喝足回到家，宝钗来访，二人便坐着闲聊。恰好林黛玉也来找他，却因为晴雯和碧痕拌嘴怄气没给林黛玉开门，把林妹妹气得哭了大半宿。至次日，理应是五月初三，可是时间突然神奇地倒转到了四月二十六——芒种。这一日，别人都在高高兴兴地忙着祭花神，唯有林妹妹哭哭啼啼地忙着葬花呢。贾宝玉收拾了些落花也打算掩埋，正好遇到林黛玉葬花。两人怄了几句，自然便又重归于好了。可是这两人好不了三分钟，就又为着三两句话不开心了。于是贾宝玉留在王夫人处吃饭，林黛玉则自去贾母处吃饭。贾宝玉哪里沉得住气？吃完撂下饭碗，便去贾母处找林黛玉。林黛玉正在贾母房内裁剪。

此处还得插一句关于林黛玉裁剪的事。有说林黛玉是替贾母做衣服的，也有说林黛玉是替元春裁衣服的，我个人比较偏向于后者，即林黛玉是替元春裁剪。首先，林黛玉肯定不可能替一般人裁剪，而且是在贾母屋子里，这一点毋庸置疑。平时绣一两个荷包玩儿，贾母还怕把她累着了，所以绝对不可能允许任何人给林黛玉安排工作的，当然也是不可能让林黛玉给她做衣服的，贾府里自有专门做针线的人。那么假设林黛玉虽然平常不做女红，但实际上是个缝纫的高手，整个贾府上下有可能支使她干活的，除了贾母绝不可能有第二个人，而能够让贾母支使林黛玉为其干活的也绝对不可能有第二个人，只有贾元春。贾元春贵为皇妃，宫中自有专职人员为其服务，需要娘家人为其准备服饰只有一种理由，那就是贾元春有喜了。也许只是个喜讯，所以贾府并未声张，但也不可能不先行预备着。

于是便有了原著第二十五回王熙凤求林黛玉办事的

话:"我明日还有一件事求你。"当然,如果是王熙凤出面请林黛玉替元春缝纫,那她自然是事先请示过贾母的。又或者这本来就是贾母的主意,王熙凤不过是个执行者罢了。贾母自然很清楚贾府上下有多少人对林黛玉所受的尊宠羡慕嫉妒恨,也许她正好有心想借此事让林黛玉露一手,让众人知道,林姑娘可不是只会吟诗诵词,针线女红也一样顶呱呱,人家平时不是不会做、不能做,而是没想做、没必要做。

于是,到了第二十八回又有了那笔账本不像账本、礼单不像礼单的记录:"大红妆缎四十匹,蟒缎四十匹,上用纱各色一百匹,金项圈四个。"其他的倒也罢了,蟒缎可不是给寻常人等使用的。再加上那四个金项圈,怎么看都像是给皇家小宝宝准备的礼物呢!这也正好和第五回中元春的判词相对应:"榴花开处照宫闱。"

石榴开花结籽在中国传统文化中历来便是多子多福的象征,而且石榴一年开三次花:第一次在农历二月左右,因为气温太低,所以果实留不住;第二次则在农历五月,气候适宜,正是时候;有的还会在十月再开一次,但基本上很难结果,即使结了因为五月枝干的养分已被耗尽,果实也很小,甚至挂不住。所以农历五月正是石榴开花结籽的最佳时刻。而且在原著第三十一回中,曹公又特借着史湘云的丫头翠缕之口将大观园里的吉兆也说了一遍:"他们那边有棵石榴,接连四五枝,真是楼子上起楼子。"又特让湘云解释说:"花草也是同人一样,气脉充足,长得就发。"这也就可以理解为什么元春要安排贾珍带人去清虚观打三天平安醮了。

好了,接着说时间问题。贾宝玉看见林黛玉在忙着裁剪,当然舍不得,正打算要管闲事呢,外头有人请,只得出去。原来是冯紫英相邀,时间在这个时候突然就又和薛蟠的生日宴接上了头。五月初二的宴席上,冯紫英允下"多则十日,少则八天"回请薛蟠与贾宝玉。若按四月二十六算呢,冯紫英请客的时间该是五月初五左右;若按五月初二算则是五月十五左右,冯紫英回请。但见面时冯紫英和贾宝玉都说是"前儿""前日",所指乃是薛蟠请客的时间,本来这样的说辞不过是对"前些日子"的一种笼统的表达方式而已,但是按照原著中的故事情节看却又分明该说"昨儿"抑或"昨日"。当贾宝玉从冯紫英家回来后,袭人向他汇报了"昨日"相关事宜,即元春打发太监传旨五月初一到初三由贾珍带队率领所有的男士去清虚观打平安醮,还给家里的女眷们送了端午节的礼物,第二天薛宝钗便将元春的礼物红麝珠串戴上了。

然后故事情节便直接细述五月初一清虚观打醮的事,宝黛二人因为清虚观的张道士所送的金麒麟又一次闹矛盾。两人初二一整天没见面,到了初三,正是薛蟠生日,家里摆酒唱戏,邀请贾府诸人。贾宝玉心情不好,便推病没去。随后便到了五月初四,袭人便劝宝玉,"明儿初五,大节下"别和林姑娘闹意见了,以免惹得大家都不得安生。于是贾宝玉便去潇湘馆登门致歉,结果一波未平一波又起,两人又是一番哭闹。正欲和不和之际,凤姐奉贾母之命过来侦察,两人只得一起跟着到贾母处。黛玉不理宝玉,宝玉闲得无聊便和宝钗随口搭讪,于是搭出了宝姐姐这顿火气来。

所以,此时的时间节点应该是按照五月初四算的。薛蟠的生日宴连摆两天倒也不为过,只是作者似乎忘了前面已经在初二提前给薛大少过生日时以及之后所发生的一系列事件了,也许是因为"庚黄"的故事委实可笑,也许是因为《葬花词》的确精彩,两段文字哪段曹公都不舍得删除。

因此,这一段的时间线实在是有些混乱。若按薛蟠过生日这条主线来算,冯紫英的十天、八天,其实不过是第二天而已,那么"葬花"以及"清虚观打醮"则都是凭空插入的情节。若是按黛玉葬花之日——四月二十六为起点算,则薛蟠提前过的生日宴便是凭空插入的一场戏,冯紫英的"前日"也就只能理解成"前些日子"了。

说真的,一本书写了十来年,又不像我们今天这样有电脑,什么粘贴、剪辑、复制皆是举手之劳,手工抄录、誊写过程中发生各种失误都在所难免,所以《红楼梦》中关于时间的紊乱还不止这一处。

比如林黛玉"年方五岁",林如海夫妻"见她聪明清秀,便也欲使她读书识几个字",贾雨村正好被罢官闲居扬州,听说这事便托人谋进盐政府。"堪堪一载"光景,贾敏病逝,林黛玉哀痛过度,犯了老毛病,请病假。贾雨村无事外出闲逛,遇到当年的同案犯张如圭,听说了"都中奏准起复旧员之信",于是回到家第二天便求林如海帮忙。林如海一口应承,同时托他将林黛玉带到京城,出发日期便定在正月初六。因此,林黛玉六岁时她妈死了,过完年动身去贾府也不过只有七岁,虽说她在回答王熙凤的询问时自称"十三岁了",但若真按她所说，前后时间就更不搭了。此处且不去理论，后文再细述。林黛玉到了贾府第二天便听说薛蟠打死冯渊，王子腾要把他弄到京城之事。

薛蟠一家从金陵到京城就算是边走边玩，一年半载怎么也到了。而薛宝钗到了贾府当年便是十五岁，贾母"喜她稳重和平，正值她才过第一个生辰"，便出资替宝钗过生日。这个年龄倒是和薛家送女入京备选相吻合。那么薛宝钗至少应该比林黛玉大了八岁才对。到了原著第四十五回，林黛玉十五岁，听她说话的语气，倒是的确在贾家待得够久的了，又是哀叹无人像宝钗一样调教自己，又是感慨自己吃穿用度皆是贾家所供，这倒是很符合她在别人家寄居八年之久的想法。可是曹公却叫宝姐姐情何以堪？八年过去了，宝姐姐岂不是已经二十三岁了？这在那个时代可如何是好？

贾母的生日也一样，原著六十二回探春明明说"过了灯节，就是老太太和宝姐姐"的生日，可是第七十一回却又说"八月初二乃贾母八旬之庆"。

唉！由它去吧！瑕不掩瑜。我们还是回到宝姐姐发火这事上吧。这样热天，容易上火，给宝姐姐调杯莫吉托（Mojito）吧！配方简单，比例随心，把新鲜的青柠汁、薄荷汁还有白糖搅碎在一起,倒入适量古巴白朗姆酒,根据自己的喜好,再加入适量苏打水和冰块,最后再放几片薄荷叶或柠檬片点缀一下即可。成品无色透明,口感酸甜、清凉,绝对的夏日首选。

第三十一回

粽子如何配酒

原著回目为"撕扇子作千金一笑　因麒麟伏白首双星"

端阳节又叫端午节,蒲艾簪门,虎符系臂,这些都是传统的风俗,当然更少不了粽子。王夫人置了酒席,请薛家母女赏午,黛玉、凤姐等人作陪。

这顿饭吃得十分无趣,原因比较复杂:第一,王夫人的大丫头金钏儿因为和贾宝玉说话口无遮拦,刚被撵回家去;第二,袭人昨晚被贾宝玉误伤,被一脚踹得吐了血,此刻正躺在床上疗伤呢;第三,宝姐姐昨天刚发过火,她又不是林黛玉,和贾宝玉时好时歹乃是家常便饭,而宝姐姐今天是不会搭理贾宝玉的;第四,林黛玉并不知道金钏儿和袭人之事,只当贾宝玉是因为薛宝钗不开心而不开心,于是她当然也就不开心了;第五,最会调节气氛的王熙凤因为已经知道了金钏儿的事,知道王夫人不开心,她自然不可能再说笑了。这顿饭还怎么可能吃得开心有趣呢?因此,今日之筵,大家无兴而散。

贾宝玉闷闷不乐地回到自己房中。袭人病着,晴雯便来伺候他,结果失手把扇子给跌折了。于是,为着这把扇子,袭人、晴雯、贾宝玉几个闹了一场,亏得黛玉走来,戏称他们是为了争粽子吃争恼了,这才劝开了。黛玉前脚走,薛蟠后脚差人来请贾宝玉去吃酒。还好,这顿酒尽席而散。

不管是王夫人的筵席,还是薛蟠的宴席,既然都是打着端午节的名头,席上自然是要上几个粽子意思意思的。那么,吃粽子配什么酒好呢?

那得看是甜粽子还是咸粽子了。不过有个大的原则就是:甜配甜,咸配咸。在这个基础上呢,如果是甜粽子,就根据粽子甜度的轻重来寻找味道、质感类似的酒,最好是在白葡萄酒类中选择,因为白葡萄酒的口感基本偏甜酸。

如果是咸粽子,大多是有肉的,那么最好是选一款红葡萄酒来配,就让单宁来缓解被肉汁浸透了的又油又腻的糯米吧!无论是酒还是粽子,都别有一番丰润、饱满的滋味在舌头。

当然，还有没肉的咸味儿素粽、海鲜粽等。不过，没关系，那就来瓶桃红酒吧。只要有糯米这个打底的主基调在，其他口味不明的粽子配桃红酒都没毛病。

第三十二回

表白专用酒

原著回目为"诉肺腑心迷活宝玉　含耻辱情烈死金钏"

贾宝玉和林黛玉俩人隔三差五便要闹点儿事出来,因此急得贾母直抱怨俩人"不是冤家不聚头"。俩人小闹呢,搅得怡红院、潇湘馆两处上下人等不得安生;若是大闹起来,整个大观园都不得安宁。可唯独这一回,林黛玉原本是来寻事的,因为贾宝玉从清虚观的张道士处得了和史湘云可以配对的金麒麟。林黛玉放心不下,怕他二人像野史上所说的因为一些小巧的玩物成就了风流佳事,所以特意到怡红院进行火力侦察,却听见贾宝玉背着自己在袭人和史湘云面前夸赞自己,心下感动,便悄悄退了出去,边走边哭,这回是喜极而泣。

正好贾雨村来访,贾政让人通知贾宝玉出去见客。贾宝玉出来看见林黛玉在前面走着,自然是要追上去的。两人言来语去，勾得贾宝玉一番表白，把林黛玉说得"如轰雷掣电，细细思之，竟比自己肺腑中掏出来的还觉恳切"，顿时万语千言，无从说起。贾宝玉此刻心中也是有千言万语，同样不知如何开口。读者诸君中不知可有和他二人一样，满腹的话儿要对心上人说，却又无从说起的呢？若有，我建议您不如找个地方坐下，开瓶好酒，慢慢喝，细细聊，千万别傻站着，越站越僵硬，越说越尴尬。要是像贾宝玉那样表白还表错了对象，错把赶来送扇子的袭人当成林黛玉，大诉衷肠，岂不更尴尬了？若是听在下之言，坐下来，小酒倒上，怎么可能发生这一幕呢？也就更不会有后来袭人去和王夫人说什么"君子防未然"之类的话了。

那么遇到需要和心上人表白时，开什么酒最应景呢？来一款水果酒吧，市面上各种口味的都有，为什么要选水果酒呢？水果酒的包装一般都比较新颖，比较适合用来装点氛围，尤其是男士想要表白时，还可以通过点一款外包装与女士当日的穿搭或气质比较协调的酒来讨好一下对方。当然，最重要的原因还是水果酒的酒精度低，最低的只有2°。表白者一定要明白：这会子酒只是用来缓解尴尬的道具而已，而且略微带些许酒意，的确是能够给一些平时个性比较腼腆的人增加一点勇气的。但是切记：绝对不能真喝多了，免得对方怀疑你的诚意啊！不过，如果你们的感情到了宝黛的境界，那喝醉了也无妨。

第三十三回

贾政和白诗南

原著回目为"手足耽耽小动唇舌　不肖种种大承笞挞"

根据原著,本回分明是说贾宝玉挨打,是因为贾环在贾政跟前嚼了舌根所致。这话虽说并没有冤枉贾环,但若单凭贾环几句话就能让贾宝玉挨顿暴揍,那贾宝玉岂不是早就被打得死死不透气了?哪里还用得着赵姨娘花好几百两银子求马道婆作法?!

本来贾雨村来见贾政,一方面,是贾雨村拍马屁,每次来了都非要见见贾宝玉,以示贾政虎父无犬子,且教子有方之意;另一方面呢,贾政也知道贾宝玉在客人面前还是很会做样子的,肚子里的那些个歪门邪道的东西考科举不行,但是用来社交还是很能撑场面的,"就如世上的油嘴滑舌之人,无风作有,信着伶口俐舌,长篇大论,胡扳乱扯,诌出一篇话来。虽无稽考,却都说得四座春风。虽有正言厉语之人，亦不得压倒这一种风流去的"。贾宝玉更是其中翘楚。更何况贾宝玉还是个十足十的帅哥，客人们夸赞贾宝玉的同时，自然少不了要顺便捧一捧贾政的，所以贾政的心里还是很愿意让贾宝玉和自己一起会客的。当然，做父亲的也少不了真有要培养儿子之心。

本来这一天该是贾政再一次享受恭维与热捧的日子，结果贾宝玉却因为和林黛玉表白表错了对象，心里正恍惚着呢，见了贾雨村怎么可能还和平时一样呢?! 怎么可能有心思"演戏"呢！自然是"全无一点慷慨挥洒谈吐"，整个人都"葳葳蕤蕤"，贾政说他"脸上一团思欲愁闷气色"。别说，"知子莫若父"，贾政还真是一眼看透了贾宝玉。贾政的气还没顺过来，忠顺王府的人又来找贾宝玉讨要琪官蒋玉菡，这可就不是贾宝玉会客状态如何那么简单了。好不容易打发走了忠顺王府的长史官，恰在此时贾环告诉贾政，金钏儿是因为贾宝玉"强奸不遂，打了一顿"后，赌气投井自杀了。到了这个时候，不独是贾政，换了哪个爹也受不了，这样的混小子不打留着干吗？难道真等着他"弑君杀父"不成？

贾宝玉挨了一顿打，大观园里的女眷们哭作一团，人人都心疼他挨的这顿始无前例的暴打，可是我倒是从心底里十分同情贾政。本来老子管教儿子算不上什么大事，那贾蓉不是经常当着众人的面被贾珍打骂吗？贾琏自己都当爹了，不是还被贾赦打得下不了炕吗？怎么贾宝玉就不能挨顿打呢？正如薛蟠所言："难道宝玉是天王？他父亲打他一顿，一家子定要闹几天。"更何况他干的这些事也的确该打呀！那金钏儿之死虽然并非如贾环所言，但是当金钏儿为他挨了王夫人的打，他却连一句话也没有，吓得一溜烟地跑了；后来他最心爱的丫头晴雯被撵出大观园时，他同样是"不敢多言一句，多动一步"，全无担当，因此打他一顿，一点儿也不过分。

反倒是贾政，打个儿子，老婆来哭闹也就罢了，老娘也来折腾一番，结果贾政反而只能"苦苦叩求认罪"。"叩求"，也就是跪在地上磕头哀求，还当众保证"从此以后再不打他了"。

这爹当的，够郁闷的！

可怜的贾政，回去开瓶白诗南（Chenin Blanc）吧。据说白诗南的名字原来是法语Chien，"狗"的意思，但狗会吃掉白诗南的果实。不知道为什么，鬼使神差地觉得和贾政打儿子,结果反而无奈当众跪地认罪的举动有着诸般难以言表的神似之处。白诗南是一种较为高产的白葡萄品种,主要种植于法国卢瓦尔河谷的中心地带,成酒富含苹果、柠檬、菠萝、芒果、梨、哈密瓜等水果的清香气息,适饮温度在7℃~9℃,入口新鲜圆润,口感清爽洁净。正好贾政刚刚亲自上阵"咬着牙"把贾宝玉"狠命盖了三四十下",肯定是出了一身汗,又被老娘和老婆一通折腾,喝一杯白诗南平复一下沮丧的心情吧!

  本回的场面可算是乱成了一锅粥,哭的喊的,寻死觅活的,可是曹公硬是有本事忙里偷闲弄个小插曲进来逗个乐。那贾宝玉听说贾政要揍他,吓得赶紧想要找个人进去给贾母等人报个信好救自己,急切之间偏偏一个人也找不到。可巧就来了个老婆子,贾宝玉如获至宝。谁知这婆子却偏偏耳背,把贾宝玉的"要紧",听成了"跳井",这就刚好和金钏儿跳井的事联系起来,所以老婆子笑道:"跳井让她跳去,二爷怕什么?"贾宝玉见跟她说不明白,只好让她去找自己的小厮茗烟等人。谁知老婆子又将"小厮"听成"了事",于是又笑道:"有什么不了的事?老早的完了。太太又赏了衣服,又赏了银子，怎么不了事的！"一边是急得抓耳挠腮的贾宝玉，一边是东拉西扯、答非所问的聋婆婆，这情形实在是叫人忍俊不禁，捧腹大笑。曹公的一支笔，真真是出神入化，不服不行！哎哟，我也得来杯白诗南，平复一下幸灾乐祸的小心情。

第三十四回

宝姐姐和葡萄酒女皇

> 原著回目为"情中情因情感妹妹　错里错以错劝哥哥"

这个端午节过的,前后几天时间,把个平时喜怒不形于色的宝姐姐给逼得火也发了,气也生了,如今还被生生气哭了。

宝姐姐可不是林妹妹,哭乃家常便饭。林妹妹此生的第一要务便是哭,人家是来还泪的,必须得哭。许多读者提到林妹妹,印象中都是一副哭哭啼啼、受气包的样子,仿佛林妹妹动辄就会被人气得哭鼻子。其实,林妹妹不仅不好哭,还好强得很,时常把别人气得哭笑不得。贾宝玉眼中的"泪光点点,娇喘微微",只是因为林妹妹那会子丧母不久,又是初来乍到,人头都还没混熟呢。在原著前八十回中,林妹妹除了为自己的父母哭过,一进贾府初见外祖母时哭过,余者她可只为两个人落泪，一个是贾宝玉，另一个则是她自己，并没有第三个人让她掉过眼泪。

宝姐姐从小就没了父亲，哥哥又不靠谱，所以她就特别懂事，打小就知道为寡母分忧解劳，是薛家的实际掌舵人，哪有那么容易掉眼泪！但这次薛蟠只一句话就把宝钗给气哭了。那么，薛蟠究竟说了什么话呢？

只因贾宝玉挨了打，袭人去问他的贴身小厮茗烟挨打的缘故，茗烟便猜琪官之事是薛蟠告的密。宝钗从袭人处听说此事与薛蟠有关，回家自然是要告诉薛姨妈的。薛姨妈带着儿女客居贾府，如今儿子多嘴，害得主人家的宝贝疙瘩挨了揍，薛姨妈当然要责怪自己的儿子，谁知这回竟是委屈了薛蟠。薛蟠哪里绷得住，立时大闹起来，见宝钗跟着母亲责怪自己，便脱口怼她："好妹妹，你不用和我闹，我早知道你的心了。从先妈和我说，你这'金'要拣有玉的才可正配，你留心了，见宝玉有那劳什骨子，你自然如今行动护着他。"这一来，直接把宝钗给气怔了，拉着母亲便哭了起来。

这一哭，宝钗就哭了一整夜，估计眼睛都哭肿了，第二天一早碰到林黛玉，一眼便看出她哭过了，顿时让林黛玉心情大好，忘了自己哭得比谁都多，立马出言嘲笑:"姐姐也自保重些儿。就是哭两缸眼泪来,也医不好棒疮!"她以为宝钗是为宝玉哭的。谁知宝钗是为宝玉之事而哭,但却不是为宝玉而哭。

其实,宝钗更多的是为她自己而哭。薛蟠说从前就听薛姨妈说过宝钗的金锁是要配有玉的,这话是在来京前说的。在下曾在拙作《漫品红楼》中论述过,宝钗要寻找的"玉"原本并非贾宝玉的"玉",而是皇宫内的"玉",不想却落选了,这就够宝钗丧气的了,而薛姨妈为了求稳,退而求其次,直接打上了贾宝玉的主意,在大观园里进行有关"金玉缘"的宣传工作,这就搞得宝钗多少有些尴尬。但为了家族利益,宝钗只能佯装不知,继续在大观园里混着。众人也都闭口不提,倒也相安无事。可是贾元春所赐的端午节礼,一下子捅破了"金玉缘"上罩着的那层纸——只有她的东西和宝玉所得是一样的。开始时她还挺高兴,感觉自己母女二人的努力总算有了收获,元妃的赏赐相当于就是一种肯定和确定,因此她有些迫不及待地戴上了元妃所赐的红麝香串。谁想宝黛二人根本不买元春的账,原来怎样现在还怎样,该好还好,该怄气还怄气。从清虚观回到家,贾宝玉和林黛玉又大闹了一出。那林黛玉是"大哭大吐",

贾宝玉更是嚷嚷着要砸玉。宝钗是个聪明人，不用问也知道矛盾的焦点是什么。这样一来，她岂非是越思越想越无趣?!

因为寄居在人家屋檐之下，宝钗还不得不参加园内必要的社交活动，不得不到贾母跟前承欢讨好。几人再见面时，宝玉因为黛玉不理他，便和宝钗瞎搭讪，说人家"体丰怯热"，宝姐姐怎么还能压得住心中的无名之火？不发作才怪！本来就已经积压了一肚子的委屈和愤懑，现在自己的亲哥哥却这样说，那自己为了这个家所承受的一切压力岂不是都等于零了？她一时间百感交集，气得怔住了，拉着薛姨妈，万语千言却根本无法启齿，只能哭道："妈妈你听，哥哥说的什么话！"看到此处，真心心疼宝姐姐。懂事的孩子生来就是要承受更多的不幸与屈辱。所以如果我有女儿，我宁愿她不懂事，宁愿她像林妹妹那样活着，想笑就笑，想哭就哭，想调侃谁就调侃谁，想打赏就随手抓两把铜钱递出去，快意人生！

其实，若依着薛宝钗的真实意愿，贾宝玉这种整天只知道在女儿丛中打滚的货色还真未必是她的菜。原本薛宝钗的偶像是身着黄袍、高高在上的贾元春；愿望是"好风频借力，送我上青云"！所以也许哪怕是贾琏这样不喜读书，只好于世路上机变、言谈的，又或者像贾雨村那种钻营仕途、练达人情的，都比贾宝玉更中薛宝钗的意呢！毕竟贾琏最大的毛病不过就是性欲旺盛，王熙凤自己身体不好，还对他严防死守，结果反把贾琏弄得时刻都处于性饥渴状态。这种事在薛宝钗跟前那都不叫事。而贾雨村则从某种程度上更是和薛宝钗简直称得上"知音"了，想当年寄居葫芦庙未发迹时曾口占一联："玉在椟中求善价，钗于奁内待时飞。"和前面提到的宝钗的《临江仙·柳絮》中的"好风频借力，送我上青云"！是否有异曲同工之妙？

这样一个宝姐姐，端庄、贤惠，识大体、顾大局，这么热的天气，被身边这帮衔着金汤匙出生的富四代气得够呛，怎么也该请她喝一杯消消气、灭灭火才好！前面第五回我们曾将宝姐姐比作雷司令，好吧，就为宝姐姐斟上一杯来自雷司令故乡的美酒，英国维多利亚女王最喜欢的那款德国雷司令豪客（Hock）。1845年，当年芳龄二十六岁的女王随夫回乡省亲，受邀至莱茵高（Rheingau）豪客海姆（Hochheim）地区品尝美酒，发现了这款雷司令后如获至宝，将其称为Hock。至今在英国，人们仍用Hock来称呼雷司令，甚至由此而衍生出了一句谚语："常喝豪客酒，医保用不着。"（Drinking Hock wine often, medical insurance is not needed.）

宝姐姐在红楼的皇家秀场上失利，那就到德国去，去参加他们一年一度的葡萄酒女皇选举吧。这一习俗始于20世纪30年代，德国十三个葡萄酒产区每区选送一名候选人，条件是：年满十八周岁，未婚，来自葡萄酒生产世家或受过完整的葡萄种植学、酿造学等专业教育，当选一年内不能结婚。宝姐姐博古通今，无所不知，这点玩意儿难不倒她，而且人家是皇商世家，当选的概率还是非常高的。女皇的主要工作是主持德国葡萄酒和葡萄酒汽酒节的开幕式，接受新闻媒体的采访，参加各地举办的大型品酒会以及出访商务合作国，等等。这些活儿简直太适合宝姐姐了！这么一来，保管宝姐姐再也不会生气、发火、伤心、落泪啦！

第三十五回

荷叶莲蓬汤配霞多丽干白

原著回目为"白玉钏亲尝莲叶羹　黄金莺巧结梅花络"

这一回又有好吃的啦!

贾宝玉挨了打,可忙坏了大观园里的女眷们。大家嘘寒问暖,一拨一拨,络绎不绝。不过关心一个挨了打的人,也没什么病情可聊,外伤,很直观,看一眼就全明白了,老子打的,更没什么案情可聊,那就只能问吃的了。得多吃才行,补一补,好得快点儿。于是薛姨妈问贾宝玉想吃什么只管告诉她,她能给贾宝玉什么?无非是弄点儿吃的呗。王夫人也问儿子想吃什么,贾宝玉便想起从前吃过的一碗汤——荷叶莲蓬汤来。

这汤正如王熙凤所说:"口味不算高贵。"并不是什么山珍海味,寻常百姓家都能吃到,不过就是一碗面疙瘩汤罢了。但是人家荣国府里的厨子那都至少是米其林三星的，一道菜端上桌，讲究的是色香味俱全。所以汤是鸡汤，够鲜，另又添了些辅料，就不知道是什么了，不过难得的是采了新鲜的荷叶点缀，既得了荷叶的清香，又有了荷叶的碧绿色来做衬托。当然最紧要也是最难得的，则是那些面疙瘩的形状，绝对不是什么块状、条状抑或片状的，而是有特制的四副银模子，每副一尺多长，一寸见方，上面凿的模型有菊花、梅花、莲花、菱角等，共有三四十样。每个模型都只有豆子大小，别管它是什么豆子，哪怕是蚕豆呢，也是精巧至极。试问，谁家能拿得出这样的模具？所以啊，这一碗汤的金贵并不在食物本身，而在厨具上。

一时，汤做好了。迎春不舒服，没来吃饭。林黛玉平常十顿饭只好吃五顿，也没来。真是可惜了这么精巧细致、清香扑鼻、鲜美可口的好汤了。如此好汤，怎能无酒？开瓶霞多丽干白吧。

霞多丽干白具有典型的青草和绿色水果的香气，橡木桶窖藏给酒液增加了些许淡淡的金黄色，注入杯中，酒液看上去微黄带绿，晶莹透亮，低调而奢华，口感清新淡雅，适饮温度为5℃～8℃。

如何？与眼前的这碗荷叶莲蓬汤是不是绝配？

第三十六回

薛姨妈的寿宴

原著回目为"绣鸳鸯梦兆绛芸轩　识分定情悟梨香院"

其实本回并无薛姨妈寿宴正文,只是林黛玉在王夫人跟前听说了薛姨妈要过生日,奉命到怡红院问一声贾宝玉是否参加薛姨妈的寿宴而已。

至于薛姨妈的寿宴如何,不用看也能猜到,排场肯定是没法和王子腾夫人的寿宴相提并论的。薛家虽然豪富,但早已是明日黄花,风光不再。而且就算薛蟠的父亲还在,说到底也不过就是个商人而已,别说和风头正劲的实权派王子腾的夫人相比,和王夫人也是没法比的。人家王夫人的女儿乃是当今的皇妃,贾政也是正经国家干部,王夫人本身还是诰命夫人,薛姨妈拿什么和她姐姐以及娘家的嫂子比?

想当年,王家也是朝廷命官,乃是都太尉统制县伯王公之后，这当然是曹公杜撰的一个职称，但"太尉"一职秦汉时期位列"三公"，总揽军事；"统制"则是北宋所设的专门代表皇帝在军中节制兵马的，称"都统制"；"伯"，是仅次于公、侯的爵位。到了王熙凤的爷爷，也就是薛姨妈的父亲时，还"单管各国进贡朝贺的事，凡有的外国人来"，都是他们家养活，"粤、闽、滇、浙所有的洋船货物"都是他们家的，绝对的官商一体化啊！可是也不知王老爷子是怎么想的，把大女儿嫁给了国公府，却把小女儿嫁进了商贾之家。

虽说薛家也是什么"紫薇舍人薛公之后"，但这个"紫薇舍人"是个什么玩意儿？且不管"紫薇"与"紫微"之间的差别，只当它俩是无差别的。"紫微舍人"一词最早出现在唐朝，也曾赫赫扬扬过，但只用了几年这一称谓便被弃用了，到了明清时期，倒是有个"中书舍人"的职位，只是入职的门槛极低，只要是"善书"者皆可担任，就是个普通的小文书而已。但是薛家的老祖宗既然叫作"紫薇舍人"，估计也还是牛过一阵子的，不然也不可能得到皇商的差使，但是和国公府贾家、侯府史家、伯爵府王家一比，立马就显得不值一提了：除了钱，什么也没有。到了薛蟠的父亲，称谓已经只剩下

"薛翁"二字了,也就是"薛老头""薛老儿"的意思。

自"薛翁死后,各省中所有买卖承局、总管、伙计人等,见薛蟠年轻不谙世事,便趁时拐骗起来,京都中几处生意,渐亦消耗",薛家已经是徒有其名了。只不过,"瘦死的骆驼比马大",所以薛蟠还可以继续挥霍无度,薛宝钗还是有穿不完的新衣裳。探春作为礼物送给邢岫烟的玉佩,薛家还有一箱子。薛蟠挨了柳湘莲的打要出去躲羞,薛家母女还能说出让他去试一试,"只打量丢了八百、一千银子"这样有底气的话来。

也许有读者心中不服:薛家要是这么有底气,为何薛宝钗的闺房寒酸成那样?让贾母在刘姥姥跟前差点下不来台?而且薛宝钗自己也三番五次地说自己家"不比从前"了。

对,薛宝钗的确是和邢岫烟说过:"如今一时比不得一时了","咱们如今比不得他们了,总要一色从实守分为主,不比他们才是"。可是,她同时也说了探春送给邢岫烟的玉佩:"将来你过我们家,这些没用的东西,只怕还有一箱子。"她也的确对王夫人说过:"姨妈深知我家的,难道我们家当日也是这等零落不成?"可是,诸位别忘了宝钗说这话的目的是为了劝王夫人节减，别死要面子活受罪了，"此后还要劝姨妈该减些的也就减些罢，也不会失了大家子的体面。据我看，园子里的这一项费用也竟可以免的，说不得当日的话"。其实关于裁员的问题，早在抄检大观园之前王熙凤就曾对王夫人提起过："如今的丫头也太多了……不如趁此机会，以后凡年纪大些的，或有些难缠咬牙的，拿错儿撵出去配了人。一则保得住没有别的事，二则也可省些用度。"只是那会子王夫人还心心念念地想着贾敏昔日当千金大小姐时的排场，所以没有同意王熙凤的合理化建议。如今薛宝钗要插手别人的家事，自然是必须得先拿自己家的事作个由头来说，并且薛家的衰败首先是和曾经的辉煌相比，其次是相对于荣国府而言，同时宝钗这样说也有在王夫人跟前自谦的成分。至于宝钗闺房内的陈设其实有两大原因。第一，是宝钗客居贾府，以她的为人自然是要低调些。说到这儿，就不得不提一下各类影视作品中薛宝钗挂在胸前的那个大金锁。宝姑娘为人低调得很，人家的金锁并非一年四季都明晃晃地挂在外头的，至少冬天是藏在外套里面的。在原著第八回中，贾宝玉想看上面的字，宝姑娘是"解了排扣，从里面大红袄上将那珠宝晶莹、黄金灿烂的璎珞掏了出来"。接着还说宝姑娘闺房摆设的话题。这第二嘛，则是曹公故意要叫她的闺房如"雪洞一般""无味"。诸位可千万莫以为宝姑娘连搞个软装的钱都没有，更何况这大观园本是为元春省亲建造的，里面的家具摆设也全都是依据建筑本身度身定制，所以根本就不可能单单落下个蘅芜院空空如也。一应摆设自然是宝钗后来自行取消的，而且王熙凤也曾送过一些玩器来，都被宝钗给退回去了。

只不过薛姨妈毕竟是老人家了，对这种约等于坐吃山空的日子心里到底还是感到恐慌的，所以才会时常念叨香菱等人"不知过日子，只会糟蹋东西，不知惜福"之类的话。也正因如此，贾家不想要的丫头，王夫人都是直接让她们收拾好自己的行囊，再另外给些钱打发掉。而当夏金桂容不下香菱时，薛姨妈的第一反应则是"快叫个人来找个人牙子，多少卖几两银子"。

所以啊，薛姨妈这寿宴上估计未必舍得拿什么好酒出来，但是有薛蟠在，那是个花钱的主，怎么也得搬几坛上好的花雕出来，不然不能尽兴啊。这花雕乃是黄酒中的奇葩，据说富含多种氨基酸、维生素，等等，被称为"高级液体蛋糕"。不过这些对于一个"酒徒"来说，并不重要，重要的是口感如何。我只听说过有人先打上一针胰岛素，然后再开喝，却从未听说过哪个酒徒因为眼前芳香四溢的美酒不含某种营养成分而拒饮的。根据贮存的时间不同，花雕也有三年陈、五年陈、八年陈、十年陈，甚至几十年陈之分。花雕以陈为贵，也就是时间越久，口感越醇厚，回味越甘甜。

前文第五回曾将史湘云比作花雕，没准有朝一日史云儿真有可能出现在薛文龙的酒局上呢！也许和锦香院的云儿一起也未可知。

第三十七回

玛瑙碟子和掐丝盒子

原著回目为"秋爽斋偶结海棠社　蘅芜苑夜拟菊花题"

原著本回说的是贾探春偶结海棠社，但是本书论的是吃喝，所以且不管他们如何写诗，只把里头的吃喝之物挑出来细品。只不过本回吃的东西并不稀奇，奇的是那盛东西的器皿。

贾宝玉给探春送一盘荔枝，特意挑了个缠丝白玛瑙的碟子盛上。想象一下，一串鲜红的荔枝，放在一个白玛瑙碟子里，能不好看嘛！果然，探春见了也说好看。不过因为史湘云也十分喜爱这个碟子，所以这个碟子从探春处取回来后，又装上了桂花糖蒸栗粉糕送给了史湘云。本来白底的盘子盛什么都不难看，更何况是玛瑙材质的，更多了一份质感。只是桂花糖蒸栗粉糕显然没有荔枝更配这个缠丝白玛瑙的碟子。也难怪，那荔枝是贾宝玉所配，而这栗粉糕是袭人所配，审美肯定不在一个级别上。而且袭人的目的只是为了把这个碟子送给史湘云，而贾宝玉的目的则是纯为了配荔枝而特意选用了这个碟子。一起给史湘云送过去的还有红菱和鸡豆，不过是两样寻常的鲜果，但人家是用两个小小的掐丝盒子装着的，这果子顿时便不寻常了，寻常人家兴许拿油纸包了，漆盘托了，又或者拿竹篮提了。

什么叫"掐丝"，我就不科普了，烦请诸君自行上网检索一下。图片十分精美，由此可见包装的重要性。前文第十四回也曾提到过在秦可卿的葬礼上，水溶与宝玉宛如一瓶龙舌兰莱伊925，奢华、高贵、典雅，整个瓶身上镀着24K铂金，还镶嵌了6500颗钻石。这当然是个特例，绝不是每家酒厂都有往酒瓶子上镶钻石的实力的。但是所有的酒厂无一例外都在自家的酒瓶子上下过一番功夫，要想罗列出中外各家的酒的包装几乎是不可能的事。因此在下仅挑选法国几款比较有代表性的葡萄酒瓶子说一说，也许能对诸位以后选酒时有所帮助。

首先便是大名鼎鼎的波尔多酒瓶，典型的圆柱形直身瓶，和中国的酱油瓶长得很像，但要注意它的直身并不是和瓶底成笔直的垂直90°的，而是从肩部开始就向里倾斜，与底部连成一条优雅的弧线，而国产仿冒的酒瓶往往缺少这条弧线。这种瓶型通常棕色和绿色的用来装红白葡萄酒，透明的则大多用来装甜酒。

然后便是勃艮第酒瓶，它的脖颈更加细长，肩部塌陷，整个重心集中在下半部，似乎在向酒客们传递它的产量小，必须且喝且珍惜的信息。这种瓶型主要用来装勃艮第的红葡萄酒。紧挨着勃艮第产区的博若莱也比较喜欢用这个瓶型来装佳美酿制的红葡萄酒。

有一种瓶型很容易和勃艮第酒瓶混淆，就是罗纳河谷（Rhône）酒瓶，与勃艮第瓶型相似，但实际上比勃艮第瓶要高、要瘦。法国南部的红白葡萄酒以及粉红酒大多使用这种瓶型。

再就是香槟瓶了，外形看起来就是加强版的勃艮第瓶，因为这种瓶子必须得结实耐用，以免被内部的气压给撑爆了。香槟瓶也有三种，棕色、绿色、透明，透明的多用于装桃红起泡酒。

最后一款酒瓶叫莱茵瓶，它还有个名字叫Hock，没错，就是前文第三十四回曾经提到过有一款酒名叫Hock，英国维多利亚女王最喜欢的那款德国雷司令豪客，咱们还打算把它送给宝姐姐来着。国内的酒客喜欢称它为笛形瓶。顾名思义，这款酒瓶瓶身细长。除了法国的阿尔萨斯（Alsace）地区用得比较多外，其他各国凡用德系葡萄品种酿制的白葡萄酒都喜欢用莱茵瓶。只不过，德国的莫泽尔（Mosel）产区用绿色的瓶子，而莱茵地区则用棕色或红棕色的瓶子。

第三十八回

合欢花酒

原著回目为"林潇湘魁夺菊花诗　薛蘅芜讽和螃蟹咏"

这一回不用我操心,史湘云请客,但实际上是薛宝钗买单。宝姐姐做事,细致、妥当。

宴席设在藕香榭。藕香榭乃是一处水上建筑,盖在池子中央,四面有窗,左右有曲廊可通。那些曲廊跨水接岸,后面还有曲折竹桥暗接。此时岸边桂花盛开,馨香扑鼻。早已有一群丫头在忙着扇风炉,煮茶的煮茶,烫酒的烫酒了。

看见她们烫酒,我就知道今日喝的必定是黄酒。螃蟹乃大寒之物,黄酒性温和,有活血、暖胃、驱寒的功效,二者向来是一对传统的经典搭配。但实际上除了黄酒,螃蟹和烧酒也是很搭的。可惜,只有林妹妹一个人喝了烧酒,也只喝了一口合欢花浸的烧酒。

这里的合欢花浸酒还真不是曹公随口杜撰，清康熙近臣高士奇的《北墅抱瓮录》中就有明确记载：

合欢叶细如槐，比对而生，至暮则两两相合，晓则复开，淡红色，形类簇丝，秋后结荚，北人呼为马缨……采其叶，干之酿以酒，醇酽益人。

更何况还有脂砚斋批语在："伤哉！作者犹记矮坳舫前，以合欢花酿酒乎？屈指二十年矣。"

这一杯合欢花浸酒，怎不叫人唏嘘！

第三十九回

刘姥姥的野味

原著回目为"村姥姥是信口开河　痴情子偏寻根究底"

刘姥姥自从上回得了王熙凤二十两银子一串钱，回家去舒舒坦坦地过了一阵好日子。秋天到了，各式瓜果菜蔬都是时候了，于是她摘了些枣子、倭瓜和野菜送来孝敬凤姐，不承想竟投了贾母的缘。老太太正好想有个年岁相仿的人聊聊天，可巧就来了刘姥姥。

于是刘姥姥平时积攒的世故人情终于派上了大用场。贾母等人和刘姥姥根本就是活在两个世界里。刘姥姥所说的各种坊间传闻在贾母等人听来，件件新奇，桩桩有趣。尤其是刘姥姥所讲的一个小故事：他们隔壁庄子上有户人家，有个孤寡老奶奶只有一个独子，独子亦只有一个独子，这独孙十七八岁便死了。亏得老奶奶日日吃斋念佛，感动上苍，菩萨托梦给老奶奶："你这样虔心,原来你该绝后的,如今奏了玉皇,给你一个孙子。"于是又赐了一个孙子给这位老奶奶,不使她绝后。那小孙子今年刚好十三四岁,生得"雪团一般",如宝似玉,且非常"聪明伶俐"。

这个故事一下子打动了贾母和王夫人,"正合了贾母、王夫人的心事,连王夫人也都听住了"。如此寻常的乡野故事,怎么就能"正合了贾母、王夫人的心事"的呢?

有学者依据这个小故事,结合曹公本人的家世,推断出贾赦并非贾母亲生。也有专家认为不仅贾赦,贾政也不是贾母亲生的。贾母之所以那么宠爱贾宝玉,就是因为两个儿子都不是亲生的,而从小养大的孙子则大不同了,和亲生的没两样。在下却不以为然,贾母如果不曾生养过,王太医来给她看病时,老嬷嬷们要请贾母进帐子去,贾母是绝对说不出那样的话来的:"我已老了,哪里养不出那阿物儿来,还怕他笑话不成!不用放帐子,就对面瞧罢。"

那贾赦若非亲生,他怎么可能在中秋夜宴上讲那个偏心的故事?这绝对有违常理。只有亲生的,才会借机发发牢骚,或者也可算是在老妈面前撒个娇。若非亲生的，贾母听了这个偏心的故事，更不可能当贾赦崴了腿，贾母听了仆人们报了平安，又将贾赦说的故事重复给王夫人和尤氏等人听，还自我解嘲说："我也太操心得紧。说我偏心，我反这样。"

至于贾政，有学者在研读了刘姥姥所说的这个小故事的基础上，认为贾宝玉挨打时，贾母训斥贾政说："只是可怜我一生没养个好儿子，却叫我和谁说去！"所以贾政也不是贾母亲生的。对于这一观点，不必举太多事例来辩驳，只贾母接下来说的话就是最有力的反驳："看轿马，我和你太太、宝玉立刻回南京去！"如果贾政不是贾母亲生的，她有什么必要带着王夫人一起走呢？也就更没有必要对王夫人说："你也不必哭了。如今宝玉年纪小，你疼他，他将来长大，为官做宰的，也未必想着你是他母亲了。"谁见过不是亲生的妈会这样摆老资格呢？若不是亲生的，这样的话避之唯恐不及呢！

更何况在原著第二回中，冷子兴说得明明白白："自荣公死后，长子贾代善袭了官，娶的也是金陵世勋史侯家的小姐为妻，生了两个儿子：长名贾赦，次名贾政。"

而且清虚观打醮时贾母亲口说："我养了这些儿子孙子，也没个像他爷爷的，就只这宝玉还像他爷爷。"如果贾赦和贾政不是贾母亲生的，那老太太这句话岂不是等于自己打自己的脸吗？所以在下对于那些将红楼人物一一套入曹公家世的说法实在是不敢苟同。

不过话又说回来，贾母和王夫人到底能有什么样的心事？让刘姥姥一个随口杜撰的小故事一下子触动了心弦呢？假设这个老奶奶是贾母，先头有个孙子贾珠，死了，后又得了个宝玉；同时假设贾母只有一个儿子，贾政，那么即便贾珠死了，不是还有贾兰吗？怎么就绝后了呢？这段文字在下看了好多遍，又反复思量，终不得其解。

唉！由它去吧！本书论的是吃喝，总还是要言归正传，替刘姥姥带来的这些时鲜蔬菜配上一款酒，本回才算圆满呀！配什么酒好呢？

首先国产的白酒随便哪一款都可以用来和蔬菜搭配，咱们中国的酒客们自古以来便是一段大葱、一根黄瓜，甚至一头蒜，一个咸鸭蛋，皆可配酒。

即便是葡萄酒也有的是可以和时鲜蔬菜相匹配的，只是注意最好不要选用红葡萄酒，因为大多数绿叶蔬菜都会有一点点苦味，会使得红葡萄酒的单宁显得更加苦涩，所以选用白葡萄酒会比较适合。

若是瓜果类则选用半甜或甜白更搭，像前文所提到过的雷司令等就可以，如若瓜果做成了糕点，则可以选择桃红酒试试。

第四十回

刘姥姥的篾片生涯（一）

原著回目为"史太君两宴大观园　金鸳鸯三宣牙牌令"

这一回，刘姥姥结结实实地当了一天的女篾片。什么叫篾片？简而言之，篾片在民间叫作帮闲，在豪门叫作清客，若在朝堂，便叫作弄臣。

从早餐开始，刘姥姥脑袋上横三竖四地插了满头的五颜六色的菊花正式登场，嘴里说着"不相干的，我们走熟了"的同时，脚下一滑，摔了个大屁跟头算是热了个身，接下来晓翠堂上早餐开始，刘姥姥的表演也正式拉开了序幕——只一句将象牙镶金的筷子比作乡下人惯使的铁锹便将场内气氛一下子调得嗨了起来。

早餐的鸽子蛋，刘姥姥的镶金筷子哪里能夹得住它？一两银子一个蛋滑到地上就算完蛋了。不过我猜这一个鸽子蛋未必真值一两银子一个，十有八九只是凤姐故意说得贵一点逗刘姥姥玩儿而已，毕竟荣国府里最有脸面的一等大丫头们的月例也只不过才一两银子。也不知这碗鸽子蛋是怎么做的，但配款干白总没错。

吃完早餐，贾母领着刘姥姥先后到探春和薛宝钗的屋里坐了一会儿，随后便到了缀锦阁——迎春的住所，王熙凤早已带人安排妥当，按照贾母等人的行程，这会子应该是要吃午餐了。贾母会吃更会玩，饭前先来点餐前酒，行个酒令，开胃又开心，每人一把乌银洋錾自斟壶，一个什锦珐琅杯；看酒具便知道，喝的不是黄酒便是白酒，因为乌银洋錾自斟壶方便温酒，只有黄酒和白酒入秋以后有人喜欢喝热的。当然也可能是老白酒（米酒的一种），老白酒也是可以加热饮用的。刘姥姥曾暗自思忖："这酒蜜水儿似的，多喝点子也不怕。"白酒肯定是不具备这一特征的，所以估计喝的是老白酒或者甜黄酒。

至于这顿饭吃了什么，得到下回才知道。

第四十一回

刘姥姥的篾片生涯（二）

原著回目为"贾宝玉品茶栊翠庵　刘老妪醉卧怡红院"

其实，这一回说的还是刘姥姥大观园一日游的故事。为了读者诸君赏玩方便，所以跟着曹公的笔锋把一顿饭分成两回说。上回说到贾母等人午饭前边喝餐前酒边行酒令，一群贵妇小姐们中间混了个乡巴佬——刘姥姥，那刘姥姥虽然是个乡野村妇，却是有些见识的，"时常村庄上缙绅大家子也赴过席"，这话是她自己"内心掂掇"的，应该不假。只是在下一直以来十分好奇：什么样的"缙绅人家"会请刘姥姥赴席呢？始终未得其解。总之那刘姥姥人老成精，世事洞明。王熙凤耍她，给她乱插了一头的花。众人皆笑，叫她折下来摔到王熙凤脸上，她却笑道："我虽老了，年轻时也风流，爱个花儿的，今日老风流才好！"轻描淡写一句话，便将王熙凤的戏耍变成了自我调侃。宴席之上,她更是积极配合凤姐和鸳鸯,卖弄精神,本色出演,逗得众人无不欢笑。

这一餐不单有一道著名的茄鲞,更有一套罕见的酒具。先说那酒具,十个黄杨木根整抠出来的套杯,一个套着一个,和俄罗斯套娃相似,大的足有小盆子大,第十个极小的跟正常的酒杯差不多大。难得的是雕镂奇绝,一色的山水树木人物,且有草字图记。旁人都以为篾片只靠耍耍嘴皮子,逗乐主人即可,其实哪一行都不容易。那刘姥姥此时已经七十五岁了,可是为了逗太太小姐们一乐,也真是豁出去了:两手捧着小盆似的一大杯酒,咕咚咕咚灌了下去。

于是贾母让凤姐拣些茄鲞给她吃。这茄鲞是原著中描述得最为详细的一道菜,将四五月里的新茄包摘下来,去皮、去瓤,取净肉,切成头发细的丝儿,晒干,用一只肥母鸡吊出老汤,将干茄丝上蒸笼蒸得鸡汤入了味,再取出晒干,如此九蒸九晒,晒脆了,盛入瓷罐内密封,吃时取出一碟子来,用炒好的鸡瓜子相拌。

如此美食,虽说贾母她们早已自行配好了酒,但我还是忍不住要给她们推荐一款。试试香槟吧。第一家出产干型香槟的巴黎之花(Perrier Jouet)，由霞多丽、黑皮诺、莫尼耶皮诺(Pinot Meunier)混酿而成，口感圆润，果香浓郁。维多利亚女王和拿破仑三世都十分喜爱。不如此，感觉对不起那十来只仅仅用来吊汤入味的老母鸡呢！

一时饭毕，音乐听听，小酒喝喝，那音乐穿林渡水而来，若配上细细高高的香槟杯擎于手上，岂非更加应景？

转眼便到了下午茶时间，丫鬟们送了点心上来，一样是藕粉桂糖糕，一样是松穰鹅油卷，还有油炸螃蟹饺和奶油炸的各色小面果子。那些小面果子个个玲珑剔透，做成各式花样。刘姥姥何尝见过这个？爱得舍不得下嘴吃，听见贾母说送她一瓷坛子，这才敢开了吃。前文已说过配点心的法则，甜配甜，咸配咸，如果吃不准，就来款百搭的粉红酒，或者刚刚的香槟也是可以的。

晚饭摆在李纨的稻香村内，贾母是吃不动也玩不动了，没吃晚饭便先撤了。其余众人跟着哄了一天，也都倦了，随便吃点便都散了，不可能有人再喝酒了，真心喝不动了。

第四十二回

刘姥姥的笺片生涯（三）

原著回目为"蘅芜君兰言解疑语　潇湘子雅谑补余香"

七十五岁的刘姥姥，豁出老命陪着贾母等人耍了一整天，总算没白忙活，收获颇丰。

首先是王熙凤奉贾母之命送她的青纱一匹。此纱名叫"软烟罗"，若是银红色的则叫作"霞彩纱"——潇湘馆的窗纱自刘姥姥游园后，便换成了银红色的"霞彩纱"。凤姐又额外特意送了些实底子月白纱给刘姥姥做里子用，另外又送了刘姥姥两个茧绸，两匹绸子，一盒子各式各样的内造点心。刘姥姥来时用来装时鲜瓜果蔬菜的两条口袋，如今一条装满了玉田京米，一条装着大观园里的各式瓜果。此外，凤姐又送了刘姥姥现银八两。

平儿也送了刘姥姥两件袄儿，一条裙子，四块包头，一包绒线。

贾母送了刘姥姥两套全新的礼服——那是别人孝敬她的礼物,应该价值不菲,一盒子答应送她的面果子,一大包丸药,有梅花点舌丹,有紫金锭,有活络丹,有清心丸,另有两个装着笔锭如意锞子的荷包。前文已经说过,锞子是清代的一种金银度量单位,重量多在五两以下。两个锞子,大约十两银子,当然也有金锞子。不过贾母送的应该是银锞子,因为原著中凡金锞子都特别写明乃是金锞子,不加说明的自然就是银锞子了。

鸳鸯也送了几件自己的旧衣服给刘姥姥。

王夫人送的东西最实惠,一百两银子。此处最能看出王夫人性格中的闪光点来。通常有许多读者都因为王夫人不支持宝黛恋而讨厌她,但若客观地细思量,王夫人除了婚后不再像从前做姑娘时那般"爽快",但是"不拿大""怜贫恤老"却是依然如故的。尤其是对待刘姥姥,常言道:"授人以鱼,莫若授人以渔。"王夫人送的这一百两银子便是此意。她亲眼看着刘姥姥一把年纪为了讨好众人,硬着头皮灌下去一大黄杨木杯的酒,心中很是不忍,所以拿了一百两银子出来。这可不是一笔小钱,刘姥姥自己曾替螃蟹宴算过账,二十两银子便够庄家人一年的生活费了。为了金钏儿一两银子月薪的岗位，大观园里不知有多少人给王熙凤送礼通路子呢！一百两银子，绝对是一笔巨款。王夫人特意叮嘱叫刘姥姥"拿去或者作个小本买卖，或是置几亩地，以后再别求人靠友的"，诚心希望刘姥姥结束她的箦片生涯。

不过，刘姥姥此行所获最贵重的东西或许应该是贾宝玉送的成窑钟子。那是妙玉嫌脏舍弃的，也不知来日惹出多少事端来呢！诸位自然不会忘记刘姥姥进贾府走的乃是周瑞家的门路，而这周瑞家的正是古董商冷子兴的丈母娘。

诸君可还记得前文第十八回提到过的元春省亲时所点的戏《豪宴》，那剧中的"一捧雪"便是一只古玉杯的名字，而这出戏正伏了贾家之败。所以妙玉的这只成窑钟子究竟后事如何，便只有天知道了！

刘姥姥二进荣国府绝对不是她最后一次进府，而是她的绿色农产品正式进入大观园的开始。平儿已经跟她约好了下一次进府的时间和主题了，"到年下，你只把你们晒的那灰条菜干子和豇豆、葫芦条儿各样菜干带些来，我们这里上上下下都爱吃"。不难想象，刘姥姥的东西虽不能和黑山村乌进孝的年货相提并论，但肯定也会尽其所能满载而来，估计他们庄子乃至附近村庄的菜干子都被她采购一空了。回程自然也是满载而归。若非如此，他日巧姐遇难，就算她有心相助，只怕也是心有余而力不足。

话说这各式的菜干子，也是在下心头所爱呢。南方有道名菜，梅干菜烧肉（猪肉），当然也有用梅干菜烧鱼的，皆我所爱。本来猪肉配红葡萄酒，而鱼通常都是配白葡萄酒更合适些，但若是梅干菜烧鱼，我却以为该和烧肉一样，配款红葡萄酒更好，只是最好避免选用单宁过重的红葡萄酒，因为梅干菜即使是被肉汁浸透了，细品其余味还是有些许苦味的存在，容易加重单宁在口腔中的酸涩感，从而弱化葡萄酒原有的圆润口感。像品丽珠、佳美、歌海娜（Grenache）这些脍炙人口的葡萄品种所酿造的酒液，单宁都比较轻浅，著名的黑皮诺更是低单宁葡萄酒的首选。

不过若是梅干菜清蒸鱼，则来杯贵腐吧。清蒸的梅干菜略带些土腥气，贵腐酒口感甘甜，正好淡化掉鱼腥和菜干子的土腥气。

只是不知道刘姥姥送来的灰条菜干子和豇豆、葫芦条儿各样菜干子大观园里都是怎么吃的。总之，按照上述原则配酒应该没什么大毛病。

第四十三回

凤姐的生日宴（一）

原著回目为"闲取乐偶攒金庆寿　不了情暂撮土为香"

贾母要替凤姐过生日，约了王夫人一起商量。王夫人带着凤姐到贾母房中，贾母刚喝完凤姐孝敬的鹌鹑崽子汤。贾母说吃着味道还行，就是不配粥，最好是油炸了配粥吃。油炸鹌鹑除了配粥，配日本的白鹤小百合也不错。白鹤是日本清酒第一大品牌，没有辛辣感，米香味浓郁，小百合清新芳香，口感自然甘甜，回味悠长，只是有沉淀，所以喝前要摇一摇。

贾母把筹办凤姐生日宴的工作交给了尤氏。尤氏趁机做了一圈老好人，先是把平儿的一份礼金还了回去，接着到贾母房里和老太太的一秘鸳鸯商议宴会如何讨贾母的欢心，顺便就把鸳鸯的二两银子也还了回去。经过王夫人处时，把王夫人的大丫头彩云和周、赵二位姨娘的份子也都还了。别人尚好，周、赵两位姨娘一向被凤姐压着，先是不敢收，听见尤氏说："你们可怜见的，哪里有这些闲钱？凤丫头便知道了，有我应着呢。"俩人这才千恩万谢地收下了。尤氏这一通八面玲珑、邀买人心的举动，哪里是王熙凤大闹宁国府时所形容的"又没才干，又没口齿，锯了嘴的葫芦"？！而且人家尤氏还花小钱、办大事，凤姐的生日宴上不但有大戏，连耍百戏的，并说书的男女瞎儿，一应俱全。

到了九月初二，也就是凤姐生日，大观园里的人全都忙着取乐玩耍，只有贾宝玉一大早上带着贴身的小厮茗烟，谎称北静王水溶的一个爱妾没了，全身素服策马出了北城门，误打误撞到了水仙庵。这水仙庵里供的乃是洛神——洛水之神。诸君一定不会忘了"潇湘妃子"这个名头的来历，原是探春取娥皇、女英洒泪于竹成斑，遂有湘妃竹，恰林黛玉好哭，故送她潇湘妃子的号。舜帝死后，娥皇、女英投入湘江，化为湘水之神。贾宝玉在水仙庵里祭拜了跳井身亡的金钏儿后，回到凤姐的生日宴上。当时，宴席上正在表演《荆钗记》中的《男祭》一折。《荆钗记》说的是穷书生和富家女的恋爱故事，剧中各种挫折，以致富家女钱玉莲被逼跳江自尽。当然有人会救女主角的，最后历尽磨难的男女主大团圆。《男祭》便是男主角王十朋以为钱玉莲死了，前往江边祭拜的故事情节。

林黛玉看到此处大发感慨："这王十朋也不通得很，不管在哪里祭一祭罢了，必定跪到江边子上去做什么！俗语说：'睹物思人'，天下水总归一源，不拘哪里的水，舀一碗，看着哭，也就尽情了。"这话贾宝玉当时并未接茬，但林妹妹的话他向来都是牢牢记在心头的，这番理论日后自有用武之时。

那么，贾宝玉为什么非要挑凤姐过生日这样的好日子出去祭奠死者呢？只因今日也是金钏儿的生日。贾宝玉因为这水仙庵里所供奉的洛神不过是曹子建杜撰出来的而已，所以一向并不喜欢此处，可是这水仙庵今日偏暗合了他的心事。因为金钏儿是投井而亡，和水相关，所以他才不但在水仙庵内祭奠了亡魂，还在庵里吃了一顿素斋。贾宝玉虽是"胡乱"吃的，但估计那水仙庵的老姑子肯定是要好酒好菜地奉上的，毕竟贾府是水仙庵的大施主，不然茗烟也不会牛哄哄地说："别说是咱们家的香火，就是平常不认识的庙里，和他借，他也不敢驳回。"只是在下十分好奇：这地方为什么当家的是个老尼姑,使唤的却是个老道呢?贾宝玉来到水仙庵门前,老姑子上来问好的同时,"命老道来接马",岂不怪哉?

且不去理论他姑子与道士同庵修行之事,只说那水仙庵的素斋。贾宝玉既然留下来吃素斋了,那估计庵内的素酒有茗烟作陪,也是有可能喝两杯的。也不知老姑子上的是什么酒,反正既是素斋,又不知道具体都有什么菜,那就按照以下几点基本要素来配酒好了。

首先注意的是,要选择最突出的口味来搭配。比如,餐桌上的是根茎类的蔬菜居多,也就是胡萝卜、南瓜、土豆之类的,那就最好选择口感浓郁一点的白葡萄酒;如果是番茄、青椒、茄子以及豆类食物,那就选择芳香感十足的玫瑰葡萄酒好了;如果是真菌类的食物,则可以选择粉红葡萄酒或是酒体丰满的白葡萄酒皆可。

当然,贾宝玉在这庵内是不可能多喝的,一会儿回到家正式的宴席上肯定还是要再喝的。

第四十四回

凤姐的生日宴（二）

原著回目为"变生不测凤姐泼醋　喜出望外平儿理妆"

果然，贾宝玉回到家免不了是要给寿星敬敬酒的，要的是热酒，估计大约是黄酒、米酒抑或烧酒一类。既然贾宝玉特意"要"了热酒，那自然还有冷酒。不知凤姐、鸳鸯等人各自喝的什么酒？生日宴嘛，年轻女孩子调点鸡尾酒未尝不可，特别容易烘托气氛。

关于鸡尾酒的起源，江湖上众说纷纭。最有意思的说法是：1776年，纽约有位绅士在一家用鸡毛作为装饰的酒馆请客，喝高了，就让侍者来杯"鸡尾酒"。侍者急中生智，在一个杯子里倒了好几种不同的酒，因为害怕客人喝醉了耍酒疯，所以又在杯中加了些水，冲淡酒液，端上桌前随手摘了一根鸡毛贴在杯子边上，美其名曰"鸡尾酒"。那位绅士喝了以后大加赞赏，此后便时常来点这款酒喝。天长日久,"鸡尾酒"名扬四海。

鸡尾酒因为是由多种原料组合而成,所以色彩、味道、温度也各不相同。常用的酒类有威士忌、白兰地、伏特加、葡萄酒等;常用的果汁有橙汁、柠檬汁、姜汁等;汽水则常用可乐、七喜、通宁水等;最后常以樱桃、杨梅、柳橙片和柠檬片等做装饰。鸡尾酒的杯具也与众不同,造型千奇百怪,有高球杯、柯林斯杯、飓风杯等,绝对是生日宴的首选。

众人你一杯,我一盏,都来劝寿星,王熙凤就算酒量再好也扛不住啊!趁人不备,她打算偷偷溜回家去歇会儿,这一走可就惹出事来了。贾琏正在家里偷情,被王熙凤抓了个现行,二人闹将起来。毕竟是贵族夫妻,两口子也不好对打,于是便都拿平儿出气。平儿虽是个通房丫头,可在大观园里一向都是总裁助理的角色,有头有脸惯了,怎么受得了这样莫名其妙的羞辱?自然是哭得死去活来,正好被贾宝玉凭空得了个讨好卖乖的机会。

那贾宝玉向来是个情种,大观园里的女孩子从上到下没他没亲近过的,唯独平儿,她和其他女孩的身份完全不同。她一来到贾府,便是以王熙凤的陪嫁丫头的身份进来的。她不同于金钏儿、彩霞、鸳鸯等人，贾宝玉可以和她们任意地调笑，甚至直接吃她们嘴上抹的胭脂，而平儿从一开始便是名花有主，而且不久便顺理成章地被贾琏收了房。所以，尽管平儿聪明美丽，可是贾宝玉自然不能对自己的小嫂子不敬，反倒是王熙凤，既是他名正言顺的嫂子，又是他嫡亲的表姐，他倒是可以和她十分亲近。为了能和秦钟早日一处读书，他甚至直接"猴向凤姐身上"，要求她立刻安排。

如今别人都忙着安慰王熙凤，贾宝玉正好趁此机会赶紧将平儿让到怡红院中，好一番侍奉，总算是了却了一桩夙愿。

第四十五回

林黛玉和薛宝钗

原著回目为"金兰契互剖金兰语　风雨夕闷制风雨词"

从薛宝钗来到贾府的那一刻起，林黛玉就打心底里不喜欢她。

本来整个荣国府除了贾宝玉，就数她林黛玉了。虽然她有各种小脾气，但是她和贾宝玉一个是贾母的手心肉，一个是贾母的手背肉，阖府上下谁敢不喜欢她？就连迎春、探春、惜春三个正经的贾府大小姐也全都靠边站了。可是天上掉下个宝姐姐，"年纪虽不大，然品格端方，容貌丰美"，而且"行为豁达，随分随时，不比黛玉孤高自许，目下无人"，又是王夫人的嫡亲姨侄女儿，林黛玉的妈贾敏虽然是贾母的掌上明珠，可斯人已逝，谁不奉承眼前人呢！故"人多谓黛玉所不及"，"便是那些小丫头们，亦多喜与宝钗去玩笑，因此黛玉心中便有些悒郁不忿之意"。可是林黛玉根本无力改变众人的观点，她唯一能抓得住的就只有贾宝玉，毕竟他们之间有着薛宝钗难以比拟的情义：一则天长日久，二则耳鬓厮磨。于是贾宝玉就越发成了她的出气筒了。但是"周瑜打黄盖——一个愿打，一个愿挨"，人家俩人的情感恰恰是在一次又一次的相爱相伤中不断升华，这个真不能随意模仿。

总之，自从薛宝钗出现在荣国府内，林黛玉便始终处在对薛宝钗的戒备之中，虽说偶尔也要防一防史湘云。贾宝玉在清虚观得了金麒麟，林黛玉便心中一万个不踏实，生怕二人仿效外传野史里的才子佳人，做出些风流佳事来。为此，她居然跑到怡红院偷听去。当然结果既出乎意料却又在意料之中，贾宝玉背地里在人前对她赞赏不已，不得不叫林黛玉感慨万千："果然是个知己。"只是"既你我为知己，则又何必有金玉之论哉；既有金玉之论，亦该你我有之，则又何必来一宝钗哉"！

所以，薛宝钗的存在实在是林黛玉最大的心病啊！因此无论谁夸薛宝钗，她听了都不爽。探春说"宝姐姐有心，不管什么她都记得"，她听了立即便冷笑道："她在别的上，心还有限，惟有这些人戴的东西上，越发留心。"史湘云说："你敢挑宝姐姐短处，就算你是好的。我算不如你，她怎么不及你呢。"林黛玉听了又是冷笑道："我当是谁，原来是她！我哪里敢挑她呢。"贾宝玉打趣薛宝钗，说薛宝钗"体丰怯热"，她听了不仅立马便"心中着实得意"，还打算"搭言也趁势取个笑"。薛宝钗因为贾宝玉挨打的事，和薛蟠置气，哭了一夜，被她看出来，以为是心疼贾宝玉哭成这样的，立刻便嘲笑道："姐姐也自保重些儿，就是哭两缸眼泪来，也医不好棒疮！"这时，她完全忘了自己头天晚上哭得眼睛肿得桃儿一般。

唉，这个林妹妹呀，的确是够任性的！无论薛宝钗说什么、做什么，她都怀疑是别有用心。直到第四十五回薛宝钗给她推荐了一款燕窝粥，她才心悦诚服地感叹道："你素日待人，固然是极好的，然我最是个多心的人，只当你心里藏奸。从前日你说看杂书不好，又说我那些好话，我大感激你。往日竟是我错了，实在误到如今。"有学者说薛宝钗果然奸诈，林黛玉实在天真，终于上了薛宝钗的当了。在下却大不以为然。薛宝钗说林黛玉的方子上人参、肉桂太多了，虽然益气补神，但于平肝健胃并不相宜，这话说得一点也没错呀！林黛玉才十五岁，身体本来就先天不足，虚得很，长期这样大补，的确不是什么好事。薛宝钗建议以饮食养人，正是养生之道。冰糖燕窝粥也确实滋阴补气，林黛玉有什么当不可上的？而且曹公在开篇第五回中反复表示，林黛玉和薛宝钗两个一如娇花，一如纤柳，黛玉的袅娜风流，宝钗的鲜妍妩媚，都是他心头所爱，只不过世上难得十全之美，倘有"兼美"，只好于太虚幻境中寻觅了。《红楼梦》绝对不是什么烂俗的宫斗剧，所以实在没必要把薛宝钗想象成什么别有用心的谋上位者。真心觉得忒俗了！

川菜和鲁菜里各有一道芙蓉燕菜，主要原材料用的都是燕窝，可配一款干白葡萄酒。至于林妹妹的这碗冰糖燕窝粥，我看就别喝酒了，还是先养好身体再喝不迟。

第四十六回

鸳鸯和伏特加汤尼

原著回目为"尴尬人难免尴尬事　鸳鸯女誓绝鸳鸯侣"

邢夫人和尤氏一样,在大多数读者心中都有个名不副实的形象。关于尤氏,拙作《漫品红楼》已有详细评述,本书不再赘述。如今单说这邢夫人。提到她,诸位的脑海中是否立刻闪现出影视作品中那个愚蠢、自私、不招人待见的老太婆形象来?说实话,真心觉得除了李少红版的电视剧,剧中的邢夫人由昔日的美女王馥荔扮演,其他所有的影视作品无一例外地将邢夫人脸谱化了:老、蠢、丑,成了邢夫人形象的标配。其实这还真就不是红楼原意。大观园里的太太小姐们,无论老少,还真没有长得丑的。从贾母开始,老太太最爱聪明伶俐、长相出众的年轻人,自己年轻时候自然也差不了,而且不管贾代善长得和帅哥贾宝玉如何相似,贾政、贾赦应该长得都不赖，不然也生不出贾元春、贾琏、贾宝玉这样的俊男美女。这里头当然有贾母和王夫人的功劳，何况还有贾迎春和贾探春两位美女，更进一步证明了贾赦和贾政身上关于外貌方面的优良基因了。

虽然没有哪个公子、小姐可以作为邢夫人的代表，但是首先邢夫人应该也是个美女，而且是个苏州美女。自古苏杭出美女。大观园里有四位苏州姑娘，林黛玉、妙玉、香菱、邢岫烟，个个都是大美女。邢岫烟是邢夫人娘家的侄女儿，和妙玉是邻居，邢夫人的娘家自然也在苏州，否则以贾赦的为人是不可能选她这样一个出身平凡的民女做继室的。要知道，虽是继室，可贾赦毕竟是个一等将军，邢夫人嫁过来便是堂堂的诰命夫人了。

其次，邢夫人家世虽不显赫，但怎么说也该是个乡绅之流，不然出嫁的时候也不可能还有个陪房之类的。那位挨了探春一个大耳刮子的王善保家的，以及贾母八旬寿庆时，害得凤姐哭了一场的那个得罪了尤氏的婆子的亲家——费婆子便都是邢夫人的陪房。至于她后来那样爱财，也许一则是因为自己没有子女，缺乏安全感，而贾赦又是一屋子的小老婆，所以觉得还是银子更靠谱；二则也许是受了贾赦的影响。贾赦为了孙绍祖五千两银子的彩礼，不惜将自己的亲生女儿贾迎春送入虎口。此外，也许王夫人和王熙凤姑侄二人的嫁妆对邢夫人的刺激实在是太大了：跟她们一比，自己简直就是个叫花子。再加上王熙凤又是个性张扬的人，即使是面对贾琏，她也毫不客气："别叫我恶心了。你们看着你们石崇、邓通，把王家地缝子扫一扫，就够你们过一辈子的了！说出来的话也不怕臊！现有对证：把太太和我的嫁妆细细地看看，比你们的哪一样儿是配不上的！"大环境如此，邢夫人怎能不开始疯狂敛财？！说她疯狂，一点都不夸张。刚听说了贾琏跟鸳鸯借当，她便立刻借口没钱过中秋节，直接开口跟贾琏敲二百两银子的竹杠，甚至连邢岫烟每月的二两银子她都要算计一两。虽说那一两银子是给邢岫烟自己的爹娘使用的，但归根结底还是邢夫人为了省下她自己的一两银子，因为邢岫烟一家完全是来投靠她的。邢岫烟多拿出一两，邢夫人自然就少拿一两出来。

再次，邢夫人的愚笨是相对的，而非绝对的。她刚嫁到贾府时，王夫人"木头似的"不讨贾母喜欢，或者还有其他的原因，诸如贾母故意压制王夫人，又或者当年的贾敏和林黛玉一样"目下无人"，和王夫人的姑嫂关系并不融洽。原著未交代，咱们也就不多猜了。总之，那个时候贾母是喜欢邢夫人的。原著第七十一回借费婆子亲家之事介绍："这费婆子原是邢夫人的陪房，起先也兴过时，只因贾母近来不大作兴邢夫人，所以连这边的人也减了威势。"贾母为什么近来不大作兴邢夫人了？我想主要原因是由于王熙凤的出现。王熙凤青春靓丽，活泼开朗，言谈爽利，又精明能干，很合贾母的脾气，自然就把邢夫人比了下去。

最后，邢夫人虽然爱财又自私，但也还是有其善良的一面。比如林黛玉初进贾府时，贾赦托词不舒服没见黛玉，邢夫人则"苦留"林黛玉吃晚饭。我想，这"苦留"，一方面，当然是因为贾母宝贝林黛玉，邢夫人想要讨好贾母，自然要对林黛玉好；另一方面，也不排除因为林黛玉是故乡之人。也许邢夫人能嫁入贾府和林家也有些关系呢！又如对贾琮，她看见贾琮皮得脏兮兮的，便说他："哪里找活猴去！你那奶妈子死绝了，也不收拾收拾你，弄得黑眉乌嘴，哪里像大家子念书的孩子！"虽是斥责，但语气之中还是流露出几分长辈的关怀。贾琏大闹王熙凤的生日宴时，她的表现则完全像个母亲的样子，上前夺下贾琏的剑，呵斥贾琏："快出去!"特别是她第二天的举动更是令人感动:"邢夫人记挂着昨日贾琏醉了,忙一早过来,叫了贾琏过贾母这边来。"即使是贾琏的生母,面对这样的事件,其反应也不过如此。

《红楼梦》的伟大正在于此,所有的人物描述没有一个是脸谱化的,没有绝对的好人,也没有绝对的坏人,不同的时期,不同的情境,理所当然会有不同的表现,每个人的反应都是自然而真实的。

贾赦想要鸳鸯做小老婆,邢夫人便立刻执行命令,亲自去找鸳鸯谈心。邢夫人这么做其实并不仅仅单纯只是为了图贤名或是怕贾赦,更多的是从利益出发。贾琏找鸳鸯借当成功,她是知道的;大观园里有两把"总钥匙",一把是平儿,那是王熙凤的"总钥匙",另一把便是鸳鸯了,她是贾母的"总钥匙",将鸳鸯收房就等于是拿到了贾母财富的"总钥匙"了,她和贾赦完全可以借口自己年岁已高,不能尽孝,派鸳鸯作为代表继续留在贾母身边。

然而,"姜还是老的辣"。贾母多精啊,怎么可能中他们的圈套,因此一语中的:"外头孝敬,暗地里盘算我。"当然更重要的是鸳鸯自己不愿意啊!这完全是出乎邢夫人意料的。她自己为了财富可以忍受各种委屈，在她看来，鸳鸯再有实权，可到底还是个奴才，一旦做了姨娘，"又体面，又尊贵"，"家里人，你要使唤谁，谁还不动？"贾赦老是老了点，可是有什么关系呢？有富贵打底，其余一切皆是浮云。

可是鸳鸯虽然是个地位卑贱的奴才，她家几代人都是贾家的奴才，她是所谓的"家生子"，也就是一出娘胎便是个小奴才，但她偏偏有颗高傲的心。她从心底里看不起邢夫人为了富贵低声下气的样，声称："别说大老爷要我做小老婆，就是大太太这会子死了，他三媒六聘地娶我去做大老婆，我也不能去。"甚至话锋直指贾元春，"我若得脸呢，你们外头横行霸道，自己就封了自己是舅爷了。我若不得脸败了时，你们把忘八脖子一缩，生死由我去"。诸位看官一定还记得元春刚封妃时，王熙凤就戏称贾琏为"国舅老爷"。就连贾宝玉她也是不放在眼里的，别说是"宝玉"，便是"宝金""宝银"，那又如何？只要鸳鸯姐姐不喜欢，哪怕他是"宝天王""宝皇帝"也无济于事。

这样的鸳鸯，什么样的酒才配得上她呢？

来杯伏特加汤尼（Vodka Tonic）吧。伏特加和威士忌同是蒸馏酒,酒精含量也大多都在40°～60°,但却远不像威士忌那样深沉、严肃,琥珀色的酒体显得很有贵族范。伏特加便如同清水一般,看上去十分平民化,正如鸳鸯一样,生来便是个"家生子",这一辈子似乎一眼就能望到头了,可是一旦你真的喝到嘴里,尤其是咽到肚子里,你就会觉得和威士忌的感觉几乎不相上下。但若是直接来瓶伏特加,却又委屈了鸳鸯姑娘,毕竟人家小姑娘还不至于那么粗犷,所以一杯伏特加汤尼正正好,简洁、清爽、利索,特有鸳鸯骂她嫂子的那股子劲儿:"这个娼妇专管是个'九国贩骆驼的',听了这话,她有个不奉承去的!"当她嫂子屁颠颠地跟她献殷勤说:"你跟了我来,到那里我告诉你,横竖有好话儿。"她当即照着她嫂子脸上使劲啐了一口,骂道:"你快夹着那油嘴离了这里,好多着呢!什么'好话'!宋徽宗的鹰,赵子昂的马,都是'好话'。"此处鸳鸯还用了个谐音梗,好丫头!果然伶牙俐齿。后面骂得就更痛快了,就这股子爽利劲实在是太像伏特加汤尼了。

伏特加汤尼几乎是最容易调配的鸡尾酒了:将50毫升左右的伏特加倒入盛有冰块的杯中,然后将冰镇好的汤尼水倒满酒杯，最后根据个人喜好放上柠檬片等装饰物即可。当然，如果您酒量够好，或者杯子够大，多倒点伏特加也不是不可以的。

第四十七回

赖尚荣的升职宴

原著回目为"呆霸王调情遭毒打　冷郎君惧祸走他乡"

论出身,这个赖尚荣其实和鸳鸯、林红玉等人一样,都是"家生子",但这小子运气好,不但脱了奴籍,在贾家的荫庇之下居然还当上了朝廷命官,于是大摆了三天宴席庆祝。第一天便是请贾府的主子们赴宴,第二天请自家的亲友祝贺,第三天则是请宁荣两府有头脸的管家们显摆显摆。

估计赖家这三天宴席的酒菜那是绝对不会一样的。第一天嘛,就上个法国波尔多的中级庄吧。前文曾说过,波尔多中级庄的酒最是经济实惠,且与赖尚荣州官的身份也比较相符。更重要的是,在主子面前还显得低调、不张扬,可是又能替主子撑足面子,毕竟"肥狗与胖丫头",皆是主人脸面。

第二天既然全是自家人，开几瓶法国列级庄的酒也未尝不可，毕竟赖家是有这个实力的。探春后来在大观园里搞改革，便是受到赖家花园管理模式的影响。

第三天开席时上些法国AOC级别的酒足矣。说起来嘛，怎么也是法国有级别的酒，面子还是足的，价格却很亲民，好酒给这帮人喝了也是白瞎，反正也不懂。酒过三巡，直接拿烧刀子续上，横竖都一样了。

当然赖家这三天究竟上的什么酒，还真是不知道，只知道第一天就出了点小意外，不过这意外并未影响酒局，只有薛大少一人打落了牙齿和血吞了。前文便介绍过，这薛蟠有龙阳之好，在学堂里曾经挂上过几个小学弟。这回听说赖尚荣请了柳湘莲来，薛大少这颗心啊，立马便躁动了起来。原来这大帅哥柳湘莲平时为人放荡不羁，加上他又是个票友，时常串些生旦风月戏文，因此花名在外。薛蟠曾与他见过一面，一直念念不忘，却始终无缘重逢，今日在赖家相遇，怎肯错过？! 奈何柳湘莲根本没眼瞅他，薛大少呆性发作，借着酒意出言不逊，口称柳湘莲为"小柳儿"，这可把柳湘莲给气坏了，怎么说人家原先也是世家子弟，出身高贵着呢！因此听见薛蟠的话，柳湘莲气得两眼火星乱迸，恨不得即刻便将他一拳打死,只是担心搅了赖尚荣的酒局,所以隐忍不发,将薛蟠骗出城外,狠狠地揍了一顿,出了胸中一口恶气。

这柳湘莲与冯紫英,在下一直以来都十分喜爱。冯紫英前文已说过,此处不再赘述。柳湘莲也是个少年英侠,不但和冯紫英一样喜欢耍枪舞剑,飞鹰走马(秦钟的坟便是他放鹰的时候发现遭雨水冲塌的),还会吹笛弹筝,十足十的风流倜傥。而且柳湘莲还应该是个胸怀大志之人,只不过是迫于形势,隐于市罢了。他和贾宝玉告别时曾说:"我还要出门去走走,外头逛个三年五载再回来。"贾宝玉问他缘故,他冷笑道:"你不知道我的心事,等到跟前你自然知道。"可见他是从心底里认为贾宝玉这样的锦绣丛中的贵公子根本就不可能理解他的。他和贾宝玉交好,很可能只是因为贾宝玉的心中没有贫富贵贱之分,这也就不难理解他为什么会和奴才出身的赖尚荣"素习交好"了。一个是怀才不遇的落魄贵族,一个是身世卑微但却也饱读诗书的新贵,二人自有惺惺相惜之处。

也许柳湘莲日后会和北静王水溶走到一起,真正了却他的"心事"。那北静王爷自从在秦可卿的葬礼上闪亮登场以后，前八十回便再没有出现过，但是他的身影却似乎无处不在。琪官的汗巾子是他所赠，这条汗巾子后被琪官转赠贾宝玉，又被贾宝玉送给了袭人，最后自然又随着袭人回到了蒋家。而且他既送琪官汗巾子这样的贴身之物，可想而知他和琪官的交情非比寻常。而这琪官又是忠顺王爷的心爱之人，而且北静王送琪官汗巾子的事忠顺王爷乃至忠顺王府的长史官皆是知情者。当贾宝玉试图对琪官之事进行抵赖时，忠顺王府的长史官当即便冷笑道："既云不知此人，此人那红汗巾子怎么到了公子腰里？"忠顺王府的人追到荣国府找贾宝玉讨要琪官，这事表面看来只不过是贾宝玉结交戏子，实则上又何尝不是北静王与忠顺王的一场角力呢！所以贾宝玉那顿打即便没有金钏儿的事搅和在里头，也着实是在所难免的。

再就是北静王送给贾宝玉的珠串被转赠林黛玉。他还送了贾宝玉一套雨具，林黛玉见了也十分喜欢。于是贾宝玉打算跟他再要一套送给林黛玉。那一天恰好是由林黛玉自己亲口说出芳龄几许——十五岁。正好是及笄之年，也就是姑娘已经成年，可以嫁人了。此外，北静王妃在贾母的寿宴上还送过林黛玉礼物。宫中的老太妃薨了,北静王府和贾府在一座院落内宴息。甚至贾宝玉偷祭金钏儿,打的也是北静王爷的一个"爱妾没了"的旗号。

这样的一位角色怎么能没有下文呢?那怎么能对得起北静王那一番自我介绍呢?"小王虽不才,却多蒙海上众名士凡至都者,未有不另垂青目,是以寒第高人颇聚。"这是摆明了要效仿战国四公子的节奏啊!而且他送给琪官的汗巾子乃是茜香国女国王的贡品,照理应该是皇帝所赐,否则这外国的贡品直接进了北静王府,显然是不合礼法的。送给贾宝玉的鹡鸰香念珠串则明说是当今"圣上亲赐"。"鹡鸰"有兄弟之意,可见此物乃是皇帝用来笼络北静王的,而这两样东西却被他随手便送与旁人,一个是卑贱的戏子,一个是乳臭未干的稚子。这举动,诸位且细琢磨琢磨,原著未明言,在下也就不点破了。

而柳湘莲声称他的"心事"要等三五年后世人方能知道,如果只是些风花雪月的江湖事,又怎么可能让世人"自然知道"呢?只有涉及朝堂的大事,才有可能达到这样的轰动效应。那么柳湘莲若想与国家大事挂上钩,就必须和朝臣有所接触。他自然是走贾府所亲近的这一脉，赖尚荣算一个，再加上贾珍，却怎么也比不上北静王水溶来得更直接、更快捷。而且他若想走北静王的路子，不是没有这种可能的，只要他愿意，贾宝玉就是一条现成的路径。

那么给这位风流倜傥的有志青年柳湘莲配款什么酒呢？前文将冯紫英比作人头马XO，在下特留了一瓶好酒，专待柳湘莲——柏图斯（Petrus）。

柏图斯大概算是这世上最任性的酒庄了。法国的大小酒庄只要条件许可，大多喜欢在自己的产品上冠以Château这个词，意思是城堡，尤其是几家一级列级庄，全都叫作Château某某，让人一看名字便浮想联翩，想象这一瓶酒必然是在一座梦幻般的城堡中酿就。而柏图斯则偏偏不用这个Château，酒标上就是光秃秃的"Petrus"，而且那个"U"还不好好写，偏偏要用拉丁文写成"V"。柏图斯也的确没有Château，只有几间平房而已，所以当其他酒庄都在大肆宣扬自家城堡的历史以及与各路王亲贵族的瓜葛时，柏图斯只是埋头酿酒，没有副牌，也没有坏年份，因为遇上坏年份就直接放弃酿造。1987年采摘季，波尔多雨水较多，人家柏图斯直接用直升机把葡萄园给扇干了。就是这么任性！虽然不在列级庄的一级庄内但却是业内公认的酒王之王。这特立独行的劲儿,是不是像极了柳湘莲?

柏图斯几乎采用百分之百的美乐(Merlot)酿制,将美乐的韵味表达到了极致,口感柔和却又十分紧致,结构明显,既有黑醋栗和黑莓的气息,又有薄荷以及巧克力的风味,回味悠长,余香满口。这酒还曾是英国伊丽莎白公主的婚礼用酒。伊丽莎白女王的加冕典礼上用的也是它。美国总统肯尼迪更是它的死忠粉。可见,柏图斯虽然出身平民,但几代掌门人都十分擅长走上流途径。正因如此,柏图斯才能在短短几十年间声名鹊起。

柳湘莲若是只在民间游荡,到死也只能落个浪子的名声,但若是学学柏图斯,走走北静王的路子,情况可就大不同了。薛蟠即便是喝得再多,也不敢叫他"小柳儿"。就算是贾珍,也不敢借着酒盖脸,移席和他坐在一处,"问长问短,说此说彼"。原著虽未表明问什么、说什么,但贾珍既是慕他之名,又需以酒盖脸,自然也不会是什么金玉良言。柳湘莲听了,心中也未必乐意,但他绝对不敢像冯紫英那样:仇都尉的儿子怎么了?冯大爷我不乐意,照样挥拳揍你。这样的快意恩仇,必然是柳湘莲心中所向往的。但是他若不先将自己置身于他人仰望的地位,光凭一双拳头,那也就只好教训教训薛蟠之流了。至于他的"心事",别说是三年五载了,就算是三五十年又如何?还不是和他所串的戏文一样,只好"都付与断井颓垣"。

第四十八回

薛家兄妹

原著回目为"滥情人情误思游艺　慕雅女雅集苦吟诗"

薛家这兄妹二人呀，懂事的太懂事，混账的太混账。当哥哥的薛蟠，从小到大就是个名副其实的混世魔王。在他的心目中，那真的是珍珠如土金如铁。母亲薛姨妈宠着，舅舅王子腾罩着，这天下就没有他薛大少拿银子搞不定的事。不想这回在柳湘莲手上栽了个大跟头，反倒叫他脑子清醒了点，不但知道"愧见亲友"了，还打算发奋图强，做个真正的商人了。于是乎在给预备回老家过年的当铺总管张德辉饯行的酒席散后，薛大少和张总管约定了外出经商的行程。

给内部员工饯行，估计是薛大少请客，张德辉自己张罗，所以十有八九上一坛常用的黄酒足矣——这样年过六十的老总管一般都不会太过铺张浪费。

薛蟠晚上回家和薛姨妈一说，薛姨妈原来是不放心让儿子一个人出远门的，但薛宝钗做通了薛姨妈的思想工作，于是母女二人都做好了折损千八百两银子的准备，打算"花两个钱，叫他学些乖"。因此，第二天薛姨妈请客。不过，薛姨妈本人并未和张德辉照面，而是隔着书房的窗户千叮咛万嘱咐，让张德辉照顾好薛蟠。由此可见，薛家的生意自从薛父去世以后，就顺其自然，直到宝钗稍长，便由宝钗打理了，否则宝钗是不可能连人参怎么造假都知道的。在原著第七十七回中，薛宝钗便详细介绍了人参造假的方式方法："虽有一枝全的，他们也必截做两三段，镶嵌上芦泡须枝，卷匀了好卖，看不得粗细。"如今薛蟠远行在即，打的是外出经商的旗号，可是薛姨妈却并无一句生意上的话交代，可见薛姨妈是压根儿不管业务的。

薛蟠外出，带了乳父老苍头一名，有经验的旧仆两名，贴身小厮两名，再加上总管张德辉。而薛宝钗呢？只有一个贴身的丫鬟莺儿。这薛姨妈还真是重男轻女啊！瞧瞧人家贾家的几位小姐，每人除了自幼的乳母外，另有四个教引嬷嬷；除贴身掌管钗钏、盥沐两个丫鬟外，还有五六个洒扫房屋、来往使唤的小丫头；及至入住大观园,每处又添了两个老嬷嬷,四个丫头,以及专管收拾打扫之人。也就是说,贾府的小姐们每位得有二十来个人伺候着。就是这样的阵容,在王夫人的眼中,和贾敏当年的排场比起来,"不过比人家丫头略强些罢了"。

贾敏当年虽然是金尊玉贵,但林黛玉初来贾府的时候也很寒酸,只有小丫头雪雁和奶娘王嬷嬷,幸好贾母是按照迎春等人的标准替她配置齐全了,而宝钗就不好说了。虽然原著并未特别交代众人搬入大观园后,蘅芜院里的人员配备是不是统一安排的,但我们还是可以从几处场景描述中分析出个大致情况来。

首先,在原著第四回中,薛姨妈一家刚到贾府,薛姨妈便与王夫人私语:"一应日费供给,一概免却,方是常处之法。"而"王夫人知她家不难于此,遂亦从其愿"。

其次,在原著第四十五回中,林黛玉和薛宝钗谈心时曾说:"你不过是亲戚的情分,白住在这里,一应大小事情,又不沾他们一文半个,要走就走了。"

最后,便是在原著第七十四回抄检大观园时,凤姐说:"要抄检只抄捡咱们家的人,薛大姑娘屋里,断乎抄不得的。"若单单只看上面这些文字，薛宝钗在经济上是完全独立于大观园的。但在随后的七十五回中，薛宝钗为避嫌要搬出大观园时，李纨说："好妹妹，你去只管去，我自然打发人，去到你那里去看屋子。"本来若只看李纨的话，感觉薛宝钗一走蘅芜院便空了，然而薛宝钗接下来却又说道："依我的主意，也不必添人过去，竟把云丫头请了来，你和她住一两日，岂不省事？"史湘云到贾府也是走亲戚，通常是只带周奶妈和贴身的丫鬟翠缕二人，所以我想蘅芜院里是有统一配备的保洁人员的，这些人是不会跟着薛宝钗回家去的，而且如果薛宝钗只有莺儿一个人，即使是加上小丫头文杏，那偌大的蘅芜院的卫生工作就得累死她们主仆仁人。

所以薛家说起来不沾贾家一文，但实际上还是有好处的。这好处除了薛姨妈自认为薛蟠能有所约束，薛宝钗和贾宝玉也许有戏外，不显山不露水的日常小实惠想必也是薛姨妈所虑，否则何必当梨香院被十二个小戏子占了以后还不搬回自己家，而只是"另迁于东北上一所幽静房舍居住"呢？说到这儿，不由得想起薛宝钗的世故来。她其实和林黛玉一样，也是寄人篱下，甚至从某种意义上讲她比林黛玉的内心更惶恐。毕竟林黛玉怎么说也是贾母嫡亲的外孙女,父母亡故,投奔舅父母、外祖母合情合理。而她呢?只不过是贾家媳妇的娘家侄女儿,连贾宝玉都说,他和林黛玉是"姑舅姊妹",和薛宝钗是"两姨姊妹","论亲戚,她比你疏。"中国也有句俗话叫作:"姑表亲,代代亲,打断了胳膊连着筋;姨表亲,不是亲,死了姨娘断了亲。"而且她薛家是全家寄居在人家,所以她怎么敢不小心谨慎、八面迎合呢!这也正是当薛蟠说她是为了自己而向着贾宝玉说话,把她气得哭了一夜的根本原因所在。

这回打发呆霸王出远门,薛宝钗为薛蟠打点行李,连日劝诫,"谆谆教诲",不像妹妹,倒像姐姐。不知宝姐姐给薛蟠、张德辉等人送行安排的是什么酒?以宝姐姐的为人,她自己穿衣用度皆十分俭朴,但对其他人却从不斤斤计较,无论是对邢岫烟,还是对史湘云和林黛玉,都十分慷慨。所以,薛姨妈让薛蟠在书房招待张总管,具体安排酒席的肯定是薛宝钗,她应该是极有可能拿出家中所藏上好的黄酒之类来款待张总管的,毕竟需要张总管一路之上照看薛蟠呢。

送走薛蟠,香菱得到了进大观园陪伴宝钗的机会。

此处有一疑点，趁便提出，薛宝钗对薛姨妈说："妈既有这些人做伴，不如叫香菱姐姐和我做伴儿去。"诸位可还记得香菱惹出的那场事端？薛蟠打死冯渊，夺了香菱，他便没事人一般只管带着家眷进京了。而那时的香菱据葫芦庙里还俗的门子所给出的相对准确的判断，十二三岁光景。薛家人从金陵到京城需要多长时间呢？我们可以参照一下贾琏的行程，九月从扬州扶林如海之灵回苏州，安置完毕，年底回到京城。并且在原著第七回中，周瑞家的头回见着传说中的"为她打人命官司的那个丫头子"，也就是香菱在贾府的第一次亮相，不过是个"才留了头发的小女孩儿"。古代儿童留头的年龄在十岁左右，这和葫芦庙里的门子所说的年岁也相当吻合，而薛宝钗到了贾府没多久过的第一个生日便是贾母帮她过的十五岁生日，而且对于宝钗的外形描述是"容貌丰美、鲜妍妩媚"，所以怎么看宝钗也该比香菱年长才对。但是群芳夜宴时，原著中却又明确写道：袭人、香菱、晴雯、宝钗四人乃是同庚。因而此处宝钗称香菱"姐姐"，或许只是因为香菱姨娘的身份，当然不可能叫她嫂子，所以不如叫个姐姐既显得亲切又表示尊重，因此未必香菱真就比宝钗大，便如凤姐和贾琏叫鸳鸯"姐姐"一样，鸳鸯也不一定就比凤姐和贾琏都要年长。

年龄和时间的混乱是《红楼梦》的万年老梗，由它去吧！只是每次看见了就又忍不住要提一下，恰如一个酒徒，看见一瓶好酒，只要条件许可，怎么能忍得住不尝它一口呢?！

第四十九回

芦雪庵聚会(一)

原著回目为"白雪红梅园林集景　割腥啖膻闺阁野趣"

这一回写得是真美啊！美人！美服！美景！美食！就差美酒了！没事，一会儿就给他们配上。

说到美人，我以为名副其实的大观园十二钗这回才算是真正集齐，迎春、探春、惜春、宝钗、宝琴、黛玉、湘云、李纨、李纹、李绮、邢岫烟、王熙凤，正好十二个人。这样一群美人，无论在哪里都是一道风景线，更何况本回特意写了雪景来衬托她们。先只略提了一下雪中盛开的栊翠庵的十数株红梅，如胭脂一般，映着雪色，分外精神，再写活动主场芦雪庵，临水而建，茅檐土壁，槿篱竹牖，四面芦苇，推窗即可垂钓。一群美人便会聚此处。

这群人中打扮得最出挑的要数史湘云和薛宝琴。薛宝琴的衣着胜在金贵，乃是贾母送她的凫靥裘，而史湘云的衣着则胜在搭配上，一件半旧靠色三镶领袖秋香色盘金五彩绣龙窄褙小袖掩衿银鼠短袄，配一件水红装缎短款狐肷褶子，腰里束着一条蝴蝶结子长穗五色宫绦，脚蹬一双绿皮小靴，外罩一件貂鼠脑袋面子大毛黑灰鼠里子大褂子，头戴一顶挖云鹅黄片金里大红猩猩毡昭君套，大貂鼠的风领围脖。曹公用了"蜂腰猿背，鹤势螂形"八个字来形容史湘云的飒爽英姿。

本来众人聚在芦雪庵是打算联诗取乐的，但史湘云和贾宝玉找凤姐要了一块新鲜的鹿肉，还准备了烧烤工具。如此一来，作诗之前必得自己动手吃顿烧烤方才够劲。诸位日常吃烧烤十有八九都是喝啤酒吧？下回不妨试试阿根廷干红。阿根廷干红的特点是酒体浓郁、醇厚。和法国干红不同，阿根廷干红单宁较重但却不涩，入口顺滑、清甜，回甘较好，回味中带着些许椰子、莓果等水果的气息。酒肉同时咀嚼，入喉后能充分体会到水果的香甜，且不油腻，定能使你的味蕾得到极大的满足。

史湘云声称吃烤鹿肉必得配酒，"吃了酒方才有诗"——来瓶阿根廷干红，保管能让史大姑娘妙语连珠。

第五十回

芦雪庵聚会（二）

原著回目为"芦雪庵争联即景诗　暖香坞雅制春灯谜"

虽说史湘云一直嚷着要喝酒，但实际上他们在吃鹿肉的时候并未喝酒。我猜兴许是觉得一手的油再去端杯子，实在是太不雅了，所以等吃完，洗漱毕这才回到屋内重新正式入席。此时，屋内的地坑早已烧得温暖如春，杯盘果菜也俱已备齐，而屋外的雪依旧纷纷扬扬地下着。此时此刻，若煮上一大壶热红酒，再以掐丝珐琅柄的琉璃勺盛出，缓缓倒入配套的掐丝珐琅琉璃盏内，看热气蒸腾，酒香裹挟着果香扑面而来，喝上一大口，哎呀，人生如此，夫复何求！

当然，这只是我这样的酒徒的愿望，人家红楼美人喝酒为的是提诗兴，所以众人喝了小酒，个个诗兴大发。这一场芦雪庵争联赛，史湘云是名副其实的冠军。

昔日刘关张虎牢关三英战吕布，今日钗琴黛芦雪庵三美战湘云。贾宝玉落败，被罚前往妙玉的栊翠庵乞红梅，幸不辱命，扛了一大枝红梅回来，声称"也不知费了我多少精神呢"！这话说得稀奇，不过就是一枝二尺来高、五六尺长的梅枝，栊翠庵又离芦雪庵不远，一个大小伙子拿这么点东西，就算是公子哥儿也累不着，怎么就要费"多少精神"呢？不妨看看贾宝玉写的《咏红梅花》：

> 酒未开樽句未裁，寻春问腊到蓬莱。
> 不求大士瓶中露，为乞嫦娥槛外梅。
> 入世冷挑红雪去，离尘香割紫云来。
> 槎枒谁惜诗肩瘦，衣上犹沾佛院苔。

贾宝玉写诗有一大特点：无论整体辞藻如何华美，但总有几句是写实的。这首诗同样如此。且不去管他怎么样将妙玉比作世外仙人，最后一句都是回到凡尘的。从字面上分析，宝玉和妙玉是在梅树之下小憩了一会儿的，若只是站在树下摘花，便该是"足底犹沾佛院苔"了。这大冬天的，一大堆美人正在温暖如春的屋内等着呢，自己还得打足精神哄得妙玉高兴，这才赏了这枝红梅花，这就难怪贾宝玉要表功了："你们赏玩罢，也不知费了我多少精神呢。"

一向不起眼的邢岫烟因为吟咏这株红梅花吸粉无数，只因她的诗里有一句"看来岂是寻常色，浓淡由他冰雪中"。这句话深合佛系老中青三代读者喜爱，因此不少评论都将邢岫烟的品质拔到了人间散仙的高度，可是依在下拙见，邢岫烟的"浓淡由他冰雪中"未必就是有多高的思想境界或者是多么超脱的秉性，大多是因情势所迫，不得不顺其自然而已。

其实若论亲戚们的亲疏远近，她和薛宝钗是同样的身份。薛宝钗是贾母二儿媳妇娘家侄女儿，她是贾母大儿媳妇娘家侄女儿。抛开邢、王二位夫人在府里的地位不论，人家薛宝钗家底子厚实，虽然也是客居，和她那"酒糟透"了的父母相比，那真是有天壤之别。不仅如此，她一个月还要明占着贾家二两银子的便宜，若不"浓淡由他冰雪中"，难道还有别的办法不成？所以当薛姨妈找到贾母想为薛蝌求娶邢岫烟时，邢岫烟是什么反应啊？"心中先取中宝钗，然后方取薛蝌。"可见，邢岫烟心中也是衡量过自己和薛宝钗在贾府的身份地位的。宝钗的为人处世才是她的榜样，宝钗的"行为豁达，随分从时"以及王熙凤说宝钗的"不干己事不张口，一问摇头三不知"又何尝不是宝钗无可奈何的"浓淡由他冰雪中"呢？

此处解释一下本书采用"薛虬"而非通行本的"薛蝌"，是因为在下赞同周汝昌老先生的说法：薛蝌之名，当是底本草书致讹。虬乃龙之一种，兄名蟠，弟名虬，其义相联。

接着说芦雪庵的诗会都备了什么好吃的。只知道有道糟鹌鹑，糟鹌鹑配什么酒好呢？看到糟鹌鹑，诸位是不是想到了前面第八回中曾经提到过的糟鸭信、糟鹅掌？那一回我们配的是西班牙的干型雪利酒，这回得换换花样了——上清酒，最好是日本清酒五大名庄之一的大关清酒。"大关"这个名字是1884年才改的，原先叫作"万两"，意思是要像日本相扑中的最高级别"大关"一样霸气，以期能够雄霸清酒界。他们的经典款One Cup Sake巧妙地平衡了甜与辣的口感，既可以冰镇，也可以用热水焐热温饮，而且风味基本维持稳定，能够符合不同人的口味。即使是贾母，吃点手撕糟鹌鹑，喝点温热的One Cup Sake，也一定会喜欢的。

第五十一回

芦雪庵聚会（三）

原著回目为"薛小妹新编怀古诗　胡庸医乱用虎狼药"

芦雪庵聚会出彩的除了史湘云外，还有薛宝琴。薛宝琴写的十首怀古诗谜不但成了书中之谜，也成了广大红学爱好者心中永远的不解之谜。关于这十首诗的谜底，若干年来众说纷纭，并无定论。在下自知愚钝，也就不想凑这个热闹去猜它了，只是想说说那两首被宝钗特别指出的《蒲东寺怀古》和《梅花观怀古》。前一首诗曰：

小红骨贱最身轻，私掖偷携强撮成。
虽被夫人时吊起，已经勾引彼同行。

这说的是《西厢记》里的小红娘。后一首诗曰：

不在梅边在柳边，个中谁舍画婵娟。

团圆莫忆春香到，一别西风又一年。

这个是说的《牡丹亭》的故事。为什么在下要特别挑出这两首诗来细说呢？只因这两则故事在红楼中时隐时现，每次出场时人们对它们的看法还大不相同，很有意思。

首先，宝黛共读《西厢记》是众多读者心目中的经典画面，似乎整个大观园只有他俩才看过《西厢记》，而且这《西厢记》是绝对不能公开阅读的。贾宝玉平时是把书藏在床顶上的，只有无人之时才敢拿出来"密看"。所以当林黛玉行酒令时说出"良辰美景奈何天"以及"纱窗也没有红娘报"时，薛宝钗抽空可就一本正经地找她谈心了。而且当林黛玉意识到自己用了《牡丹亭》和《西厢记》里的词时，立马羞得满脸飞红。宝钗的一番教导，更是"说得黛玉垂头吃茶，心下暗服，只有答应'是'的一字"。显然这两句词一般人是不知道的，只有宝姐姐这样从小家里有大量藏书，又碰巧兄弟姐妹们在一处学习的，才有可能看到。所以，本回的薛宝琴也知道这两则故事还是合乎逻辑的。又或者是像林妹妹这样有个宝哥哥偷偷拿给她看的，否则根本无从得知。但是当宝、黛刚读完《西厢记》，林黛玉便听见小戏子们在唱《牡丹亭》的经典台词"原来姹紫嫣红开遍，似这般都付与断井颓垣"以及"良辰美景奈何天，赏心乐事谁家院"，所以这一段钗、黛对话似乎实在是没什么必要。

到了这第五十一回，薛宝琴公然将这两则故事写入她的怀古十首，但众人看了没有任何人觉得不妥。宝钗虽然提出异议，却只是因为它们史鉴无据。此时的黛玉理直气壮地反驳道："咱们虽不曾看这些外传，不知底里，难道咱们连两本戏也没见过不成？那三岁的孩子也知道，何况咱们？"林黛玉是在贾母招待刘姥姥的酒桌上错用了词。刘姥姥逛大观园正是菊花盛开的季节，所以她走后没多久便是九月初二——凤姐的生日，而芦雪庵聚会是十月里的第一场雪。短短一两个月的时间，且不说林黛玉撒谎一点不心虚，《牡丹亭》和《西厢记》也突然一下子就成了大众读物了，不但探春认为黛玉说得有理，连李纨都对这两则故事侃侃而谈，只是强调了一下"并不是看了《西厢记》《牡丹亭》的词曲"。不知诸位是否有同感：这两出戏，贾府的私家戏班子常练常演，不唱词曲又唱什么呢？所以啊，兴许是曹公本人实在是太喜欢这两出戏了，反复拿它们来说事罢了。

林黛玉感伤是因为听了《牡丹亭》里的"如花美眷，似水流年"八个字，又想起《西厢记》中"花落水流红，闲情万种"以及崔涂《春夕旅怀》中的"水流花谢两无情"、李煜《浪淘沙》中的"流水落花春去也，天上人间"。著名的《葬花吟》里也多处化用这几句诗词的意境。林黛玉春困发幽情用的还是《西厢记》里的台词"每日家情思睡昏昏"，而贾宝玉调情依旧套用《西厢记》里张生的话："若共你多情小姐同鸳帐，怎舍得你叠被铺床？"宝、黛调笑斗嘴仍然离不了这出戏。贾宝玉说："我就是个'多愁多病的身'，你就是那'倾国倾城的貌'。"林黛玉则说："原来是苗而不秀，是个银样镴枪头。"啊呀，实在是忍不住笑出声来，这曹公可真是王实甫和汤显祖两位老先生的铁杆粉丝啊！

不过原著既将这两本书列入禁书范畴，也不排除书上该有诸多"此处删去多少字"的章节，但是宝、黛共读《西厢记》之时，林黛玉分明是"越看越爱，不到一顿饭工夫，将十六出俱已看完，自觉辞藻警人，余香满口"啊,想来书中也并没有什么大不了的段落。总之,《西厢记》和《牡丹亭》在红楼世界里是个神奇的存在:戏是好戏,曲亦是好曲,书则是邪书。

不但《西厢记》和《牡丹亭》是个神奇的存在,薛宝琴本人同样是个神奇的存在。她其实和贾府并无半点瓜葛,只是薛宝钗的堂妹,但是贾府在年终祭祖时,她竟然可以旁观,连贾环这个正经主子,只因是庶出,原文中都不曾提及。另外,薛宝琴一家进京的主要任务就是为她完婚,可是这样一位人见人爱的小美女却遭到了婆家的婉拒。梅家并不急于完婚,反去赴了外任,期满回京仍未提及婚事。在原著第七十八回中,贾宝玉随贾政外出应酬,回家时便携有梅翰林所送的礼物。总之,一直到八十回毕,薛宝琴也没能嫁出去。

那么,这位神奇的薛宝琴该配一款什么酒呢?在葡萄酒世界里,还真有"波尔多神奇20"的说法,不过它们可不是哪一款酒的名字,而是真正的20款酒。

2011年11月,在香港举办了一场关于葡萄酒前景发展的研讨会。会上那位被称为"葡萄酒皇帝"的酒评人罗伯特·帕克向与会者分享了自己的品酒心得。他认为,一款伟大的葡萄酒应该必备五大共性:

一、能带来味觉与精神上的双重享受。

二、拥有浓郁复杂的风味,但又毫无厚重之感。

三、吸引品尝者不断地去探索与品鉴。

四、具有极佳的陈年潜力,愈久愈香。

五、带有鲜明的个性。

在随后的以"The Magical 20"为主题的品鉴会上,罗伯特·帕克与其他1000位葡萄酒爱好者共同品鉴了20款符合以上五大特征的波尔多佳酿,后来这20款酒便被称为"波尔多神奇20"。它们其中有11款来自梅多克(Médoc)产区,有4款来自波美侯(Pomerol)产区,3款来自贝萨克-雷奥良(Pessac-léognan)产区,2款来自圣-爱美农(Saint-Émilion)产区。

就从这20款中选一款出来送与薛宝琴吧:柏图斯之花(Château La Fleur Petrus)红葡萄酒。该酒因位于柏图斯和花堡(Château Lafleur)之间而得名。这款酒风格宏大,风味微妙复杂,结构精良,极富表现力,口感迷人,有淡淡的紫罗兰芳香,折服了无数酒评家和葡萄酒爱好者。

诸位可还记得前面第四十七回曾将柳湘莲比作柏图斯?本回特意将薛宝琴比作柏图斯之花,实在是因为在下以为薛宝琴的《梅花观怀古》必然会一语成谶:"不在梅边在柳边"。从表面看,这一句说的是柳梦梅,实际上是隐喻薛宝琴与梅翰林之子有缘无分,真命天子合该是柳湘莲。正好柳湘莲与尤三姐也曾下过聘,薛宝琴与梅公子亦曾定过婚,二人际遇相似,恰是天作之合。有兴趣的读者可参阅拙作《探春传》,那里面有详细演绎,本书就不拉郎配了。

第五十二回

贾宝玉的早点

原著回目为"俏平儿情掩虾须镯　勇晴雯病补雀金裘"

一碗建莲红枣汤，一块法制紫姜，便是贾宝玉的早点了，没有山珍海味，也没有什么大米粥小米粥，更没有豆浆油条小笼包，清淡得很。

不过，也别小看了这一碗莲子红枣汤。这可不是普通的莲子，这是建莲，福建省建宁县的特产，号称"莲中极品"，粒大饱满，圆润洁白，色如凝脂，滋阴壮阳。张医生给秦可卿所开的药方子里建莲和红枣都是作为药引子来用的："引用建莲子七粒去心，红枣二枚。"至于那个"法制紫姜"，诸位千万别以为是什么舶来品，把它当成"法兰西制造"。所谓"法制"，只不过是如法炮制的意思罢了。紫姜其实就是嫩生姜，因为其尖部发紫而得名。李时珍曾说："凡早行、山行宜含一块，不犯雾露清湿之气。"可见人家贾宝玉喝完汤在口中"噙"了一块,而不是直接"吃"了一块或是"嚼"了一块,那是有科学依据的。当然,最后这块紫姜还是可以嚼一嚼咽下肚的,或者等太阳高升后吐掉。

这大早上的,而且贾宝玉还急着去他舅舅王子腾家做客,在下也就不添乱给他配什么酒了。只是贾宝玉一早上欢欢喜喜出门去,晚上唉声叹气回家来,原来是酒席上喝嗨了,把贾母刚给的一件雀金裘给烧了个洞。为了补这个小洞,把贾宝玉最心爱的大丫头晴雯累了个半死。

说到晴雯,不得不说一说曹公的喜好了。他老人家特别钟爱标新立异,个性张扬,脾气还不太好的女孩,贾宝玉的心爱之人其实正是曹公个人喜好在书中的折射。像贾迎春这样随遇而安、娴淑恬静、与世无争的,他借兴儿之口称为"二木头",借宝钗之口称其是"有气的死人",而薛宝钗这种不仅端庄大方、贤良淑德,而且才华横溢,博古通今,甚至极有可能还是个绘画高手(不然她也不可能帮惜春列出那样内行的画具清单来)的才女,他却借贾政之口在首次观看蘅芜院时便说她"无味"。当然等到走进去见了那许多的异样藤草,贾政还是情不自禁地笑道："有趣！"这和贾宝玉对于薛宝钗的情感变化如出一辙，总是于不经意间感受到宝钗的"任是无情也动人"。曹公他老人家喜欢的是"孤高自许，目下无人"还天生有些小心眼儿的林黛玉；心比天高却命比纸薄、伶牙俐齿且脾气火爆，同时也是个小心眼儿的晴雯；再就是身为下贱却偏偏养了一身的富贵毛病，同样是从不甘居人下，纵情任性、秉性泼辣的芳官；身为下九流的小戏子却敢在贵妃娘娘和主子们面前玩个性的龄官；以及寄人篱下却能理直气壮地颐指气使、各种挑剔，行为张狂、性情刚烈的尤三姐。这几位可都是曹公的心爱之人。那位最了解曹公的脂砚斋曾在晴雯讥讽贾宝玉给麝月篦头时批注道："要知自古及今，愈是尤物，其猜忌嫉妒愈甚。若一味浑厚大量涵养，则有何令人怜爱护惜哉？""故观书诸君子不必恶晴雯，正该感晴雯金闺绣阁中生色方是。"也就是说，曹公与脂砚斋这两位大神都喜欢"作女"，宝钗和袭人则被其称为"女夫子"。不过，从这几位"作女"身上，我们似乎也可以窥见曹公本人的一些性格特征以及个人境遇，一身傲骨，怎奈家世颓败，世态炎凉，纵不甘心，如之奈何?!

好奇怪，每每想到晴雯，总是不由自主地想起前些年由国内酒商自行灌装的包装精美的"进口"酒：似是而非的名牌，含糊其词的背标说明，或叫"拉菲某堡"，或叫"拉菲某珍"，或叫"罗曼某某帝"，或叫"某帝某康"，总之是想要消费者一看就会自动联想到拉菲抑或罗曼尼·康帝之类的名酒。当然，商标上写的都是字母，有的看着像法文，有的则像英文，有的干脆就是汉语拼音。这些酒堂而皇之地占据着街头巷尾大小烟酒专卖店里最为显眼、最为尊贵的位置。近几年懂酒的人越来越多，太贵的酒也越来越难卖，这些酒才逐渐地越来越少了，但是给进口酒重新进行奢华包装的习惯却依然盛行。

不过，这些也只能糊弄糊弄一些新入行的爱好者，那些老江湖可不好糊弄，正如晴雯留的那两根足有二三寸长的红指甲，只好吓唬吓唬新来的太医，把她当成小姐，由着老嬷嬷们悄悄笑话："怪道小子才说今儿请了一位新太医来了，真不知我们家的事。"

第五十三回

贾府年宴（一）

原著回目为"宁国府除夕祭宗祠　荣国府元宵开夜宴"

贾府的年宴排场很大，场面很热闹，时间跨度也很长，从腊月二十九贴对联开始，一直到正月十五闹完元宵才算结束。其实过了十五，两府的几个大管家也都是要设宴请主子们赏脸吃年酒的，那些就忽略不计了，咱们只说宁、荣二府主子们的年酒。

两府原则上是合在一处过年，当然中途肯定有开小差单独乐和的，譬如贾敬，参加完年三十的祭祖活动，便于净室内默处，外头喝酒也罢，唱戏也罢，他一概无听无闻。又如贾赦，和贾敬正好相反，在贾母跟前点个卯便找借口溜回自己的小别院去了，到了家中与众门客赏灯吃酒，自然是笙歌聒耳，锦绣盈眸，逍遥快活，开几瓶82年拉菲是免不了的。

说到贾府年三十祭祖活动,倒是有几个小小的疑惑。除了薛宝琴此时不在薛姨妈家里跟着哥哥薛蚪祭他们老薛家的祖宗外,贾环和贾琮都有着小小的疑点。贾荇、贾芷、贾菖、贾菱这些身份不明的人物暂且不论,贾琮和贾琏在活动中的任务是一致的,都是负责"献帛"。如果贾琮和贾环一样都是庶出,这场盛大的祭祀活动压根儿就没提到贾环,似乎他作为庶子是不配出现在这样庄重的场合的,那么贾琮也不应该出现呀?如果贾琮和贾琏是一母所生,那不但他们兄弟二人的年龄差距太大,而且邢夫人嫁入贾府的时间也需要仔细斟酌了。前文曾提到过,在原著第二十四回中,贾赦生病,贾宝玉前去问安。贾琮过来给宝玉问安,邢夫人还说贾琮:"哪里找活猴去!你那奶妈子死绝了,也不收拾收拾你,弄的黑眉乌嘴,哪里像大家子念书的孩子!"不说别的,只说身后还有个奶妈子跟着,能有多大?虽说通行本第二回冷子兴曾说:"若问那赦公,也有二子,长名贾琏。"但也有版本写着"次名贾琏",这倒是和"琏二爷"的称呼相吻合。有读者说"琏二爷"这个称呼是从贾珍的"珍大爷"那儿来的,那么贾宝玉的"宝二爷"又是从何而来呢?自然是从贾珠那儿排下来的呀！所以"琏二爷"当然不可能平白无故地从宁国府那儿往下排呀。若是从"珠大爷"那儿排下来的，那么贾宝玉理所当然该叫"宝三爷"，贾环则该叫"四爷"了。

再有一处疑惑便是贾蓉的妻子。本回特意指出贾蓉乃是"长房长孙"，所以只有他是随了女眷们留在槛内的，献供的菜肴由贾敬递给贾蓉，贾蓉传给他的妻子，再由蓉妻传与凤姐、尤氏诸人。秦可卿的葬礼搞那么大的排场，贾蓉的续弦却是一点动静也没有，谁也不知道他是什么时候又娶了个妻子回来的。要知道，连薛蟠将香菱收房人家薛姨妈还大张旗鼓地摆酒请客呢！

好吧，且将这些无解之谜先放置一边，接着说过年的事。第二天大年初一，乃是元春的生日。贾母等有诰命品级的全都进宫给元春祝寿，元春自然是要留他们吃饭，不知元春的招待宴上会用什么酒呢？虽然前面第五回我们曾将元春比作罗曼尼·康帝，但她是绝对不会拿罗曼尼·康帝出来招待娘家人的，也许她有，但如果没有皇命，我想她是不敢拿这样的酒出来的。她若是能在皇宫里敢这么随心所欲，那几个太监还怎么敢跑到贾府"打抽丰"呢？！而且张口就是一千两，贾琏应得稍慢了些，那位周太监还十分不爽。若是元春在宫中当真尊贵无比，又何必于省亲之时慨叹皇宫是个"不得见人的去处"呢！元春若是能拿瓶罗曼尼·康帝出来招待娘家人，贾蓉也不会和送年货的庄头乌进孝开玩笑说："娘娘难道把万岁爷的库给了我们不成！她心里纵有这心，她也不能作主。"贾珍更不会说什么"黄柏木做磬槌子——外头体面里头苦"了！

不过话又说回来，到底是皇家的体面，上几瓶法国波尔多列级庄还是有可能的。但是到底上几级庄的酒，这就不好说了，反正有61家呢，5家一级庄、二级庄、三级庄各14家，四级庄10家，五级庄18家，随便挑几瓶，都是好酒。

至于接下来的亲戚朋友们相互请吃年酒，络绎不绝，一直忙到正月十一，贾赦请贾母去他的小别院吃酒。正月十二，贾珍又请贾母过宁国府去坐席。说不尽的珍馐美味，玉液琼浆，道不完的繁华锦绣，人间天堂。直至正月十五，贾母请客，安排宁、荣二府合欢家宴，这场盛宴结束，这个年才算过完。

这元宵家宴且待下回再说。

第五十四回

贾府年宴（二）

原著回目为"史太君破陈腐旧套　王熙凤效戏彩斑衣"

且说转眼到了正月十五之夕，贾母命人在大花厅上摆下几桌酒席，定了一班小戏，满挂各色彩灯，邀了宁、荣两府除了贾敬以外的孙男弟女都来共度元宵佳节。

真心羡慕贾母的潇洒，从老太太身上真是悟到了多少人生真谛，头一条便是：开心最重要！其次便是：银钱不可少！越老越得有钱！不但要有钱，最好手上还得存几件稀罕玩意儿，诸如什么"凫靥裘""雀金裘"之类的。瞧瞧，人家老太太这回又晒了个新玩意儿——慧纹。每一件"慧纹"都价值连城，贾府总共有三件，有两件已经进贡给了皇帝了，只剩下一副缨珞，一共十六扇，一色的紫檀透雕，嵌着大红透绣花卉并草字诗词，乃是贾母心爱之物，只在高兴了摆酒时才拿出来赏玩。

如此珍贵的摆设，不开瓶稀世美酒如何般配？拥有"世界上最美酒窖"的著名收藏家Michel-Jack Chasseuil曾在他的《世界最珍贵的100种绝世美酒》一书中这样评价一款酒："它是最珍贵罕见的甜白葡萄酒，是苏玳的劳斯莱斯。"说的就是1811年的滴金。它并不是这个世界上现存最昂贵的葡萄酒，但它却是你有钱都未必能买得着的。既然1811年是许多业内人士公认的有史以来最好的白葡萄酒年份，那么这回的元宵合欢宴就请贾母开瓶1811年的滴金来和她的"慧纹"相配吧！

贾府的元宵宴自然少不了唱戏的、说书的，这一回倒是有个唱戏的小姑娘脱颖而出。大多数读者的心目中都对红楼十二官里的芳官和龄官的印象比较深，曹公在这两位身上所用的笔墨也更多些，但这一回有个小姑娘虽着墨不多，寥寥数语，却为自己赢得了一个大好前程，她便是文官。

本来贾母让芳官唱一出《牡丹亭》里的《寻梦》，文官却上前搭话："这也使得，我们的戏自然不能入姨太太和亲家太太姑娘们的眼，不过听我们一个发脱口齿，再听一个喉咙罢了。"这话不仅深合贾母之意，连李婶和薛姨妈也都夸赞："好个灵透孩子。"别看贾母老了，可是一点不糊涂，记性好着呢！小戏班子解散之时，贾母便将文官留在了自己的身边，后面的抄检大观园自然就不可能波及文官了。虽说后来王夫人将园子里小戏子们打发了出去，但并未提及留在贾母身边的文官以及跟着尤氏去了宁国府的茄官，想来贾母是不会亏待如此伶俐的小姑娘的。文官的结局相比其他小戏子应该会略胜一筹。

言归正传，荣国府老祖宗家宴都有什么好吃的呀？老规矩，吃什么在曹公看来并不重要，宴席上的陈设才最重要；喝什么也并不要紧，用什么酒具才最要紧。所以小到室内焚的什么香，大到贾母用的床榻，乃至榻上放的物件，众人用的茶杯，梁上挂的灯烛无不一一细述，唯独吃了什么、喝了什么则是用"上等果品菜馔""精致小菜"几个字便全都概括了。好不容易等到最后上汤了，贾母说饿了，王熙凤总算是回了两个名字出来："有预备的鸭子肉粥""枣儿熬的粳米粥"。若光是喝粥还有什么必要费事配酒呢？大伙喝点儿粥就散了吧！

第五十五回

大观园里的工作餐

原著回目为"辱亲女愚妾争闲气　欺幼主刁奴蓄险心"

读者诸君可千万别以为大观园里的太太小姐们顿顿都像满汉全席,那可就跟刘姥姥差不多了。刘姥姥一进荣国府的时候,正好赶上王熙凤吃午饭,那顿饭应该就是王熙凤的日常工作餐了。平时贾府的太太小姐们不聚会的时候,就跟我们日常单位食堂一样,只不过我们是要自己去食堂,级别到了,食堂也许会把工作餐给你送到办公室或是宿舍。贾府的人把这个工作餐叫作份例,人家用的是描花刻字的大漆捧盒送餐上门,而若是送餐,咱们用的是泡沫的、纸浆的又或者是塑料的饭盒。

在刘姥姥眼里,王熙凤的工作餐那是"盘碗森列""满满的鱼肉"。究竟这一餐是什么标准,曹公不曾交代,我辈也不好瞎猜,只知道平儿这个级别是四样份例菜。估计王熙凤、探春等太太小姐们的份例应该比平儿的规格要略高些，毕竟大家吃的饭都不一样，有吃红稻米的，也有吃白粳米的。不过年轻主子们的份例应该是统一标准的，否则李纨和探春在她们的办公室——"议事厅"内一起用餐岂不尴尬！所以不可能吃得不一样。包括薛宝钗的饭菜一定也是按照探春等人一样的份例配置的，而宝钗的丫头莺儿、文杏，以及如今新来做客的薛宝琴主仆自然也是和贾府的姑娘丫头们一样的配额。所以说这薛家并不像林黛玉说的那样"不沾他们一文半个"，沾光的地方多了去了。我就不信宝钗主仆每个月都是交伙食费的，即便是她要交，王夫人和王熙凤也不可能同意啊。邢岫烟不是非但没交伙食费，每个月只要在大观园住满一个月，王熙凤便照着迎春的份例还送一份月例与她吗？所以怎么可能要宝钗姐妹及其主仆的伙食费呢！其实王熙凤给邢岫烟月例，一则当然是真心怜爱她，二则估计也是为了堵邢夫人之口。

正因为宝钗的伙食和探春等人是统一标准的，所以探春才会让人把宝钗的饭菜也端到"议事厅"内一起吃。

平儿本来是奉了王熙凤之命，到议事厅来关照赵姨娘的兄弟赵国基的丧葬费标准的，却刚好遇上赵姨娘来寻探春闹事，惹哭了探春。平儿不便走开，只得留下伺候完探春等人的工作餐才回家复命。王熙凤听了平儿的汇报，对探春的作为大加赞赏了一番。此处王熙凤主仆的对话中有一个问题在下一直没想明白，她主仆二人对未来进行资金规划时，平儿说："将来还有三四位姑娘，两三个小爷，一位老祖宗，这几件大事未完。"

贾家的姑娘们都养在一处，一共四位，一位嫁入皇宫了，剩下三位，但是增加了一个林黛玉，所以还是四位姑娘，这个账很清楚，平儿说得一点没错，但是王熙凤的回答则有点让人迷糊了。她说，林黛玉和贾宝玉肯定是贾母负责，不用操心他俩婚嫁的费用，"二姑娘是大老爷那边的，也不算"。迎春是贾赦的女儿，由贾赦负责准备嫁妆，王熙凤主持的是贾政家的日常工作，这样说也可以理解，那么惜春是宁国府的小姐，则更不需要王熙凤操心了。这样一来，就只剩下一个探春需要占用王熙凤的资金计划，可是她却说："剩了两三个，满破着每人花上一万银子。"这"两三个"都是谁呢？贾环她是单独列在一边的："环哥娶亲有限，花上三千银子，不拘哪里省一抿子也就够了。"那还有谁呢？贾琮？贾琮也是"大老爷那边的"，也不用她操心。而且她所说的"每人花上一万银子"，应该指的是给小姐们的嫁妆。这里头不可能有史湘云和薛宝钗，因为薛宝钗是纯粹的客人，连贾迎春都不管了，又怎么可能算上史湘云呢！人家也是客人而已。除非硬要加上一个贾兰和巧姐，可是巧姐是贾赦的亲孙女，也是"大老爷那边"，无论如何也凑不齐这"剩下的两三个"数来。

而且贾府里这个"爷"字的称呼是有严格的辈分约束的，绝不是是个男的就叫"爷"的。荣国府有贾母在，她是贾代善的老婆，她被称为老太太、老祖宗，那么邢、王二位夫人就只能叫大太太、（二）太太，贾赦、贾政只能叫大老爷、（二）老爷。宁国府因为没有"代"字辈的人了，贾敬在宁国府才可以被偶尔地称为"太爷"，但事实上他和贾赦、贾政是同辈，在荣国府的人嘴里他只能被称作"老爷"，而贾珍，荣国府的人称他"珍大爷"，因为他是和贾琏、贾宝玉同辈的。即使是宁国府的人，不单是乌进孝这类的老奴守着规矩称他为"爷"，他的那些侍妾佩凤等人也并无一人称他为"老爷"的。贾蓉因为年龄大且又成亲了，荣国府的人才连名带号地尊他一声"东府里的小大爷"。至于贾兰这种未成年的小不点,更是统称"哥儿";未成年的小姑娘,像巧姐只能被称为"姐儿",根本就没有人会郑重其事地叫他们"爷"和"姑娘"。别说是贾兰了,就算是贾蓉,他是和贾兰同辈的,宁国府的那位著名的创业元老焦大喝多了还是称他"蓉哥儿",因为"草"字辈的在贾府根本就还没能论上"爷"呢!清虚观打醮时,贾蓉就因为怕热躲在钟楼里纳凉偷懒,被贾珍让人当众啐脸,同时还让小厮大声质问他:"爷还不怕热,哥儿怎么先乘凉去了?"

东扯西拉说了这一堆闲话,那到底还要不要给大观园里的工作餐配款酒了?既然都说了是工作餐了,赶紧吃完还有正经事情要商讨呢,当然不能喝酒了!喝酒误事!

第五十六回

平儿和甄宝玉

原著回目为"敏探春兴利除宿弊　识宝钗小惠全大体"

上回说了平儿、探春等人吃完饭有正经事情要商讨。那么,究竟是什么事呢?大观园的内部管理机制改革。这件事情的确是探春牵的头,但事实上更多的具体执行方案出自宝钗。

探春和王熙凤属于同一类人,都是开拓型的,有魄力,有创新意识,也敢于实践,但都是粗线条的。宝钗和平儿则是实干型的,考虑问题也比较客观冷静。但是,探春和王熙凤因为并未受过什么实质性的挫折,尤其是探春,有些想法难免就会脱离实际。而宝钗幼年丧父,随母一起寄人篱下,还要兼顾家中生意。平儿就更不用说了,贾琏之俗,凤姐之威,她都能周全妥帖。所以,这俩人要么不说话,要说必是一言即中要害,基层群众无不心服口服。宝钗从小受过良好的家庭教育,而平儿则完全是自学成才,必须给这姑娘配款酒。

我以为再没有比车库酒(Garage Wine)瓦朗德霍酒(Château Valandraud)更适合平儿的了,出身卑微,进步神速,闪耀同行。相对于法国其他的葡萄酒庄动辄上百年的历史而言,车库酒的创始人让-吕克·图内文(Jean-Luc Thunevin)1989年才在波尔多的圣-爱美农拥有少得可怜的0.6公顷葡萄园,压根儿没什么配套的酿造场地,只能将车库收拾出来作为酿造车间,夫妇二人的创业艰辛可想而知!但是谁也没想到,这车库里酿出来的瓦朗德霍酒居然一夜成名,震惊业内,几乎所有的业内人士都争相品鉴。1996年9月,1991年的瓦朗德霍酒居然还在苏富比拍卖会上每一瓶都拍出了1000美元的价格,其他年份的酒的售价还曾经一度超越大名鼎鼎的拉菲市场价。有人评论图内文先生的酒难登大雅之堂,是低级货色,图内文先生反驳说:"苹果和微软都是起源于车库,它们却影响了整个世界。"车库酒从此声名远播。当然,车库酒能有今天的成就和罗伯特·帕克的力捧是绝对分不开的,他甚至将瓦朗德霍酒录入了自己所撰写的《世界最伟大的酒庄》里,由此可见其钟爱的程度。

车库酒一般酒体比较沉重，异常饱满，果味丰富，酒精度相对较高，虽然也还是干红，但它往往会刻意地保留一些残糖，而且特意使用新桶陈酿，使得橡木的味道十分明显。而且车库酒采用的是饥饿式营销，产量极少，年产5000~8000瓶，单价极高。这一点不禁使人联想起平儿与贾琏的关系来。巧姐出痘疹，贾琏夜宿外书房十二天，因此得以与多姑娘成为"相契"，回到家中，被平儿发现了多姑娘送他的一绺青丝。平儿拿了头发找到贾琏，原本要以此为据戏弄贾琏，不料却被贾琏抢走。二人调笑之间，贾琏动情，平儿却跑了。贾琏恨声不叠，平儿在窗外笑道："我浪我的，谁叫你动火了？难道图你受用一回，叫她知道了，又不待见我。"贾琏听了即刻发狠说："你不用怕她，等我性子上来，把这醋罐打个稀烂。"诸位，这是否也算是一种"饥饿式营销"啊？从来都是得不到的才是最珍贵的！

此外，车库酒相对于传统概念中的波尔多佳酿，它们的单宁不再浓重，这一特点更是像极了平儿，没有深锁舌根的涩重单宁，让口感更加圆润，且酒体饱满，酒香澎湃。平儿在与贾琏和王熙凤乃至府中"十八般武艺样样齐全"的管家娘子们，甚至是和探春等人打交道的过程中，采用的正是这种以柔克刚、柔中带刚的方式方法，连薛宝钗都赞她说话"不卑不亢"。李纨更是喜爱得要把她和凤姐"换一个过子"。

本回的标题叫作"平儿和甄宝玉"，事实上平儿和甄宝玉之间八竿子也打不着，只不过是接下来要说一说甄宝玉的事情罢了。因为曹公就是这么安排的，本书开篇就说了，咱们跟着原著的笔锋走。

甄宝玉在红楼前八十回中从未正式登过场，但是在这一回中甄（真）贾（假）宝玉是碰了面的，是在彼此的梦中相见，梦醒后，贾宝玉还跟随王夫人一起去拜见了甄夫人，从甄夫人处又一次得到证实，甄、贾宝玉一般无二。相信绝大多数的读者都认为甄、贾宝玉就像是照镜子一样，无论是外形、年龄以及性格都一模一样。

性格方面，贾雨村曾经做过甄宝玉的家庭教师，从他向冷子兴的描述中可知，甄、贾宝玉性情相仿，尤其是在对女孩儿的态度上更是如出一辙。

外形方面，本回通过甄家女仆被"唬了一跳"来表达二人的相似程度，更通过以贾宝玉梦醒之后照镜子的方式对甄、贾宝玉的相见进行收尾，从而进一步强化二人的无差别化。

但是如果我们细读全文就会发现贾宝玉实际上要比甄宝玉大好几岁。为什么这么说呢？原著本回写到甄家派了四个上等女仆来给贾母请安问好，聊到甄宝玉，甄家女人答："今年十三岁。"

本书回目特意与原著一一对应，为的就是方便读者查阅。本回是第五十六回，诸位一定不会忘记在第四十五回薛宝钗和林黛玉谈心的时候，林黛玉亲口说自己"今年十五岁"。钗、黛二人谈完心，没过多久薛宝琴等人来到贾府。贾宝玉不知钗、黛之事，还担心林黛玉小性儿，妒忌贾母疼爱薛宝琴，结果白操心了。紧接着便是薛宝琴"初进贾府宗祠"，旁观贾府祭祖，这就表明又过了一年，林黛玉十六岁了。随后便是凤姐病了，探春等人代理主持工作，这就到了本回。在原著第三回中，林黛玉初进贾府，王夫人关照她不要搭理贾宝玉时，她当时的回答是"在家时亦曾听见母亲常说，这位哥哥比我大一岁"。也就是说，这会子的贾宝玉理应十七岁了。一个十七岁的少年和一个十三岁的小男孩是绝对不可能被混淆的，哪怕他们的五官生得一模一样。然而甄家四个管家的娘子却异口同声地说："唬了我们一跳。若是我们不进府来，倘若别处遇见，还只当我们的宝玉后赶着也进了京呢。"

为了打消读者怀疑是甄家女人承悦贾母之词，曹公又特意安排了贾宝玉梦游甄府遇到了甄宝玉的丫鬟们将贾宝玉认作甄宝玉，以证实甄、贾宝玉的相似度，而且还借这群丫鬟之口点出，不单有甄、贾宝玉，他俩还都有一个常常生病的妹妹。更为巧合的是，贾宝玉的妹妹和甄宝玉居然是同门师兄妹，二人都曾是贾雨村的学生，并且贾雨村差不多是辞了甄家便进了林家。从他和冷子兴的对话中，我们知道了甄、贾宝玉对于"女儿"的看法高度统一，那会子贾宝玉的年龄在七八岁。若是甄宝玉真比贾宝玉小了四岁，那甄宝玉便只有三四岁了，怎么可能说得出那一番"高论"呢！诸如"女儿两个字，极尊贵、极清净的，比那阿弥陀佛、元始天尊的这两个宝号，还更尊荣无对的呢"！所以这又是一处时间上的无头官司，不打也罢。只不知那甄宝玉的妹妹是不是也和林黛玉一样，时不时地便独自垂泪到天明呢？

林黛玉是那三生石畔旧精魂，这一点毫无疑问。她这一生的使命就是来还泪的，原著四十九回还特意强调了一遍这一点，林黛玉自我感觉"眼泪却像比旧年少了些似的。心里只管酸痛，眼泪却不多"。那么，甄宝玉的那位妹妹又是何许人也？身子骨如何？性情又如何？甄宝玉和贾宝玉一样，也为他的妹妹整天胡愁乱恨。那么这甄宝玉是否也是"凡心偶炽，乘此昌明太平朝世"，下凡来"造历幻缘"的呢？唉，惜哉，迷失的红楼后四十回，叫这诸般疑惑终成不解之谜！

　　不过在下于拙作《贾琏传》中把这甄、贾宝玉的身世做了一个了断，算是过了把瘾，了却了自己沉积多年的一个心愿。诸君若有兴趣，不妨找来一阅。

第五十七回

邢岫烟与阿尔萨斯雷司令

原著回目为"慧紫鹃情词试宝玉　慈姨母爱语慰痴颦"

《红楼梦》中除了那些跑龙套的小人物,诸如什么马道婆、卜世仁之流坏到一无是处外,其他的主角、配角多多少少都有一两个闪光点,以确保人物不那么脸谱化,但赵姨娘和邢夫人这两位却是无论如何也难让读者喜欢的角色。本回并未专门写这二位,但只寥寥一两句话便又一次从侧面给她们的形象抹了一层灰。

原本这一回是紫鹃试探贾宝玉对林黛玉之心究竟如何,赵姨娘只不过是紫鹃找贾宝玉说话的一个由头罢了。曹公这支笔,不得不服。在原著第五十二回中,曾经埋下了一个扣子:贾宝玉和林黛玉二人正不舍告别,贾宝玉临时想起薛宝钗送林黛玉燕窝这事,便以此为由挨近黛玉说:"我想宝姐姐送你的燕窝……"一语未了,赵姨娘走了进来。

前文我们曾提到过林黛玉等小姐每人除自幼的乳母外，另有四个教引嬷嬷，两个贴身丫鬟，还有五六个负责搞卫生、跑腿递话传消息的小丫头，自从搬入大观园每一处又添了两个老嬷嬷，四个丫头，若干打扫卫生的。这么一大堆人守着一个潇湘馆，赵姨娘居然神不知鬼不觉地就进了林黛玉的卧室，而且连门也不敲，直接便闯了进去，一下子便将赵姨娘鬼鬼祟祟、猥琐不堪、居心叵测的形象给描画了出来。

但是曹公高明之处便在于并未对其行为做任何评判，甚至也未写平时嘴不饶人的林黛玉有什么反应。一直到这第五十七回，才由紫鹃旧事重提，来和之前她同贾宝玉说的"一年大二年小的，叫人看着不尊重。又打着那起混帐行子背地里说你，你总不留心，还只管和小时一般行为，如何使得"相呼应。而且紫鹃明确表示，此刻是因为赵姨娘不在家才敢走来和宝玉说话的。这就点出了背地里说人闲话的"那起混帐行子"其中便有赵姨娘了。"一年三百六十日，风刀霜剑严相逼""质本洁来还洁去，强于污淖陷渠沟"，林黛玉之所以会发出这样的感慨，自然是和赵姨娘之流的闲话分不开的。

再来说说本回所提及的邢夫人。从其亲侄女邢岫烟春寒料峭之时便当了棉服换上夹袄再到每月二两银子的零花钱须奉邢夫人之命送出去一两，把邢夫人那张铁公鸡的嘴脸描画了个十足十。不过这个并不值得细论，毕竟邢夫人贪财反正已经是众所周知，倒是本回有一处，不过是随手一笔，却是叫人疑虑重重。薛姨妈托贾母作保，为薛蝌求娶邢岫烟。邢夫人听了贾母之言，心中暗自思忖：薛家根基不错，且现大富大贵，薛蝌生得又好，且贾母硬作保山，于是"将计就计"便应了。

诸位有没有觉得奇怪：此处理应用"顺水推舟"几个字更恰当啊，却为什么要用"将计就计"四个字呢？会不会是曹公一时疏忽用错词了呢？当然不是。

那么邢夫人到底将什么计？就了什么计？就了谁的计？

这件事情的核心是邢岫烟。邢岫烟这个小姑娘年纪不大，但是和薛宝钗属于同类人，成熟稳重，随分从时，连王熙凤都因为她是个"极温厚可疼"的人，怜她家贫命苦，因而反比别的姊妹多疼她些。平儿见她没有遮雪之衣，也给她雪中送炭，送她羽纱雪褂子。探春见她身上空无一物，还将自己的玉佩送给了她。宝钗欣赏她的雅重，时常暗中接济她。贾宝玉更是赞她如"野鹤闲云"。她自己芦雪庵咏红梅花也吟出了"看来岂是寻常色，浓淡由他冰雪中"这样的佳句来。然而当贾宝玉向她请教如何给妙玉写回帖时，她却说出一番出人意料的话来，说妙玉"是生成的这等放诞诡僻""僧不僧，俗不俗，女不女，男不男，成个什么道理"！妙玉是她的启蒙老师，也是她在大观园里唯一的故人，她还时常去找妙玉说话聊天，可以说妙玉是拿她当闺蜜一般对待的，但她却说妙玉也未必是真心看重她。这样的话，如果她是私下里对迎春说的，尚且可以理解，毕竟论起来迎春是她的表姐，可是这话她是对荣国府的少主贾宝玉说的。以邢岫烟的眼力见儿，她岂能不知贾宝玉在贾府的重要性？她是参加过芦雪庵聚会的人，又怎么可能不知道妙玉和贾宝玉的交情呢?！但她就是在贾宝玉面前如此这般地评价了妙玉。她有没有什么目的姑且不论，只这一桩行径便配不上"温厚""雅重""野鹤闲云"这几个词。

可是她为什么要这么做呢？假如邢夫人发现邢岫烟居然人见人怜招人疼爱，她会不会也有心想将邢岫烟许配给贾宝玉呢？王熙凤虽然是她的儿媳妇，可她却是王夫人的娘家侄女儿，而且贾琏又不是自己亲生的。如果邢岫烟能嫁给贾宝玉，局面可就大不同了。邢岫烟是邢夫人娘家亲侄女儿，不单邢岫烟，邢岫烟他们全家都唯邢夫人马首是瞻。即便邢岫烟不能与王熙凤抗衡，但至少邢夫人的实力是得到了强有力的扩充。

显然，薛姨妈也敏感地意识到了这一点。邢岫烟已然对薛宝钗形成了潜在的威胁，她必须给邢岫烟找个下家，不能让她总在大观园里晃悠，免得夜长梦多。但是她当然是不想和邢夫人做亲家的，那么薛蝌便是个最佳的替补人选，邢岫烟又"家道贫寒，是个荆钗裙布的女儿"，不必担心薛蝌将来借助岳丈之力重整家业，正好可以一心一意帮助薛蟠打理生意，永远依附于薛姨妈一家。而且薛姨妈作为薛蝌的婶娘，为侄儿张罗婚事，此乃大善事一桩，自有贤名远播，薛蝌亦应感恩戴德。况且邢岫烟嫁不成贾宝玉，同时为王夫人和王熙凤消除了隐患，岂不是一举几得？

于是，薛姨妈找到了同样是自己娘家人的王熙凤商量此事。事实上，"金玉良缘"并不符合王熙凤的个人利益，具体缘由可参见拙作《漫品红楼》。不过薛姨妈毕竟是自己的亲姑妈，而且王夫人对于宝黛之事的态度王熙凤是非常清楚的,所以她虽然嘴上以邢夫人为由推诿薛姨妈:"姑妈素知我们太太有些左性的,这事等我慢谋。"但是行动上也不敢怠慢,还是将此事求诸于贾母。王熙凤此举亦可谓一举两得,一来完成了薛姨妈所托,二来由贾母出面,成与不成,无论是邢夫人还是王夫人都无话可说。只是没想到贾母一听此事便满口应承,且立马行动,即刻便命人请了邢夫人过来。现成的理由:邢岫烟端雅稳重,薛蚪大家也是见过的,人品一流,与宝钗好似同胞兄弟,邢、薛二人年龄又相仿,各种外在条件都显示这是天造地设的一对好姻缘。贾母于是硬作保山,至于贾母是不是"顺水推舟"抑或"将计就计"可就无从知晓了。

邢夫人见贾母硬作保山,当然不敢违抗,转念一想,薛蟠是个废物点心,薛家的买卖如今都在薛蚪手上,薛家的"根基不错,且现大富大贵",薛蚪又生得一表人才,也不委屈邢岫烟,薛宝钗能否成功嫁给贾宝玉还不一定,林黛玉有贾母撑腰,就算是王夫人和薛姨妈一起发力,甚至动员了宫中的贾元春,搞了一场声势浩大的清虚观打醮,那位打算给贾宝玉提亲的张道士还不是不了了之了?!(关于张道士提亲所提何人,可参阅拙作《红楼职场》）邢岫烟既然嫁不成贾宝玉，那自己就不如退一步作壁上观，看薛宝钗和林黛玉两个到底谁是最后的赢家。而且不管她们最终争成什么样子，薛家的富贵总是实实在在地落在了薛蚪和邢岫烟的手里。到时候难道还怕邢岫烟和薛蚪不听自己的吗？自己手里可捏着邢岫烟那对"酒糟透"了的爹娘呢！而薛蚪呢，父亲早已去世，母亲又患了痰疾，靠他自己能翻起多大的浪?！如此一想，邢夫人自然便"将计就计"应了。

邢夫人原来的计划肯定事先给邢岫烟透露过，如今事既不成，也难保邢岫烟心中是否会若有所失，她反正也没有选择权，无论是嫁给贾宝玉还是嫁给薛蚪，都不是她说了算的。薛蚪再帅，她心中所取中的乃是宝钗而已。贾宝玉天天跟她们混在一处，邢岫烟心中对贾宝玉有没有几分喜爱，谁也不知道，但妙玉对贾宝玉有好感却是至少薛宝钗和林黛玉都心知肚明的。至于妙玉有没有在和邢岫烟的闲谈中无心泄露点点滴滴，那就不一定了。邢岫烟倒也未必就妒忌妙玉和贾宝玉的情谊，但是女孩子的心事，谁又能说得清呢！总之，她在贾宝玉跟前说几句妙玉的闲话便也在情理之中了。

邢岫烟在书中的戏份并不多，一个小配角而已，但冲着这姑娘写的那首咏红梅花，若不给她配款酒心里还真是有点过不去。既然她心中无比推崇宝姐姐，我们已将宝姐姐比作雷司令，索性就给小姑娘也配上一款雷司令吧，法国阿尔萨斯的雷司令。阿尔萨斯的雷司令与德国雷司令不同，酸度较高，富含柠檬和柑橘的花果香气，有些出产于岩石土壤的，还带着些许矿物质的味道，陈年时间久了，还会有股汽油味。我个人是不太喜欢那股子汽油味的，便将这股汽油味视作邢岫烟在贾宝玉面前对妙玉的那番评论吧。更有意思的是阿尔萨斯的笛形瓶，细长轻巧，大有邢岫烟"颤颤巍巍"行走的风姿呢！在原著第六十三回中，贾宝玉拿着妙玉送他的生日贺卡去找林黛玉，刚过了沁芳亭，便看见邢岫烟"颤颤巍巍"地迎面走来，而邢岫烟评价妙玉的那段话正是此刻发表的。

第五十八回

火腿鲜笋汤和马尔堡长相思

原著回目为"杏子阴假凤泣虚凰　茜红纱真情揆痴理"

可算是又见着好吃的了！

从上一回贾宝玉被紫鹃说了两句，一个人看着竹子发呆，可巧遇上老祝妈来挖笋时，我便在心中琢磨着这笋该怎么吃了。果然，在这一回中，那笋便被做成了火腿鲜笋汤了。

在下是个吃货，也不知读者诸君可有同道中人。这笋乃是至爱，无论是春笋还是冬笋都喜欢，无论是鲜笋还是笋干都好吃，无论是烧鱼烧肉还是单独油焖清炒皆是美味。必须给这笋配一款合适的酒，方不辜负了这一番喜爱。

来一瓶新西兰马尔堡（Marlborough）地区的长相思葡萄酒吧！马尔堡是新西兰最大的葡萄酒产区，这里的葡萄成熟丰满,风味十足,这里的长相思有浓烈的热带水果香气,还糅合了青椒与甜椒、醋栗的香气,无论竹笋做成什么样的口味,配上一款马尔堡的长相思绝对没毛病。

顺便说一下这位挖竹笋的老祝妈。在第五十六回中,探春等人改革的时候明明说"她老头子和她儿子代代都是管打扫竹子"的,所以把大观园里所有的竹子都交给他们一家侍弄,可是到了第六十七回中,不知怎的竟改行种起了葡萄了,而且还不如袭人在行,傻呵呵地拿着掸子在葡萄架下赶马蜂。亏得这葡萄不是酿酒用的(酿酒的葡萄不允许它们长得太高,恐失了养分,架子下站不了人),否则这么个新手怎能酿出好酒来?!

第五十九回

杏癍癣(一)

原著回目为"柳叶渚边嗔莺咤燕　绛云轩里召将飞符"

本回忌酒。

因为大观园里的姑娘们几乎人人都有杏癍癣，先是湘云觉得两腮作痒，马上意识到自己这是旧疾复发，又要犯杏癍癣了，于是便问宝钗要蔷薇硝擦，可见蔷薇硝对于宝钗来说是常备药，但是宝钗却说已经都给了宝琴了，说明薛宝琴此时也犯了这杏癍癣了。因此宝钗便让丫鬟莺儿去找林黛玉要蔷薇硝，因为林黛玉配了好多。林黛玉若无杏癍癣，干吗要配好多呢？

这杏癍癣因其每年多于桃花开时出现，故民间俗称桃花癣，又叫春癣或杏花癣。算是皮肤过敏所引发的炎症吧，只要找到发病原因，对症调理身体，大多数情况下都是可以自愈的。但是这个调理的过程,第一要忌口,辛辣、烟酒等刺激性食物,就只好看看了,尤其是酒,更要远离。

第六十回

杏癍癣（二）

原著回目为"茉莉粉替去蔷薇硝　玫瑰露引来茯苓霜"

上回说了大观园里的小姐们大多都犯了杏癍癣，这皮肤类的毛病最易感染。杏癍癣可并不是小姐们的"专利"，蘅芜院的蕊官包了一包蔷薇硝托怡红院的小丫鬟春燕带给小伙伴芳官，可见蕊官、芳官也都犯了杏癍癣了。

芳官如今待在贾宝玉身边，何愁没有这些粉啊硝啊的！那贾宝玉是最热衷于搞这些玩意儿的，什么胭脂、花粉他都是行家里手。王熙凤过生日和贾琏干仗那一回，贾宝玉侍奉平儿理妆，一众读者便跟着平儿大开了一回眼界。人家怡红院里那帮大丫头用的粉都不是普通的铅粉，是紫茉莉花种，研碎了兑上香料制成的，青白红香，四样俱美，扑在脸上也容易匀净，且能润泽肌肤，绝对不像铅粉那样涩滞。胭脂则是上好的胭脂拧出汁子来，淘澄净了渣滓，再配上花露蒸叠而成，只一点抹在手心里，用一点水化开抹在唇上，手心里剩下的就够打腮红了，而且鲜艳异常，甜香满颊。这蔷薇硝怡红院还能少得了?!

不过怡红院里人太多，主子自己又不用，丫鬟们便时常混用一气，例如芳官常用的便被别人挪用了。这原本是常事，只是偏巧今天贾环来访，正好撞见春燕从蘅芜院带回来的蔷薇硝，于是贾环一时兴起，想要些回去讨好与自己相好的彩云。彩云是王夫人的大丫头，估计王夫人屋里那几位丫鬟也都中招了，十有八九也全都犯了这杏癫癣。芳官当然不敢拒绝贾环，却又舍不得蕊官送给自己的东西，于是便包了一包茉莉粉假充蔷薇硝给了贾环，于是麻烦就来了。

贾环拿回去的茉莉粉当然瞒不过彩云的眼睛，不过彩云倒也并不十分计较，但是赵姨娘可就咽不下这口气了。平时受受王熙凤的气也就只好忍了，怎么能受芳官这等下九流的小戏子的气呢！赵姨娘于是借着这个由头，打算趁着贾母、王夫人都不在家正好闹一闹怡红院，出口闲气，没想到芳官也不是个善茬，伙同得到消息的蕊官、藕官、豆官、葵官，五个小丫头把赵姨娘缠得狼狈不堪，亏得探春闻讯赶来才帮赵姨娘解了围。

本来由杏癍癣引发的一系列事件到此也就算是告一段落了，但是为了给下一回埋下伏笔，本回又额外写了一段芳官给柳五儿送玫瑰露的情节。若只说玫瑰露倒是和本书宗旨没什么瓜葛，不提也罢，只是原著中偏偏说那柳五儿得了玫瑰露，以为是贾宝玉吃的西洋葡萄酒，这我可就不能视若无睹了，必须得拎出来聊一聊了。

这是《红楼梦》前八十回中唯一一次提到葡萄酒。平时大观园里大多是以喝黄酒和烧酒为主，所以园中人并不懂得如何喝葡萄酒，以为和黄酒等差不多的喝法，温热了再喝。于是，柳五儿母女赶忙张罗着要拿旋子烫滚水来温酒。估计贾宝玉平时就是这么喝葡萄酒的，这可真是大错特错了。葡萄酒最忌高温，所以平时握着葡萄酒杯时，都尽量握住杯脚或杯座，尽可能不让体温影响酒温，人手的表面温度在30℃～35℃，而红葡萄酒的最佳饮用温度通常在15℃～18℃，白葡萄酒则在8℃～12℃，气泡酒的适饮温度更低些，在6℃～10℃。如果拿什么旋子烫上滚水温热了喝，那无论是香气还是口感可就都完蛋了。要么索性如前文所说的那样，干脆煮热红酒喝倒又另当别论了。

　　后来还因为这玫瑰露又引出了茯苓霜，致使柳五儿母女被当作贼偷，受了一通委屈。亏得平儿英明，给她母女二人平了冤情。这件事本身倒也没什么可拿来细说的，只是其中有个小小细节十分有趣，不妨聊上几句。那柳嫂子刚被停职审查，厨房的肥缺便有人盯上了。有意者自然要走管家婆林之孝家的门路，而这位管家婆便是前面提到过的林红玉的妈。王熙凤对她评价是："林之孝两口子，都是锥子扎不出一声儿来的。""一个天聋，一个地哑。"关于林之孝的情况，拙作《漫品红楼》已细致品评过，本书不再重复。这林之孝家的不声不响收了那位秦显家的一篓炭，五百斤木柴，一担粳米。收人钱财，自然要替人办事，且看林之孝家的如何行事：她仿佛是很随口地向平儿汇报道："恐园里没人伺候姑娘们的饭，我暂且将秦显的女人派了去伺候。"随即趁势不经意地接着说："她倒干净谨慎，以后就派她常伺候罢。"通常这种情况下，总裁助理平儿是不会过分追问的，毕竟只不过是个做饭的厨娘而已，所以林之孝家的是有十足的把握办成此事的。但是不巧，王夫人的大丫头玉钏儿在场，立即插嘴告诉平儿，那秦显家的乃是司棋的婶娘。司棋乃是邢夫人的陪房王善保家的外孙女儿，平儿和王熙凤当的可都是王夫人的家，因此平儿只能不露声色地笑道："太派急了些。"于是那秦显家的便只好竹篮打水一场空，赔了夫人又折兵，非但送人之物白丢了许多，请厨房同事们吃的那顿饭也算是白请了，酒自然也是白喝了。

第六十一回

开小灶

原著回目为"投鼠忌器宝玉情赃　判冤决狱平儿徇私"

前文曾经交代过,大观园里没有聚会的时候,太太小姐们日常所食皆有份例,按标准统一发放。假如想吃些份例以外的新鲜花样,那就需要请厨房的人另开小灶。这一回的是是非非皆由开小灶而起。

先是迎春房里的大丫头司棋想开小灶吃碗蒸鸡蛋遭到了厨房管家婆柳婶子的拒绝,而且柳婶子还举了探春和宝钗这样的正经主子为例,她俩想开小灶吃个油盐炒枸杞芽儿还事先拿了五百钱送与柳氏,如今司棋一个"二层主子"竟支使个小丫头来传话,大剌剌地便想要个蒸鸡蛋,还要求必须"炖的嫩嫩的",做梦哪!

司棋派来的小丫头莲花儿见完不成任务,当然不肯即刻离开。前天她为司棋索要的小灶——豆腐,那项任务也没完成好，要了一份馊的回去，挨了一顿训，今天断不敢轻易放弃了，所以自己动手翻出了鸡蛋。那柳婶子见莲花儿拆穿自己说没有鸡蛋的谎言，率性痛痛快快地发了一通牢骚，指责司棋之流太过挑剔，没事找事，话说得自然也就不大中听了："吃腻了膈，天天又闹出故事来了。鸡蛋、豆腐，又是什么面筋、酱萝卜炸儿，敢自倒换口味。只是我又不是答应你们的，一处要一样，就是十来样。我倒别伺候头层主子了，只预备你们二层主子罢。"

莲花儿听柳氏说得七扯八拉，也不禁火起，便将前天晴雯来开小灶的事给抖了出来："晴雯姐姐要吃芦蒿，你怎么忙的还问肉炒，鸡炒？"因晴雯想吃素的，最后柳氏拿面筋炒了亲自送去了。那柳氏正筹划着想将女儿柳五儿送到差轻人多的怡红院里去当差，当然竭力奉承晴雯等人，此时被莲花儿当众说出，自然是有些尴尬，可是嘴里肯定不能服软，于是一老一少没完没了地斗起嘴来。司棋等得不耐烦，打发人来催莲花儿。莲花儿没能完成任务，回去肯定是把责任全都推到柳氏身上，其间免不了有些添油加醋的话。

司棋是谁啊？前面一回刚说过，她是邢夫人的陪房王善保家的外孙女儿，还识文断字，平时那肯定是自认为要比晴雯这种奴才的奴才出身要高一等的。诸位自然知道晴雯原来是赖大家的小丫头，赖家把她当作一件小玩意儿送给了贾母。这会子柳氏居然巴结晴雯，轻视自己，这口气司棋副小姐怎么能咽得下？于是带了一帮小丫头冲到厨房把厨房砸了个稀巴烂，扬长而去。柳家的只好自认倒霉，官大一级压死人，人家是小姐的贴身大丫鬟，后头还有靠山，惹不起的。柳氏只得蒸了一碗鸡蛋让人送与司棋赔罪，司棋一口没吃，全都泼到了地上。送鸡蛋的人回去也没敢实话实说，这才总算了结了这场小灶风波。

他们的纠纷算是告一段落，咱们可得把这开小灶的几样菜重新盘点一下了。蒸鸡蛋、面筋炒芦蒿、油盐炒枸杞芽，这几样东西放在一桌上也不违和，一桌色香味俱全的素席，就差一瓶酒了。来瓶日本的白鹤吧！这场纷争为的是几个小姑娘的吃喝，白鹤正好适合女孩子，没什么辛辣感，米香浓郁，回味绵长，跟上面这几道菜相配，无论是芦蒿还是枸杞芽，都会显得格外清脆爽口。

第六十二回

四美生日宴

原著回目为"憨湘云醉眠芍药裀　呆香菱情解石榴裙"

这回的标题起得虽然稍许有些牵强,但是薛宝琴、邢岫烟、平儿,这都是十足十的美人,再加上一个贾宝玉,倒也是个十足十的花样美男,何况脂砚斋也说了:"宝玉系诸艳之冠。"他们四人恰好是同一天过生日,所以本回叫个四美生日宴倒也无甚大碍。

这四美的生日宴席上除了知道有鸭肉并鸭头外,别的还真不了解。倒是贾宝玉回到房中,柳家的遣人送了几道菜来,一碗虾丸鸡皮汤,一碗酒酿蒸鸭子,一碟腌肉,一碟腌的胭脂鹅脯,还有一碟奶油松瓤卷酥。我以为既然已经用了酒酿来蒸鸭子,莫若索性就来壶花雕配这几道菜吧,腌肉、鹅脯,配花雕都不错,还不辜负史湘云的好酒令:"泉香而酒洌,玉碗盛来琥珀光,直饮到梅梢月上,醉扶归,却为宜会亲友。"对了,史湘云和在下有个共同的爱好呢!喜欢啃鸭头。只可惜鸭头我倒是啃了不少,从来就没能想出比那句"这鸭头不是那丫头,头上哪讨桂花油"更加风趣的酒令来。

至于那碟奶油松瓤卷酥可就不宜配花雕了,最好是来杯霞多丽。尤其是经过橡木桶窖藏的霞多丽,通常都比较浑厚,且有奶油的味道,和奶油松瓤卷酥绝对是最完美的搭配。

说完吃喝,本回还有两句闲话不得不扯。头一件便是袭人奉茶之事。袭人是贾宝玉未来的姨娘,这在大观园里早已是公开的秘密。姨娘奉茶在古代礼仪中是有其固定的独特含义的,姨娘给正房太太奉茶以示臣服。本回袭人看见贾宝玉和林黛玉两个在花下唧唧哝哝地说了半天话,所以巴巴儿地倒了两杯茶来奉上,偏此时宝、黛二人刚说完话,林黛玉去找薛宝钗,于是袭人这杯茶便送到了钗黛二人的面前。结果宝钗拿起来先喝了一口,此处倒是不难理解,原来好好的"木石姻缘",结果被宝钗横插了一杠子,成了"金玉良缘"了,但是接下来宝钗把喝剩下的半杯递给了黛玉,黛玉接过来一饮而尽。这个动作就令人费解了。为什么袭人奉上的茶,宝钗喝剩下的由黛玉喝完呢？曹公究竟想表达什么，又到底想要埋下什么样的伏笔呢？

再有件小事便是本回贾宝玉得以在香菱跟前献了一回殷勤。大观园里的年轻女孩子，贾宝玉基本上都有机会亲近。唯独平儿乃是贾琏的爱妾，贾宝玉没法靠近。但是在第四十四回王熙凤过生日的时候，平儿挨了打，贾宝玉终于了却了一桩心愿，侍奉平儿理妆。再一个便是香菱了。她本不是大观园里的女孩子，但因为薛蟠远行，她才有机会跟随宝钗在大观园中住了一段日子。四美生日宴，大家各耍各的，香菱与人斗草，玩笑中弄脏了新裙子，这让贾宝玉得着了为香菱服务的好机会。

在贾宝玉的心目中，香菱和平儿几乎是一模一样的，她们都聪明美丽，可都偏偏被命运捉弄，沦落在社会的底层：平儿独自一人，并无父母、兄弟、姊妹，每日应对的是"贾琏之俗，凤姐之威"；香菱则是没有父母，甚至连自己本身姓甚名谁都忘了，被人拐卖，偏又卖与了薛蟠这个呆霸王。贾宝玉的心中充满了对她们的怜爱。不过贾宝玉毕竟身在局中，并不知道香菱其实出身高贵，脂砚斋也有批注特别指出："何曾不是主子姑娘？盖卿不知来历也。"

香菱的启蒙老师应该是她的父亲甄士隐，那甄士隐可是能解茫茫大士、渺渺真人的《好了歌》之人，可见香菱文学修养的起步也不一般呢。可是造化弄人，甄家的丫鬟娇杏做了贾雨村的夫人，而正经大小姐英莲（香菱）却成了薛蟠的小妾。不过也正因为做了薛蟠的小妾，才得以遇见薛宝钗这样才貌双全的女孩子。香菱对于诗词的喜爱以及向往应该是深受宝钗的影响，后又得黛玉和湘云的指点，其文学造诣自然又是更上一层楼。

其实香菱身上最为难得的品质是虽然历尽磨难却依旧是天性纯良，对谁都是一派天真，真情真性。薛蟠挨了柳湘莲的打，她把眼睛都哭肿了；惜春画的画，她十分喜爱，便指着画上的美人笑道："这个是我们姑娘，那个是林姑娘。"憨态可掬，与心直口快的史湘云十分相似。可惜如此可爱的香菱，"自从两地生枯木，致使香魂返故乡"，随着夏金桂的出现，她的生命之花很快便凋零了。和迎春一样，像极了薄若莱酒，颜色鲜艳，呈宝石红，有清爽新鲜的红色水果味，但保存期极短，顶多只能存放到隔年初，如果不喝便过了适饮期了。惜哉，莲卿！

第六十三回

怡红夜宴

原著回目为"寿怡红群芳开夜宴　死金丹独艳理亲丧"

这一回可算是大观园里最后的盛宴了，此后再没有哪一场宴席的欢乐程度能够超越这一次的了。其实这场夜宴也是上一回四美生日宴的续曲，本来白天大家已经疯玩了一整天了，史湘云更是喝得醉倒在青石板上，可是突然失去管束的一群年轻人玩得正起兴，觉得不过瘾，于是晚上又偷偷地轰了一场夜Party。这一个昼夜，说它是大观园里最后的狂欢一点都不过分。

只是有一点令人不解之处，还是关于那位前面提到过的神奇的薛宝琴。其实早在原著第五十八回贾母出差前的人事安排上，对于薛宝琴的安排就已经不太合乎情理，虽然曹公说得振振有词，实际上细思量不过是敷衍之辞罢了。五十八回首先交代了薛姨妈是受托进园照管他们姊妹、丫鬟等，但实际上薛姨妈进了园便住进潇湘馆，变成只照看林黛玉一个人了。照理贾母外出，原先住在贾母处的薛宝琴理所当然应该回薛姨妈处或者去薛宝钗处才合情合理，但是贾母却把薛宝琴托付给了李纨。薛姨妈不住自己女儿的蘅芜院是因为有史湘云和香菱在，因此可得出薛宝琴不去蘅芜院是因为那儿人够多了，而此时李纨处李婶母女三人时常来住三五日不定，而且贾兰虽未成年，但怎么说也是个要读书上学的哥儿，还有哪处能比稻香村人更多、事更杂的？薛宝琴对于贾母而言，只不过是亲戚家的亲戚，就算是再喜欢也不至于忘了人家不姓贾，如此安排实在是有悖常理。

若说曹公留下薛宝琴，为的是能让她有机会参加这场怡红夜宴，但这一回曹公又一次让读者见证了奇迹。明明贾宝玉特意提到了要邀请薛宝琴来参加他们的夜宴，又是探春特命自己的大丫头翠墨和怡红院的小燕一起请了李纨和宝琴来，而且她还是当日的寿星，但众人入席后，这么重要的人物却突然凭空消失了。不但抽花签没有她的份儿，连个龙套也没让她出来跑一下，整个人彻底蒸发了。是不是很神奇？

好吧，薛宝琴的事终究是无解，不如看看这场怡红夜宴吃什么、喝什么吧！关于宴席，曹公一如既往地重器皿不重吃喝。四十个白粉定窑瓷碟，一色的只有小茶盅大小，里面盛的是"山南海北，中原外国，或干或鲜，或水或陆，天下所有的酒馔果菜"。别问究竟是什么，各位读者自行脑补。

不过这一回的酒倒是基本上明写了，一是交代了"两个老婆子蹲在外面火盆上烫酒"，二是袭人次日告诉平儿"一坛酒我们都鼓捣光了"。很显然，他们喝的是黄酒，坛装，温热了喝的。

当然，以他们这一晚上的狂嗨，喝点啤酒也不错，不然若是白酒喝太多小姑娘们吃不消，且容易出事，其实陈年黄酒后劲更足，否则也不能把有二三斤惠泉酒量的芳官喝得睡到贾宝玉的床上。若是喝葡萄酒，我又觉得有点可惜了，芳官、小燕、四儿之流实在不懂酒，纯属瞎嗨，所以啤酒最合适了。但是要注意，大瓶、大桶的都不太适宜出现在这样的宴席上，不协调。比利时福佳（Hoegaarden）、墨西哥的科罗娜都是330毫升装的小小玻璃瓶，握在手上特别舒适，都很适合年轻人饮用。尤其是福佳，口感清新淡雅，更适合女性饮用。而且福佳是比较高端的白啤，和那四十个定窑小白粉碟也挺搭调的。

第六十四回

贾琏和智利坏小子

原著回目为"幽淑女悲题五美吟　浪荡子情遗九龙佩"

尤氏这两个异父异母的妹妹人如其姓，是一对尤物。这对尤物的出现才让读者真正地理解了为什么会有焦大之骂，为什么"家事消亡首罪宁"，又为什么"东府里除了两个石头狮子干净，只怕连猫儿狗儿都不干净"。在此之前，全书除了一个既可怜又可嫌的贾瑞曾赤裸裸地表达过对王熙凤的爱欲，其他的主子之间无论是有情还是无情，都描述得若有若无，言行举止也只在有意无意之间。比如贾蓉找王熙凤借玻璃炕屏遭到拒绝，便笑着在王熙凤的炕沿下了个半跪软语求告。又如凤姐将贾蓉叫了回来，却又不说话，只管慢慢吃茶，呆呆走神。此外，贾珍对秦可卿葬礼的恣意奢华，贾蓉与贾蔷的情谊，等等，都未明写，全凭读者意会。唯独到了尤氏姐妹跟前，什么贵族的脸面与身份一下子统统抛到了九霄云外。贾蓉在尤二姐、尤三姐跟前所表现出的放荡下流，以及怂恿贾琏偷娶尤二姐时所怀的不轨之心，无一不令人瞠目结舌。

抛开尤氏姐妹不论，这一回通过贾敬的葬礼透露出宁国府其实和荣国府一样，也在靠拆东墙补西墙地混日子了。第五十三回贾府过年的时候贾蓉还曾私下里笑话荣国府："果真那府里穷了。前儿我听见凤姑娘和鸳鸯悄悄的商议，要偷出老太太的东西去当银子呢。"这才过了多久？宁国府的太爷贾敬的葬礼就已经东挪西凑了。葬礼所用的棚杠孝布等物共计一千两，欠了五百两。两伙债主上门催讨时，银库房早已空虚，贾珍只得现挪甄宝玉家送来的五百两祭银使用，可是连这笔祭银也早已被其他事项挪用了二百两了。若不是贾琏有心借机勾搭尤二姐，主动提出帮衬，这个资金缺口就只能靠小管家俞禄出去借了。

贾琏打着回家取钱的幌子回到宁国府，三言两语，和尤二姐郎有情，妾有意，一拍即合。所谓欲令智昏，那贾琏哪里还想得到自己"身上有服，并停妻再娶，严父妒妻种种不妥之处，皆置之度外了"。

要说这贾琏,除了好色以外,其他方面还都不错,形象好、气质佳。至于好色嘛,在那个时代,以他那样的年龄、身份来说,实在算不上什么大过,而且整个荣国府其实他才是真正的CEO。贾赦是只管动嘴的,贾政基本上是不理俗务的,王熙凤再怎么能,也只是个内当家,偌大一个荣国府,涉及的事件可不仅仅是大观园里那点子鸡毛蒜皮的闺中琐事,所以贾琏还是很有些能力的。而且贾琏的本质也不坏。我们可以通过他对于贾雨村夺取石呆子古扇事件以及旺儿家强娶彩霞之事的态度看出,贾琏还是有正直善良的一面的。对于贾雨村的做法他的评价是:"为这点子小事,弄得人坑家败业,也不算什么能为!"而当他听林之孝说来旺的儿子吃酒赌钱时则气道:"我竟不知道这些事。既这样,哪里还给他老婆,且给他一顿棍子,锁起来,再问他老子娘。"如此贾琏,像极了智利灵魂系列(Espiritu de Chile)的坏小子(Personality)西拉红葡萄酒。

坏小子和所有的让人又爱又恨的坏小子一样,有着出色的颜值,深邃的宝石红;复杂多变的性情,其成品富含紫罗兰、蔓越莓、桑葚、烟草、薄荷等香气,陈年后还会有摩卡、皮革、松露的味道；入口单宁突出，结构紧实，热烈奔放，仿佛葡萄酒中的牛仔一般，粗犷豪迈，回味悠长。

第六十五回

小花枝巷的威士忌

原著回目为"膏粱子惧内偷娶妾　淫奔女改行自择夫"

贾琏偷娶了尤二姐，尤氏母女便在宁荣街后二里远近的小花枝巷内安下身来，紧接着便开始操心尤三姐的终身大事。

关于贾珍对尤三姐之心，显然并非贾珍一厢情愿，尤氏母女其实也是有心相就的，不然就不会在贾琏不在时贾珍独自上门，尤氏母女三人一同陪着贾珍吃喝了。酒过三巡，尤二姐主动邀了尤老娘离席。原著中用了"尤二姐知局""尤老也会意"几个字，分明是尤氏母女皆有心让贾珍和尤三姐能做成好事。果然她二人一离开，贾珍便和尤三姐"挨肩擦脸，百般轻薄起来"。但当贾琏闻讯到场自称"小叔子"打算挑明贾珍和尤三姐之事时，不料尤三姐却当场翻脸了。可是当贾珍兄弟离开后，她自己兴致来了却又悄悄地让小厮去请贾珍来，然后又着意装扮，"作出许多万人不及的淫情浪态来，哄得男子们垂涎落魂，欲近不能，欲远不舍，迷离颠倒，她以为乐"。曹公如此写自然是要替当时的天下女子出一口恶气，从来都是男子戏弄女子，这回也叫他们尝尝被人戏耍的滋味！但当尤老娘和尤二姐劝尤三姐收敛时，尤三姐却自称"咱们金玉一般的人"。对此，在下实在是不敢苟同了。尤三姐即便是放在今天也不能算作"金玉一般的人"，她说贾珍兄弟拿她和尤二姐当粉头，其实她虽非风尘女子，但其行径却与风尘女子一般无二，哪里配得上"金玉"二字！

尤三姐自谓贾珍、贾琏这两个"现世包"配不上她们姐妹，她心里记挂的是柳湘莲，而且还是五年前就已经相中的。此处若细细想来，其实尤三姐也是自相矛盾：既然是五年前就已经心里有了柳湘莲，如今又发愿非柳湘莲不嫁，那为什么还要和贾珍父子打情骂俏呢？当贾蓉和尤老娘说"我父亲要和二姨说的姨爹，比起来，就和我这叔叔的面貌、身量差不多儿。老太太说好不好"时，尤二姐没接茬，尤三姐却笑骂了起来："坏透了的小猴儿崽子！没了你娘的！等我撕他那嘴！"而且是边说边就赶过去要动手。这样的举动怎么看也不像是坚决反对尤二姐嫁给贾琏的样子啊！所以在下妄自揣测，尤三姐实际上是在小花枝巷过了一段太平日子而不满足于现状了，尤其是想起王熙凤来，担心万一事败被王熙凤觉察，"必有一场大闹，不知谁生谁死！"因此心下焦虑才拿贾珍出气，因为她知道贾珍喜欢她，所以她才敢"天天挑拣吃穿，打了银的，又要金的；有了珠子，又要宝石；吃着肥鹅，又宰肥鸭。或不称心，连桌一推；衣裳不如意，不论绫缎新旧，便用剪刀剪碎，撕一条，骂一句"。她作闹成这样，可贾珍还是舍不得放手，不禁叫人想起秦可卿来。那秦可卿是兼具钗、黛之美，既有宝钗的鲜妍妩媚，又有黛玉的袅娜风流，而尤三姐的面庞身段则和林黛玉差不多。看来，贾珍实在是喜欢这一款的女人啊！

此外，尤三姐到底是不是五年来心里想的都是柳湘莲呢？我看未必。如果是，她又何必向贾琏的小厮兴儿打听贾宝玉的情况呢？"你们家那宝玉，除了上学，他做些什么？"而且还明确表示了对贾宝玉的欣赏："我冷眼看去，原来他在女孩儿们跟前，不管怎样都过的去，只不大合外人的式，所以他们不知道。"柳湘莲和贾宝玉对于尤三姐而言，柳湘莲不过是一面之缘，在她老娘的生日宴上，柳湘莲客串了一回小生，实际上二人并无交集，根本就没有任何了解，不过是看中了柳湘莲的外表罢了，而贾宝玉则在宁国府和她们相处了两个月，相互之间是有一定的了解的。贾宝玉对女孩子的那份细致体贴，那绝对是万人不及的。只侍奉平儿理了一次妆，平儿便已是心悦诚服："果然话不虚传，色色想的周到。"王熙凤也曾评价他："若说他出去，说正经话、干正经事去，却像个孩子。若只叫他进来在这些姊妹跟前，以至于大小的丫头们跟前，最有尽让，又恐怕得罪了人，可是再不得有人恼他的。"而且就算尤三姐是外貌协会的，那贾宝玉若论外表也是丝毫不比柳湘莲逊色的，更别提什么身家背景了。所以，尤三姐内心应该更加喜欢贾宝玉才合乎情理。

但是，贾宝玉和林黛玉的事在贾府基本上属于公开的秘密，上上下下都知道贾宝玉和林黛玉只等"老太太一开言，那是再无不准的了"。尤三姐单是贾敬发丧期间就在宁国府住了那么久，从前肯定也是常来常往的，自然也有所耳闻，不可能是头一次从兴儿处听说。所以，尤三姐知道自己和贾宝玉根本没戏，而贾珍、贾琏分别已经被自己的大姐、二姐占先了。如果选择贾蓉，那叫乱伦，当然行不通。柳湘莲的家世，她肯定通过贾珍等人也了解透彻了，所以与其在贾府瞎混，还不如选个落魄的世家子弟过安生日子（钱的事根本不用担心，贾珍、贾琏自然会有所帮衬的）。尤其是贾琏和尤二姐摆下酒席，请出尤老娘郑重其事地和她谈婚嫁之事，她就更不好再继续在二姐门下厮混了。要知道，喜欢她的是贾珍，她如今寄居的小花枝巷那是人家贾琏置办的家当。她嘴上吵闹，心里自然也是有数的，她在贾琏家里吵闹既不合情也不合理，实在是名不正言不顺。

暂且将尤三姐的婚事放一放，下回再说。本回乃是原著前八十回中喝酒次数最为频繁的一回，日常吃喝忽略不计，有具体事件的酒席就有六处。

贾琏和尤二姐成亲之日，"一乘素轿，将二姐抬来，各色香烛纸马，并铺盖以及酒饭，早已预备得十分妥当"。

两个月以后，贾珍从铁槛寺回来，私访小花枝巷，"说话之间，尤二姐已命人预备下酒馔，关起门来，都是一家人，原没回避"。

贾珍的两个小厮喜儿、寿儿在厨房与鲍二饮酒，不一会贾琏的小厮隆儿也加入了他们的酒局。

贾琏听说贾珍来了，便悄悄回到自己的卧房，吩咐上酒喝了好睡觉，"一时鲍二家的端酒上来"，贾琏与尤二姐对饮。

贾琏为宽尤二姐之心，来到西院去见贾珍，"只见窗内灯烛辉煌"，贾珍和尤三姐正吃酒取乐。贾琏推门进去，随后便是尤三姐借着酒兴反手调戏贾氏兄弟，开启了日常大闹小花枝巷的序幕。

贾琏不堪其扰，和尤二姐商议后，达成共识，要将尤三姐尽快嫁出门去，于是"二姐另备了酒，贾琏也不出门，至午间特请她小妹过来，与她母亲上坐"。一家人边喝边唠家常。贾琏因为府内有事中途离席，尤二姐赏了小厮兴儿一大杯酒，两碟菜，听他聊荣国府的八卦趣闻。

可见，小花枝巷内贾琏的这个外宅是个朝朝有酒时时饮的地方。这样的喝法，存点威士忌是再合适不过的了。不必担心像葡萄酒那样，开瓶以后难以久存，威士忌开瓶后只要你想办法不让酒精蒸发掉，它就可以慢慢喝，单饮、加冰、兑水，甚至兑汽水、咖啡、苏打水、果汁或别的酒。总之，怎么喝都没毛病。当然，威士忌虽然不像葡萄酒那样娇弱，但也应注意三大要点：避光、直立、尽量密封。此外，适宜的温度也很重要，太干或太热都不宜久存，最好存放在平均温度20℃左右，相对湿度50%～70%的地方，所以要记得时时观察已经开瓶的威士忌，如果发现有不妥迹象，建议尽快落肚为安。

第六十六回

尤三姐和俄罗斯伏特加

原著回目为"情小妹耻情归地府　冷二郎一冷入空门"

这一回贾琏在去平安州的路上遇见了尤三姐的意中人柳湘莲。此时,柳湘莲已和薛蟠化干戈为玉帛,结为异姓兄弟,于是几个人在路上随便拣了一家酒店坐下聊天。其间,贾琏成功地将尤三姐说定给了柳湘莲,还要了柳湘莲的传家宝鸳鸯剑作为信物。

尤三姐得了鸳鸯剑,洗心革面,重新做人。原著中有几句形容尤三姐言而有信,一心等待柳湘莲的话,读来十分耐人寻味,说那尤小妹"果是个斩钉截铁之人,每日侍奉母姊之余,只安分守己,随分过活"。本来这句话说完即可,足以表明尤三姐现状,但曹公接下来却又说:"虽是夜晚间孤衾独枕,不惯寂寞,奈一心丢了众人,只念柳湘莲早早回来,完了终身大事。"那尤三姐不悔过之前难道不是"孤衾独枕"么?"不惯寂寞"?原来夜间都是谁陪她的呢?"一心丢了众人",这"众人"都是谁人呢?可见当柳湘莲听贾宝玉说在宁国府和尤氏姐妹混了两个月时,跌足道:"这事不好,断乎做不得了。你们东府里除了两个石头狮子干净,只怕连猫儿狗儿都不干净。我不做这剩忘八。"这话细想想好像也并没有冤枉她呢!所以当尤三姐听见柳湘莲来退亲,要拉贾琏出去解释原因时,知道柳湘莲如果说出理由,贾琏必然是无法反驳的,自己就更是自讨没趣了,但是只有她自己心里明白,如今自己是一心向好,怎奈名声在外,悔之晚矣!倒不如以死明志,好歹也叫柳湘莲知道自己一片深情。果然,柳湘莲没想到尤三姐性情如此刚烈,更没想到"原来尤三姐这样标致"!如果贾琏能让柳湘莲先见尤三姐一面,没准柳湘莲也就不想退亲了,他的择偶标准原本就是"绝色"二字。贾宝玉就对柳湘莲说:"你原说只要一个绝色,如今既得了个绝色便罢了,何必再疑?"所以不得不说,贾宝玉多的这句嘴实际上是把尤三姐往绝路上重重地推了一把。

不过尤三姐不死,尤二姐肯定也就不可能死了,王熙凤的借刀杀人等一系列计策也就没了用武之地了。毕竟写王熙凤才是重头戏，红楼二尤不过是出来跑个龙套的小角色。否则听凭尤三姐活着，哪怕不嫁给柳湘莲，尤三姐可是早就扬言要"会会凤奶奶去，看她是几个脑袋几只手。若大家好，取和便罢；倘若有一点叫人过不去"，她就要把贾珍、贾琏兄弟二人的"牛黄狗宝掏出来"，然后"再和那泼妇拼了这命，也不算是尤三姑奶奶"！也真是难为曹公了，凭空穿插了这么一对姐妹进来，写得真正是叫活色生香！只是《红楼梦》归根结底是要写贵族女子的，这一对平民姐妹只能进来点缀一下而已。王熙凤的隐而不发、伺机而动才是贵族纷争的套路。即使是在自己过生日的大好日子，贾琏被王熙凤捉奸在床，当尤氏等人赶到时，王熙凤也便立刻收起了撒泼放刁的样子，只作委屈状去贾母跟前诉苦。这才是贵族女子的游戏规则，这就叫作教养。

说到这儿，不得不插一句闲话进来。当王熙凤向贾母哭诉贾琏的不忠时，贾母笑着劝她："什么要紧的事！小孩子年轻，馋嘴猫似的，哪里保得住不这么样。从小儿世人都打这么过的。"人都一样，事不关己，谁都会说得冠冕堂皇，其实别看贾母现在怜老惜幼，其实对待自己的屋里人，也就是贾代善的那帮小妾也未必就有多大度。否则贾代善有六个小老婆,哪能这么巧?每个都活不过贾母,全都死在了她前头?而且那六个小老婆竟没有一个留下子嗣的,也曾有过三个庶出的女儿,但都比林黛玉她妈贾敏死得还要早。这三个庶出的女儿都嫁给了什么人家、是否有后,一概不知,因为从不曾见她们和贾府有过往来。不过,贾母肯定是不会像王熙凤的吃相这么难看的!怎么说也是容下了贾代善的六个小老婆,而且还让她们生了三个女儿出来。

闲话扯完,接着还说尤三姐的事情。什么"教养"之类的玩意儿,尤三姐是压根儿不理会这一套的。她从小和尤二姐一起作为"拖油瓶"被母亲带到尤家,后来如果没有贾珍的帮衬说不定她们都很难生存,当然贾珍的帮衬并不是无偿的,而是有代价的;所以生活教给她的是:一定要像只刺猬那样活着,否则受伤的就只会是她自己。

倘若让尤三姐会上了凤姐,那就再不要写别人了,就只写她俩吧,而且很可能凤姐是干不过尤三姐的。从来都是"赤脚的不怕穿鞋的",看看尤三姐戏耍贾琏兄弟二人就知道她可是什么都豁得出去的,而王熙凤则不然,她要顾忌的事情可太多了。王夫人问她个绣春囊都把她吓得泪如雨下，她的强悍只是相对于闺阁小姐们的，所以硬碰硬的干仗，她真未必是尤三姐的对手。她要是输了，那前面所有的关于王熙凤的描绘可就统统打了水漂了。所以尤三姐必须死，而且必须得早早地死，给柳湘莲留个念想，也给读者们留个念想，永远记住她如花的容颜、如火的脾性。

给这位性格刚烈的美人配款俄罗斯伏特加吧。虽然德国、芬兰、波兰、美国、日本等国也都能酿制出优质的伏特加酒，但俄罗斯的伏特加与众不同，无愧于"战斗民族"的光荣称号，酒液透明，除了酒香外，几乎没有其他任何香味，口味凶烈，劲大冲鼻，火一般刺激。怎么样，像不像一怒之下挥剑自刎的尤三姐？

第六十七回

伙计们与江小白

原著回目为"馈土物颦卿思故里　讯家童凤姐蓄阴谋"

虽然《红楼梦》的前八十回每回都有脂砚斋的"回前评"与"回后评",但实际上从第六十五回起便不再有文中的"夹评"了。到了这第六十七回,虽然也有脂砚斋的"回前""回后"评,但本回的许多语句读来都十分别扭。不知诸君是否有此同感?

首先是林黛玉的一些内心独白,俗不可耐。薛蟠带了些南方土特产回来,薛宝钗分送众人,林黛玉看了这些东西便挥泪自叹:"我乃江南之人。"这句话说得味同嚼蜡且无聊得很,更不大合情理。尽管林黛玉祖籍苏州,其实她并没有在苏州生活过多久,从小就跟着父亲在扬州任上(扬州地处长江以北),母亲死后便北上投奔贾府,只有在父丧后送灵归祖和贾琏一起回了一趟苏州，料理完丧事便又回北方了，而这很可能便是她对于苏州的记忆印象最为深刻的一次了。而且在前面六十六回中，林黛玉从未刻意表白过自己是什么江南人。后面一句话就更滑稽了，"哪里还有一个姓林的亲人来看望看望，给我带些土物来，使我送送人，装装脸面也好"。这样的表达方式哪里是文艺女青年林黛玉的表达方式，实在是忒烂俗了。

紧接着后面宝黛之间的对话就更搞笑了。且不论贾宝玉用林黛玉因为礼物少而生气伤心的由头逗笑了林黛玉这事有多扯淡，后面的贾宝玉将礼物一件一件摆弄着询问林黛玉"这是什么，叫什么名字？那是什么做的，这样齐整"等脑残到极点的问话，非但没被林黛玉臭骂，居然还"见宝玉那些呆样子，问东问西的招人可笑，稍将烦恼去些，略有些喜欢之意"。真的是要看疯了！这还是那两个聪明绝顶、玲珑剔透的金童玉女吗？！

宝、黛对话间穿插的关于紫鹃的简介更是画蛇添足。"紫鹃乃伏侍黛玉多年，朝夕不离左右的，深知黛玉的心腹。"这样的表述方式压根儿不是曹公口吻，倒像是中途插进来说几句的，犹如我辈唯恐读者不明白自己说的是什么,总是反复强调自己眼下所说之人的身份、来历。

至于伙计们和薛蟠讨论柳湘莲出家一事时的对白就更滑稽了。"那道士度化的原来就是柳大哥么?早知是他,我们大家也该劝解劝解。任凭怎么,也不容他去!又少了一个有趣儿的好朋友了。"这样的口吻,分明柳湘莲与众人都很熟且十分谈得来,所以伙计们自认为如果他们出面劝阻柳湘莲那是必定有效的,因为柳湘莲相当的平易近人,不然伙计们怎么会称他为"好朋友"呢?而且是伙计们十分"有趣儿"的好朋友。难道是因为柳湘莲喜欢串戏,所以和底层的人民群众都很合得来吗?柳湘莲是个落魄的世家子弟没错,喜欢串戏也没错,但落魄贵族的毛病他一样不少,挥霍无度,心高气傲,爱作高冷状,等闲难以亲近,亲近者非富即贵,若非此类,亦必有过人之处方能得他青睐,普普通通的小伙计怎么都不可能成为他的好朋友的。

本回的回前评也很特别,没有任何对于文章本身的点评,全都是纠错,"末回(原作四)'撒手',乃是(原无)已悟,此(原作是)虽眷恋,却破迷(原作此迷)关。是何必(原作必何)削发?青(原无)埂峰证了前（原作时）缘，仍不（原作了证情）出士隐（原作士不隐）梦中，而中秋时前引即三姐（原作而前引即秋三中姐）"。我辈非专业的红学研究者，看了这段文字多少都有点发蒙，坦率说窃以为这段回前评对于普通的读者来说，的确没有太大的意义，但是由这段回前评再与原著第七十五回的回前评"乾隆二十一年五月初七日对清。缺中秋诗，俟雪芹"综合起来看，在下有个猜测，这第六十七回会不会是曹公哪位朋友代笔的呢？因为文风实在是与前面那些锦绣文章大相径庭啊！

　　本回虽有薛蟠设宴酬劳众伙计，桌上亦有鸡鸭鱼肉、山珍海味、美品佳肴，但本回的文字着实无味，在下也提不起兴致来为他们配什么新奇的酒了。本来想拿两瓶二锅头敷衍一下得了，但是念及伙计们提到柳湘莲时别的都没说，唯独赞他"有趣"，而这"有趣"也正是在下的人生法则之一，所以给他们来几瓶江小白吧。这酒，瓶身上的话写得颇为有趣。估计也正是这几句话勾得一众年轻人的喜爱吧！至于究竟写了什么，倒是也不值得摘录，诸君若有兴趣自行上网搜索吧。

　　本回文笔虽然平平，却也算是对二尤的故事起到了承上启下的作用。前半部分交代了薛家兄妹对于尤三姐之死和柳湘莲出家所持的不同态度：薛蟠是四处找寻，求之不得，两眼含泪；宝钗是并不在意，轻轻揭过。两相对比，倒是薛蟠显得更近人情些。后半部分快结尾处方才提到凤姐知道了尤二姐之事。凤姐听到消息后的伤心与气愤，为后面收拾尤二姐埋下了伏笔。

说到这不由想起一个问题。许多读者都认为平儿是内宅之内第一个获知尤氏消息的人，连平儿自己也是这样认为的，所以在尤二姐病重之时，她顿生兔死狐悲之感，情不自禁滴泪道："想来都是我坑了你，我原是一片痴心，从没瞒她的话。既听见你在外头，岂有不告诉她的。谁知生出这些事来。"实际上，平儿并不是贾府内宅最早知道消息的人。诸位可还记得前面第六十六回贾琏为尤三姐提亲的事？当时柳湘莲和薛蟠在一起，而贾琏在给尤三姐说媒之前是先说了自己娶尤二姐的事的。薛蟠听了还说："早该如此，这都是舍表妹之过。"虽说是贾琏也曾嘱咐薛蟠不要告诉家里，等生了儿子再说，但是薛蟠回到家便将柳湘莲说定了尤三姐之事告诉了薛姨妈——薛宝钗自然也就知道了。不仅如此，薛姨妈还张罗着要替柳湘莲买房治屋、办妆奁、择吉日、迎娶尤三姐过门等事。试想，以薛蟠的性格，他能忍得住不提尤二姐的事吗?

也真是亏了薛家母女,是真沉得住气,严守做客之道。她们肯定是没有多嘴的,正如大观园里贾宝玉等人为了玫瑰露和茯苓霜而折腾时,却另有几件众人尚未觉察的"若是叨登出来,不知里头连累多少人"的大事件,宝钗一样是洞若观火,但她却只告诉了平儿,因为她觉得"平儿是个明白人……所以使她明白了。若不闹破,大家乐得丢开手。若犯出来,心里已有稿子,自有头绪,就冤屈不着平儿了"。所以对于尤二姐之事,薛家母女所持的态度肯定也是"若不闹破,大家乐得丢开手",否则哪还用得着等到平儿"听见二门上小小子们"说长道短呢!

第六十八回

尤氏母女

原著回目为"苦尤娘赚入大观园　酸凤姐闹翻宁国府"

凤姐趁着贾琏滞留平安州的期间,将尤二姐连哄带骗地带进了大观园。尤二姐从此走向了死亡的深渊。不过本回在下并不想说凤姐是如何"明里一把火,暗里一把刀"地整治尤二姐,倒是想说说那位尤老娘。不知诸位有没有发现,那位尤老娘到了这一回竟不翼而飞了。

上一回尤三姐死后,"尤老娘以及尤二姐、尤氏并贾珍、贾蓉、贾琏等闻之,俱各不胜悲伤,自不必说忙着人置买棺木盛殓,送往城外埋葬"。到了这一回,王熙凤来到了小花枝巷,一番作秀,那位傻大姐尤二姐便收拾打扮了,与凤姐"二人携手出来,同坐一车"往贾府而去,由后门入了园。可是,跟她一起生活的尤老娘呢?

死了？当然不可能。贾琏出差一共不过两三个月的时间，如果尤老娘死了，尤二姐怎能不戴孝、守孝？原著中只对王熙凤的衣着打扮进行了详细的描述："头上皆是素白银器，身上月白缎袄，青缎披风，白绫素裙。"假设尤二姐也是同样的素服，所以曹公不再重复描述，那么王熙凤不顾尤二姐丧母，执意将其带入大观园，首先见了李纨，此时大观园中百分之九十的人都知道王熙凤将尤二姐领了回来，全都跑到稻香村来看热闹，不可能没有一个人心存疑惑。可是没有，一个也没有。原著中只说："众人见他标致和悦，无不称扬。"这就充分说明不存在尤二姐服丧之说，那么尤老娘也就自然还活着。

尤老娘既然还活着，为什么不阻止尤二姐进贾府呢？尤二姐走的时候，她在哪儿呢？据在下揣测，极有可能此刻尤老娘在病中。尤三姐死后，尤老娘心疼小女儿，一病不起，此乃人之常情。而尤二姐私嫁贾琏，不单单是尤二姐本人以为自己从今往后终身有靠，尤老娘也是这么认为的。尤二姐被接入小花枝巷当日，"那尤老见了二姐身上头上焕然一新，不似在家模样，十分得意"。

尤氏母女虽闻凤姐妒名，但尤老娘也是和凤姐会过面的，然彼时尤老娘和凤姐皆是宁国府的客人，怎么可能见识到凤姐泼悍的一面呢？！现如今凤姐亲自来接，不去岂不是不识抬举？更何况进了贾府才算是名正言顺，正如尤二姐自己亲口对平儿所说的那样："我也单要一心进来，方成个体统。"只不过以她们的智商又怎么可能猜得透凤姐的心思？！对于尤二姐来说，这是让她的身份合法化的唯一的机会，尤氏母女当然不肯轻弃。尤老娘生病自有仆人伺候，何况尤氏母女心中一定认为这又不是隔着千山万水，不过就是二里地的距离，等尤二姐安顿下来，再回来探望好了。因此，母女二人私下议定，也不必提起尤老娘，免得与凤姐见面了反倒尴尬，反正来日方长，只听凭尤二姐跟着凤姐入府好了，毕竟府里还有尤大姐在，凤姐又能拿尤二姐怎样呢！因此，在下在拙作《贾琏传》中还给尤老娘安排了些后续的戏份。诸君如有兴趣，可找来一阅。

尤氏母女能想到尤大姐，王熙凤又怎么可能想不到呢？王熙凤安排好了外头尤二姐悔婚的张华去告状，自己便亲自杀到宁国府找尤氏先下手为强了。王熙凤不但大闹宁国府，出了一通恶气，还使得尤大姐从此再不敢为尤二姐出头,为自己后面收拾尤二姐扫清了障碍,同时顺便赚了二百两银子。她原本只拿了三百两银子让家人王信打点外头的官司,却和尤氏、贾蓉等人说是挪用了王夫人五百两银子。贾蓉和尤氏本来理亏,此时又被她闹得胆破,哪里还敢和她较真儿!母子二人异口同声:"婶婶方才说用过五百银子,少不得我娘儿们打点五百两银子与婶婶送过去,好补上,不然岂有反叫婶婶又添上亏空之名?"

不仅仅银子多少是王熙凤说了算,连同后面关于尤二姐如何安置,尤大姐哪里还敢多话!一切全凭王熙凤调度了,包括对尤老娘的安排。王熙凤自然也会想到,假如自己摆布了尤二姐,这尤大姐是不敢出头了,可是尤老娘呢?她一个老人家,为了女儿,什么事情干不出来?真要是她闹上门来,她又是贾珍的岳母,无论是贾母还是邢、王二位夫人都是要给她几分薄面的,因此王熙凤一句话便绝了尤老娘日后打上门来的路径:王熙凤领着尤二姐去见贾母和王夫人、邢夫人,只说尤二姐"皆因家中父母姊妹新近一概死了",无所依靠。王熙凤因为自己"不大生长",本来就想为贾琏娶个二房,相中了尤二姐,所以提前将她接到府里。如此一来,在贾母与邢、王二位夫人处那尤老娘便是个"死人"了，如何还能再出头?!

诸位，是不是到现在才明白上一回结尾处所说的凤姐"自己一个将前事从头至尾细细的盘算多时，得了个一计害三贤的狠主意"，究竟要害的是哪三贤啊？尤二姐自然是首当其冲，那么另外两个是谁啊？秋桐吗？那会子秋桐这个人物还没出现呢！也许有读者会说：张华呢？其中一人也许是张华，凤姐不是安排旺儿前去追杀张华的吗？凤姐要求旺儿"务将张华治死，方剪草除根，保住自己的名誉"。凤姐想杀张华，是因为后来贾珍父子的介入，使得张华中途变卦，得了银钱跑路了。凤姐想想后怕，这才想起要杀了张华灭口。综上所述，另外俩人只能是尤老娘和尤大姐啦！

此外，这所谓"一计害三贤"的说法在下以为有些言过其实了，最多叫作"一箭三雕"或"一石三鸟"。凤姐把尤二姐接进贾府的最初目的并不一定是要置其于死地，只不过是想让尤二姐待在自己的眼皮子底下，"自己相伴着还妥当，且再作道理"，同时让尤老娘成了活死人，不得见天日，不得见亲闺女，尤二姐好好地竟成了孤家寡人，不得见亲人，也算是出了胸中一口恶气,也让尤大姐以后再不敢和自己叽叽歪歪的了。原本尤氏和王熙凤之间实际上是旗鼓相当的,每次见面,二人总有一番半真半假地调侃,尤氏并不是十分给王熙凤面子的。有了这个把柄在手,尤氏日后自然是事事有所忌惮,王熙凤岂不畅快!

第六十九回

尤二姐和柯梦波丹

原著回目为"弄小巧用借剑杀人　觉大限吞生金自逝"

那尤二姐自从跟着凤姐进了大观园，自己原先的丫头都被换成了凤姐的人，每天受尽了下人的羞辱。她日盼夜盼，好容易盼得贾琏回来了，谁知却凭空杀出一个秋桐来。要说这秋桐还真是神来之笔，本是贾赦的房里人，未必是什么大美人，但她极大地满足了贾琏的猎奇心理。贾琏一直以来都对父亲那一屋子闲置的姬妾心怀不轨，却始终都不敢下手，没想到贾赦一高兴居然把自己的房里人赏给了儿子。这一份刺激自然和其他所有的女人都不同，就算是尤二姐还在小花枝巷，贾琏也未必会急着去看她。这就给了凤姐充足的时间来摆布尤二姐。

那凤姐见了秋桐，真正是心中一刺未除又添一刺。

不过凤姐就是凤姐，暂时拔不掉便先忍着，正好拿秋桐当枪使。从此，尤二姐面对的便不仅仅是丫鬟们的冷嘲热讽，更有秋桐肆无忌惮的直面攻击。此处不得不提一下邢夫人。邢夫人对于贾赦的畏惧与顺从真的是到了荒唐的地步。秋桐到邢夫人跟前告状，谎称贾琏和凤姐不要她了，她要回贾赦处。这个要求本身就够荒唐的了，可是邢夫人一听居然慌了，先是数落凤姐，接着又骂贾琏不知好歹，声称秋桐再怎么不好也是贾赦给的。这个理由实在是让人忍俊不禁笑出声来，紧接着她居然又说："你要撵她，不如还你父亲去倒好。"哈哈，这一家子真的是要笑死人了，仿佛秋桐是件物品，老子用过了，送给儿子，儿子不喜欢了，再拿去还给老子。

尤二姐在这样乱哄哄的环境里本就已经生不如死了，再加上腹中的胎儿被打了下来，越发感到生无可恋，不如一死，倒还清净。只是没想到这位花为肠肚、雪为肌肤极柔的女子竟采用了极惨烈的死法——吞金而亡。

前面我们曾将尤三姐比作俄罗斯伏特加，那么就用柯梦波丹（Cosmopolitan）来配这位尤二姐吧！同样是伏特加，但已不纯粹，添加了白柑橘酒、柠檬汁和蔓越莓汁；颜色也不再是伏特加的无色透明状，而是呈粉红色，带有气泡；口感自然也不再火辣，而是酸甜微涩。尤其是它的名字柯梦波丹，有人将其翻译为"大都会"，有人将其翻译为"四海一家"。无论叫哪一个，都和尤二姐的人生经历有相似之处：还在娘胎中时，便被指腹为婚许给了皇庄张家；随着尤大姐嫁入贾府，她和自己的姐夫、侄儿便都有了一腿；最后，她又嫁给了姐夫的堂兄弟贾琏。这番遭遇，不折不扣的"四海一家"呀！叫个"大都会"也未尝不可。

第七十回

贾探春和王子腾之女

原著回目为"林黛玉重建桃花社　史湘云偶填柳絮词"

三月初二乃是探春的生日,可居然没有一个人记得,就连心最细的薛宝钗也没想起来,否则大家也不可能把"桃花社"的起社日定在这一天,只有元春早上打发两个小太监送来了几件玩器。想来也并非元春记得,不过是宫里的执事太监例行公事罢了。倘若是贾宝玉、王熙凤等人的生日。那是无论如何也不会被忘了的,提前多少天便被提上日程表了。可见,就算探春做了代理总裁,她在大观园里的地位也不过就是她自己自尊自爱,而别人对她则是怜之、惜之,爱之,重之则未必。前文所提及的蔷薇硝事件后,又夹带出了玫瑰露事件。人人都知是王夫人屋里的彩云偷了送给贾环了,可执政官平儿却并不肯挑明,而是找贾宝玉出来顶缸了事,其原因只有一个："我可怜的是她，不肯为打老鼠伤了玉瓶。"平儿所说的这可怜的"玉瓶"，正是探春。

不过，探春的生日虽然不大摆宴席喝酒唱戏，但还是要在老太太、太太跟前玩笑一日的，好吃好喝还是免不了的。前面第五回我们已经将贾探春比作西班牙的长相思白葡萄酒，那么她的生日理所当然要喝它了。若是单从配酒的角度讲，坦率地说，此刻喝长相思并不十分相宜。喝长相思的最佳时节应该是夏季，因为不很成熟的葡萄酿出的酒散发着植物型风味，诸如青草、芦笋、青椒、青豆等罐头的味道，而成熟的葡萄所酿造的酒则通常带有蜜瓜、葡萄柚、猕猴桃、西番莲、柠檬等香气。长相思一般呈浅黄色，略带绿色，橡木发酵或气候温暖都会加深其色泽。盛夏时节，来杯冰镇过的长相思，实在是惬意至极。眼下才刚进三月，喝长相思其实为时尚早，但因为本回探春作了半首《南柯子》："空挂纤纤缕，徒垂络络丝，也难绾系也难羁，一任东西南北各分离。"在下以为，除了长相思实在是没有别的酒与之更相匹配了。尤其是贾宝玉为她续的下半首，更是字字挂念、句句相思："落去君休惜，飞来我自知。莺愁蝶倦晚芳时，纵是明春再见隔年期！"

本回除了探春的生日宴，王子腾夫人也请客了，因为王子腾的女儿要出嫁了。

关于王子腾的女儿究竟嫁给了谁，一直以来颇多争议。有人认为保宁侯之子就是史湘云的堂兄，原著中的"保宁侯"是笔误，应作"保龄侯"，这是四大家族的再一次联姻。关于这一点，在下在拙作《红楼职场》中有详细论述，此处不打算再重复论证。只是纳闷，为什么王子腾这么大个女儿却从来没去过贾府呢？王子腾夫人不止一次到贾府做客，为什么从未带着女儿一起去找大观园里的姑娘们玩玩呢？我猜也许这姑娘并不是王子腾夫人所生，而是和探春一样，也是庶出。也许王子腾夫人平时并不十分待见这个女儿，又或者和王夫人一样，心里倒是想要疼她，可是那姑娘也有个讨人嫌的亲妈在，所以也就拉倒了。只是临到要出嫁了，且又嫁入侯府，王子腾夫人自然也不敢怠慢，作为嫡母还是理应帮着张罗婚事的。

其实王夫人作为嫡母对探春已经够好的了，不然探春怎么可能有机会在大观园里兴利除弊一显身手呢！然而就算是王夫人这样的嫡母，也从不曾带着探春出去走亲访友。尤其是甄夫人带着甄家的三姑娘进京，王夫人去见甄夫人理应带着自家的三姑娘贾探春一起去，这样才合情合理。但是并没有，王夫人是带着贾宝玉去和甄家母女见面的。虽说探春也到过王子腾府上两次，可一次是由薛姨妈领队，而这一次王家小姐备嫁则是由贾母安排的。由此可见，大观园里这么热闹，而且女孩子扎堆，可是常相往来的王府，其庶出的小姐却从未到这个姑妈家来过也属正常。

回过头来再看本回，无论是前半回的咏絮，还是后半回的放风筝，都是在暗示探春的远嫁以及高飞，那么曹公于此处突然插了一笔王子腾嫁女，且嫁入侯府，是不是又一次暗示探春将来也是要嫁入王侯将相的府邸呢？

王家也是江南人，嫁女儿自然是要用女儿红作为陪嫁的。不知王子腾夫人预备了多少坛女儿红？

第七十一回

贾母寿宴

> 原著回目为"嫌隙人有心生嫌隙　鸳鸯女无意遇鸳鸯"

八月初二乃是贾母八旬之庆，从七月二十八便拉开了庆祝活动的序幕。虽然前面贾宝玉、平儿等人集体过生日的时候，探春曾说"过了灯节，就是老太太和宝姐姐，她们娘儿两个遇的巧"，不过庚辰本中则是"姨太太和宝姐姐"，而程乙本则是"大太太和宝姐姐"。

综合来看，庚辰本肯定是错误的，因为在原著第三十六回说得很明白，薛姨妈的生日是在夏天，也就是贾蔷为了哄龄官开心，随手便将一两八钱银子刚买的雀儿放了的第二天。通行本中所说的"老太太和宝姐姐"显然也是抄录过程中所发生的错误，因为贾母特意替薛宝钗过生日。如果二人的生日挨得很近，不可能一字不提。只有邢夫人的生日，有可能大家走个过场，不写也罢。所以在下以为关于这一点，程乙本应该更靠谱些。贾母的生日应该是八月初二，因为从七月二十八起，每一天都有具体的安排，绝对不可能搞错。"二十八日请皇亲、驸马、王公，并郡主、王妃、国君、太君、夫人等，二十九日便是阁下、都府、督镇、诰命等，三十日便是诸官长、诰命并远近亲友、堂客。初一日是贾赦的宴，初二日是贾政，初三日是贾珍、贾琏，初四日是贾府中合族长幼大小共凑的家宴。初五日是赖大、林之孝等共凑一日。"

这头一天便是宴请南安太妃、北静王妃等诰命夫人。贾母等人也是按品大妆迎接，应该是最为隆重的一天。不知诸位是否和在下想的一样，这么盛大的宴席肯定是数不尽的美味佳肴，满汉全席此时不上更待何时?!

然而并非如此。"少时，菜已四献，汤始一道，跟来的人拿出赏来，各家放了赏。"不过四菜一汤而已。别不相信，菜不在多而在精，这才是真正的贵族待客之道，那大盘子、大碗，一层层摞得宝塔一般的那是东北人，而且还是东北乡下人，以数量多少表示诚意与热情。那么贾母寿宴上的这四菜一汤都是什么呢？详情我也不知，不过可以看看英国女王宴请中国领导人的菜单，权作参考吧。

第一道：多宝鱼柳配龙虾慕斯。

第二道：香烤Balmoral鹿里脊配马德拉红酒松露汁。

蔬菜：高汤焖红包心菜、小锅土豆、芹菜根南瓜塔。

甜品：巧克力，芒果，青柠法式甜饼，水果拼盘。

至于酒嘛，纯粹的英式搭配：餐前一杯起泡酒开胃，餐后一杯波特收场。第一道菜配的是来自法国勃艮第的墨尔索桑特洛园（Meursault Santenots）的霞多丽干白；第二道菜配的1989年的波尔多五大名庄之一奥比昂（Château Haut Brion），甜品配的是南非的国酒Klein Constantia Vin De Constance，据说这是拿破仑最爱的一款甜酒。

英国女王的酒和菜都看过了，也就不必再枉费心思给贾母的寿宴配酒了，权当贾母他们也是同样的吃喝吧！

贾母寿宴持续了好几天，少不了要有些鸡零狗碎的大事小情。尤氏再没想到原来该她窝火的事却出乎意料地发生了剧情反转：本来荣国府的值班婆子和宁国府的小丫头斗嘴惹恼了尤氏，结果被王夫人的陪房周瑞家的从中一搅和，把这事捅到了王熙凤跟前，王熙凤正忙于贾母的寿庆，哪有闲功夫理这事？便随口说等忙完寿庆将惹事的婆子送给尤氏发落。没想到周瑞家的公报私仇，趁机收拾了那俩肇事的婆子。谁知其中一个婆子是邢夫人的陪房费大娘的儿女亲家，这就引起邢夫人的不快了。邢夫人本来就对凤姐不满，索性借题发挥，当着众人的面让凤姐难堪。凤姐只得强装笑脸，辩驳说自己是为了尤氏的面子。王夫人听见便问情由，结果尤氏却推得一干二净，说："连我并不知道，你原也太多事了。"害得王熙凤又被王夫人当众训了一通，还命人放了那两个婆子。王熙凤一向要强，平白受了这顿气，回到房里把两眼都哭肿了，还不敢让人知晓，恐遭旁人笑话。这事虽然尤氏并未插手，但绝对是起了推波助澜的作用，也算是报了凤姐大闹宁国府的一箭之仇了。

诸君切莫以为这只是在下枉自揣测，实则曹公并无此意，君不见原著第七十五回探春有云："咱们倒是一家子亲骨肉呢，一个个不像乌眼鸡，恨不得你吃了我，我吃了你！"而且尤氏在刚听了小丫头学舌后，当时便要让人去找王熙凤说理，是袭人、宝琴、湘云以及地藏庵的两个姑子一起好说歹说才劝住。尤氏犹自说："不为老太太的千秋，我不依。且放着就是了。"并不曾说，这事就此揭过，不再追究。可是当王夫人询问时，她不但装傻充愣，还说王熙凤"太多事"。若说她是无心之语，鬼才信！

此外，贾母寿宴还引出另一个关于年龄的小问题。诸位一定还记得刘姥姥二进荣国府的情形。贾母问刘姥姥的年纪，刘姥姥答："今年七十五了。"于是贾母感慨道："比我大好几岁呢。我要到这么大年纪，还不知怎么动不得呢。"也就是说当时的贾母很可能七十岁左右，最多七十刚出头，不然不可能是如此口吻。林黛玉引用《牡丹亭》和《西厢记》里的"良辰美景奈何天"与"纱窗也没有红娘报"这两句话，正是在刘姥姥二进荣国府，史太君两宴大观园的酒桌上，因此引发宝姐姐和林妹妹促膝谈心。林妹妹感慨自己长到十五岁，竟无一人像宝姐姐这样教导自己。好吧，说到此处，问题来了：当年的贾母七十刚出头，如今的贾母过八十大寿，也就是说岁月如梭，一转眼已经差不多十年过去了。试想，这宝、黛、钗三位主人公的年龄在那个时代可就都是剩男剩女啦!

而且,依此类推,芦雪庵联诗时原著曾有明确交代:"迎春、探春、惜春、宝钗、黛玉、湘云、李纹、李绮、宝琴、岫烟,再添上凤姐和宝玉……这十二个皆不过十五、六七岁,或有这三个同年,或有那五个共岁。"一群大龄青年啊!因此也不必笑话那位一心想要攀龙附凤的暴发户傅试了,把个如花似玉、才貌俱全的妹子留在家中,年过二十三尚未许人,本来读至原著此处,见那傅试"与贾母亲密,也自有一段心事",总觉得这小子可真是痴心妄想。贾宝玉才多大点的人,傅秋芳都二十三了,怎么可能呀!岂不知人家书中人心里明白得很,自家妹子同贾宝玉差不了几岁,合适得很呢!而且在傅家兄妹出场前,薛宝钗的话也对众人的年龄做了进一步的认证:"我来了这么几年,留神看起来,凤丫头凭她怎么巧,再巧不过老太太去。"诸位自然不会忘记宝钗到了贾府过的第一个生日便是十五岁生日,"来了这么几年",虽不确定,但肯定不止两三年,否则不能是这样的口吻。

不过呢,大观园里的这群大龄青年情况倒也各不相同。迎春这会子也不知孙家有没有来求亲,但是媒人已经上门，肯定不久便会出嫁的。宝琴因为梅家外任成不了亲，但实际上按时间推算梅家外任早就期满了，摆明了是要悔婚的节奏。邢岫烟则因为薛蚪"不先完他妹妹的事，断不敢先娶亲"这一完全不符合逻辑的说辞也拖着没能成亲。至于史湘云，就不太清楚了。明明清虚观打醮后不久，史湘云来到贾府，袭人便已和她说笑："大姑娘，听见前儿你大喜了。"却不知道为什么也至今未婚。剩余的几位，除了凤姐是已婚人士，其余的可就全都是十足十的大龄剩女了。

即便贾宝玉是个男的，那也一样是个剩男了。贾珠可是"不到二十岁就娶了妻"，贾琏也是二十岁左右的时候成的亲。虽然清虚观打醮的时候贾母说过"这孩子命里不该早娶"，但到了今天，贾母已经八十岁了，贾宝玉可真不小了，该娶妻生子了！在下还等着给婚宴配酒呢！

第七十二回

贾雨村降职和王熙凤的梦

原著回目为"王熙凤恃强羞说病　来旺妇倚势霸成亲"

坦率地说,这一回千头万绪,正如脂砚斋的回前评所言:"此回似着意,似不着意;似接续,似不接续。在画师为浓淡相间,在墨客为骨肉停匀,在乐工为笙歌间作,在文坛为养局,为别调;前后文气,至此一歇。"要说故事,本回并没有什么具体的故事情节,相对完整的故事便是王熙凤的陪房旺儿的儿子求娶王夫人房里的大丫头彩霞一事,却也不值得细论。至于鸳鸯撞破司棋的私情,在本回也并未有什么结局。另外,宫中太监们的各种"打抽丰"也不过是些家常琐事罢了。

但本回又的确是《红楼梦》下半场的转折点。从本回可以看出整个贾府已经千疮百孔——典当物件已经是家常便饭了,尤其是林之孝提到的贾雨村降职这件事。

贾雨村的仕途可以说是王子腾和贾政仕途的晴雨表。贾雨村的背后站着王子腾和贾政，他出事了，另外俩人想必也快了。林如海死得早，否则恐怕也难免要受牵连，当初贾雨村进京若无林如海的举荐信怎么可能见得着贾政呢！贾政虽喜欢读书人，但归根结底还是因为"系妹丈致意，因此优待雨村，又更不同，便竭力内中协力，题奏之日，轻轻谋了一个复职候缺。不上两个月，金陵应天府缺出，便谋补了此缺"。

当然，贾雨村回报贾府同样也是不遗余力的，一到任上便帮着贾政、王子腾了却了一桩大事——薛蟠的人命官司。为了讨好贾赦，他更是直接弄得石呆子坑家败业。而贾雨村能够成为京官，则"皆由王子腾屡上保本"。当王子腾升了九省都检点时，贾雨村同时也被补授了大司马，协理军机，参赞朝政。而且文中又特借林之孝之口点明："东府大爷和他更好，老爷又喜欢他，时常来往，哪一个不知？"这说明贾雨村一人出事，宁荣二府谁也脱不了干系。

再就是王熙凤所做的梦。《红楼梦》中所有的梦都是有深意的，凤姐的梦更是要紧，她可是荣国府内宅的执政官。凤姐梦见有别人家的娘娘打发人来和她要一百匹锦,梦中二人争夺起来,正夺着,就醒了。"锦"向来象征荣华富贵,宫中来人自然是影射元妃。秦可卿临死前曾托梦给王熙凤,预言将有"非常喜事"发生,所指便是元春封妃省亲,所用的形容词乃是"烈火烹油、鲜花着锦"几个字。如今有人来"夺锦",正是暗示元春在宫中有难,被人夺宠。夺"百锦",乃是夺走百般富贵荣华之意。

如此一来,贾府可真是内忧外患集于一身了!

唉!本回乱成这样,酒的事且放一放吧,下回再说。

第七十三回

婆子们和散装黄酒

原著回目为"痴丫头误拾绣春囊　懦小姐不问累金凤"

王夫人派人抄检大观园时探春曾说:"百足之虫,虽死不僵。必须先从家里自杀自灭起来,才能一败涂地呢!"其实,在王夫人下令抄检大观园之前,贾母就已经搞过一次抓赌行动了。被抓住的大头家一个是管家林之孝的两姨亲家,一个是前文提到过的厨房柳氏之妹,另一个则是迎春的乳母。探春虽然精明,但毕竟年轻,缺乏实际工作经验,说话未免有些偏激,事实上大观园的管理实在是到了不整顿不行的地步了。贾母说得对:"夜间既耍钱,就保不住不吃酒;再保不住门户不任意开锁。或买东西,寻张找李,其中夜静人稀,趁便藏贼引盗,何等事做不出来。"正如贾母所料,迎春的大丫头司棋和她的表兄弟潘又安不正是收买了园内的老婆才得以在大观园内幽会的吗？迎春的乳母就更夸张了，输急眼了，干脆偷了迎春的首饰出去典当作赌本了。

暂将大观园里的抓赌事宜搁到一边，且来猜猜这些"夜间既耍钱，就保不住不吃酒"的婆子都喝些什么酒。贾府的男男女女、老老少少没有不喝酒的。男人且不去管他，园子里的女人们到了夜晚也是欢乐无极限呢！薛宝钗给林黛玉送燕窝，林黛玉便很体贴地赏了来使几百钱，让她打些酒吃，因为她知道天凉快了，"夜又长了，越发该会个夜局，痛赌两场了"。邢岫烟穷得刚开春便当了棉服，寄居在迎春处也是过个三五天的，便要拿出些钱来给丫头、老妈子们打酒买点心吃才好，不然就得听她们的各种尖酸话语。

原著中凡涉及下人喝酒，基本上都用一个"打"字，说明他们喝的都是散装酒。那么，他们就有三种选择的可能性：烧刀子、黄酒、米酒。烧刀子太烈，酒精含量普遍在65°以上，有的甚至高达75°。园内当值的毕竟都是些上了年纪的妇女，她们一般不会选择烧刀子。黄酒和米酒虽然都属于低度酿造酒，但由于用料和酿造工艺的不同，导致它们成酒的酒精度大不相同。黄酒主要采用稻米、黍米、黑米、玉米、小麦等酿造，而米酒则只用糯米酿造。黄酒的工艺流程是从浸米开始，然后蒸饭、晾饭、落缸发酵、开耙、复入坛发酵后再煎酒，这才算是成酒。米酒则简单得多了：浸泡、蒸饭、淋饭、落缸，四步到位。

所以成品米酒度数偏低，一般1°～15°。对于底层消费者来说，这种酒久喝不醉，未免太过浪费了。黄酒的酒精含量一般为14°～20°，正好适中。因此，以在下拙见，打一些散装的黄酒应该是大观园里的婆子们的最佳选择。

第七十四回

紫鹃和小Y

原著回目为"惑奸谗抄检大观园　矢孤介杜绝宁国府"

抄检大观园的直接导火索乃是贾母房中的一个粗使傻丫头在山石背后掏促织捡着了一个绣春囊，恰好被邢夫人碰到。于是一直想看王夫人等人笑话的邢夫人不动声色地将绣春囊封好，派人送给王夫人。这才引发了王夫人下令抄检大观园的举动。

要说这傻大姐，还真是见其女知其母。她傻呵呵的凡事毫无避忌，她老娘也是个说话不知深浅的家伙。因为她的多嘴，还害得贾琏被邢夫人敲了二百两银子的竹杠。这回因为傻大姐的憨呆，害得大观园里一大帮子小姑娘都受了牵连。那些原著中明确交代了被赶出大观园的就不复述了，倒是那位没被赶出大观园，出了问题又被轻轻带过的紫鹃我们要拿出来说一说。

从紫鹃的房中抄出了一些贾宝玉的旧物，王善保家的自为得了意，赶紧请凤姐过来验视。这王善保家的乃是邢夫人的陪房，原著有交代，这家伙"是个心内无成算的人"，所以她的喜好是不加掩饰的。紫鹃出了问题，她是很高兴的，为什么？自然是因为她不喜欢紫鹃。而她和紫鹃之间实际上是不可能有什么交集的，所以她的喜好也就是邢夫人的喜好。从这一点折射出此时的邢夫人对林黛玉早已不再是林黛玉刚进贾府时的态度了。那时的邢夫人，一心想要笼络林黛玉。林黛玉告辞要走，她是"苦留吃过晚饭去"，留不住还亲自"送至仪门前，又嘱咐了几句，眼看着车去了方回来"。如今十几年过去了，大观园里的是是非非、恩恩怨怨，没有谁能置身度外，正如探春所说："一个个不像乌眼鸡，恨不得你吃了我，我吃了你！"这也是为什么林黛玉会在《葬花吟》中悲鸣："一年三百六十日，风刀霜剑严相逼。"倘若紫鹃出了事，林黛玉自然也难逃风言风语的"污淖渠沟"。

诸君别以为是在下危言耸听。须知，王熙凤都害怕唾沫星子，更是时刻提防着虽不执政，但却参政、议政，拥有话语权的邢夫人一派。这也是邢夫人敢敲贾琏竹杠的根本原因，而王熙凤和平儿也只敢私下里嘀咕两句："那起小人眼馋肚饱，没缝儿还要下明蛆。"也正因如此，王熙凤才会一把将紫鹃护了过去："宝玉和她们从小儿一处混了几年，自然是宝玉的旧东西。这也不算什么罕事，撂下再往别处去是正经。"其实这些东西究竟是不是贾宝玉的还真不一定，惜春的大丫头入画不就是收藏了自家哥哥的东西遭了殃了吗？在原著第五十七回中，紫鹃就曾对贾宝玉说自己和"鸳鸯、袭人是一样的"，也是"合家在这里"，焉知她就不会替自家兄弟们保管几件物品呢？！或许有读者不服，但是原著明白写着这样一句："打开看时皆是宝玉往年往日手内曾拿过的。"诸位，入画箱子里搜出来的除了金银锞子，还有玉带板子和男人的靴袜，怎知就不是贾珍用过的呢？用尤氏的话来说，还不是"官盐竟成了私盐了"！

既然已经提到紫鹃了，不妨就多聊几句吧。曹公用"俏"来形容平儿的机灵，用"敏"来比喻探春的精明，对紫鹃则用了一个"慧"字来体现紫鹃的聪慧。面对抄检，大观园里无论是丫鬟还是小姐，其实都无力反抗。但是面对问题，晴雯是闯进人群，将自己的箱子掀了个底朝天以示愤怒；探春则是不许人翻丫鬟们的东西，说自己是个贼首，要翻便翻自己，以此来宣泄不满情绪，其实本质上和晴雯是一样的，只不过因为她是小姐的身份，可以在盛怒之下打了轻视自己的人。这场抄检行动，大观园里所有的女孩子肯定全都心怀不满，紫鹃也不会例外，但她自然不敢伸手去打王善保家的。当王善保家的拿着她的东西去找凤姐邀功，她不怒反笑着说："直到如今，我们两下里的帐也算不清。要问这个，连我也忘了是哪年月日有的了。"

也许有的读者会说：紫鹃这么坦然，是因为她心里没鬼，所以不用担心。晴雯心里也没鬼呀！可她的表达方式是怎样的呢？当时似乎是出了口气，可是后遗症呢？不用我说，诸位都知道呀！

林黛玉很多时候都像只敏感而多疑的小刺猬，可是紫鹃不但和她相处得很融洽，甚至超越了林黛玉从老家带来的雪雁在她心目中的地位，俩人是主仆更是闺蜜，"一刻半刻两个离不开"。前面第五回我们曾将林黛玉比作滴金，紫鹃无疑就是小Y了。

小Y，即滴金的副牌酒，和滴金一样也采用长相思和赛美容酿造，小Y最初被命名为Ygrec，滴金酒庄为了保证这款干白的品质和独特性,还特意发明了一种独特的发酵罐来酿造小Y。成品小Y酒体饱满,结构复杂,余味悠长,隐隐带有一丝丝的类似滴金的甜蜜,香气中透着柠檬、青苹果以及花香、蜂蜜和矿物质的气息,同时果味当中还夹杂着一缕橡木的味道。

　　滴金和小Y,便如林黛玉和紫鹃一样,正像贾宝玉所说:"若得你多情小姐同鸳帐,怎舍得你叠被铺床?"即便是一款副牌酒,一样魅力无穷。

第七十五回

中秋夜宴

原著回目为"开夜宴异兆发悲音　赏中秋新词得佳谶"

本回提到了不少好吃的。大观园里，有李纨娘家送来的茶面，有王夫人孝敬贾母的椒油莼齑酱，也有族人孝敬贾母的鸡髓笋，还有厨房为贾母准备的一盘风腌果子狸，贾母嘱咐给宝黛二人吃；一碗不知是什么肉，贾母让人送给贾兰吃去。宁国府中贾珍设局射鹄子作赌，天天宰猪割羊，屠鸡戮鸭。不过这些都不算正局，本回的正席当数贾母主持的中秋夜宴。

既然是中秋夜宴，月饼当然是少不了的。今年的月饼是宁国府新来的一个专做点心的白案师傅所做，贾珍先试了，果然好，才敢做了孝敬贾母的。月饼如何配酒，书至此回，相信不用我说，诸位都已知晓。所以本回且说一个不相配的例子。

中秋夜宴上贾赦说了一个父母偏心的笑话，贾政则说了一个怕老婆的笑话。贾政的笑话是说一个怕老婆的人中秋节被朋友拉去喝酒，醉宿友人家，次日醒酒，惶恐不已，后悔不迭，回家预备赔罪。老婆正洗脚，便叫他将脚舔干净。那人舔了两口，便恶心想吐。老婆生气要打他，那人连忙跪下讨饶说："并不是奶奶脚臭。只是昨晚吃多了黄酒，又吃了月饼馅子，所以今日有些作酸。"此人所说的黄酒配月饼正是一个不相配的例子。

当然每个人的口味各异，有人就是喜欢用黄酒配月饼，尤其是著名的火腿五仁月饼，就是有人喜欢黄酒的清甜和果仁的烤香混合在一起咀嚼的感觉。在下之所以说它们不配，是因为黄酒通常以大米、黍米等淀粉含量较高的谷物作为原料，因此黄酒的含糖量也相对较高。黄酒根据含糖量分为：干黄酒，含糖量为每升15克以下；半干黄酒，含糖量为每升15.1～40克；半甜黄酒，含糖量为每升40.1～100克；甜黄酒，含糖量为每升100克以上。而广式月饼通常偏甜、重油、稍腻。因此这二者相遇，口感上并不违和，但落肚以后就会发生贾政故事中的男主人公所说的现象：胃里反酸。

苏式月饼虽然不像广式月饼那么重油、甜腻，但是如果有其他选项，在下以为也尽量不选择黄酒来相配。不是不能喝，而是不完美！同样是吃喝二字，如果条件允许，为什么不选择最佳拍档呢?!

不过说到这老婆洗脚的故事，不禁想起一个问题来：《红楼梦》里的女人们裹脚吗？曹公生活的那个时代可是以小脚为美的，但曹家在旗，满人是不裹脚的，所以《红楼梦》中的女子有裹脚的，也有不裹脚的。比如尤氏姐妹，我以为她们肯定是裹脚的。原著第六十五回说那尤三姐"底下绿裤红鞋，一对金莲或翘或并，没半刻斯文"。毫无疑问，尤三姐是裹了小脚的。在原著第六十九回中，凤姐领着尤二姐去见贾母。贾母将尤二姐细细地瞧了一遍，命琥珀："拿出手来我瞧瞧。"鸳鸯闻言不待吩咐便揭起尤二姐的裙子来。干吗？当然是让贾母看尤二姐的脚。果然贾母看完很满意，笑道："竟是个齐全孩子。"由此可见，老太太对于美女的要求那是相当高的，不单是一张脸，皮肉、手、脚，都得符合标准。那么问题来了：老太太对别人如此严格要求，对她自己家的几位姑娘呢？

且看原著第四十九回。贾宝玉刚到沁芳亭，"只见探春正从秋爽斋出来，围着大红猩猩毡斗篷，戴着观音兜，扶着一个小丫头，后面一个妇人打着一把青绸油伞"。可见，这个小丫头子是专为扶着探春而存在的，所以探春当然是裹脚的，依此类推，贾家四春应该全都是裹脚的。与探春正好相反，薛宝琴非但不用人扶，跑得比丫头和贾宝玉都快。在原著第五十回中，贾母等人出门一看："四面粉妆银砌，忽见宝琴披着凫靥裘站在山坡上遥等，身后一个丫鬟抱着一瓶红梅。"过了一会儿，贾宝玉才由宝琴的身后转出，显然是落在宝琴后面了。若是个裹小脚的，这样的大雪天，走路都得有个小丫头扶着才妥，如何能爬上小山坡？薛宝琴从小跟着父亲走南闯北，"四山五岳都走遍了"，"天下十停倒走了五六停"，没有裹脚本在情理之中。

既然薛二小姐是天足，那么薛大小姐呢？

我猜薛大小姐宝钗是裹了小脚的。原因有二：一是薛宝钗本打算进宫待选的，当然会按照社会标准来精心打造；其二，可见原著第二十七回，那幅著名的"宝钗扑蝶"画面中，薛宝钗追了几步花蝴蝶便已"香汗淋漓，娇喘细细"。而且诸位都知道，曹公的文字是极具画面感的，若是宝钗长着一双大脚，"杨妃戏彩蝶"是不是顿时便少了那迎风翩跹的美感？

那么林黛玉呢？当然也是裹脚的。首先林家祖籍苏州，本就是汉人，自然以小脚为美。另，林如海出任扬州巡盐御史，扬州地界更是崇尚小脚。所以原著第八回中贾宝玉和薛宝钗闲话家常之际，"林黛玉已摇摇的走了进来"，描绘的正是裹足女子的行走模样。同理，来自苏州的邢岫烟也是裹了小脚的，否则她就不会在原著第六十三回中贾宝玉打算去找林黛玉询问如何给妙玉回帖时"颤颤巍巍的迎面走来"了！这"颤颤巍巍"的行走模式同样是裹足者的显著特征。

至于那没裹脚的，且不论主子、小姐们，余者首先便是刘姥姥无疑。她若是个裹脚的，绝对不可能带着个五六岁的孩子从乡下走到"宁荣街"。其次便是那十二个小戏子，工作需要，当然不可能裹脚，若裹，一场戏下来不得累死?！同样是工作需要，府里的丫鬟们估计也是不能裹脚的，无论是鸳鸯还是被她惊散了"鸳鸯"的司棋，应该都不曾裹脚，若是一双小脚，在平坦大道上行走尚且"摇摇摆摆""颤颤巍巍"，那假山石后头磕磕绊绊的，她们轻易如何敢去那些地方！更别说那位在山石丛中掏促织的傻大姐了，那更是一双天足无疑了。即使是早已脱了奴籍，生儿育女早就晋升为姨娘的赵姨娘也是没有裹脚的，否则她听见贾环说她"你不怕三姐姐，你敢去，我就服你"。她再不服气也是做不到"飞跑往园中去"的。

在下小时候曾亲眼见过邻家老太太的小脚，除了一根大脚趾，其余四趾都被折断踩在足心处，那裹脚布一打开便有一股酸臭味儿，贾政那么个平时一本正经的人设，却讲了这么个舔脚的故事，不必怪什么黄酒与月饼馅子，故事本身就已经着实叫人反胃了。也不知曹公究竟为什么要安排贾政来讲这么个故事！

第七十六回

史湘云与酩悦香槟

原著回目为"凸碧堂品笛感凄清　凹晶馆联诗悲寂寞"

这一回最出彩的本该是妙玉,一口气为林黛玉和史湘云的中秋夜园即景联句续了十三句,绝对无愧于其判词所言"才华复比仙"。但是在下却更喜欢这一回的史湘云,言辞虽然犀利却妙趣横生,丝毫没有刻薄、骄纵之感,反而更显出其豪爽的性情来。究竟发生了什么事?且听在下细细道来。

因为是中秋团圆宴,所以贾赦、贾政等爷们便全都出席了。席间贾政让贾宝玉作诗。贾政为了迎合贾母,奖励了贾宝玉两把扇子。贾兰、贾环心下羡慕,便也各作了一首诗。贾兰也得了贾母的赏,贾环虽然没得着他老爸贾政的夸奖,却出人意料地被贾赦着实地夸赞了一番,还赏了不少玩物。尤其稀罕的是,贾赦居然还当众声称贾环"这世袭的前程定跑不了",在场的人没有一个人觉得这话不妥的。可是读者诸君只要稍微想一想,就会发现这句话实在是不妥之极。荣国府的爵位目前由贾赦承袭,贾赦没了,理应由贾琏接续,就算贾琏已经捐了个五品的同知,可是五品的同知怎能和世袭的二等将军相提并论呢?在下不懂朝廷规矩,就算是捐官的不允许再接受世袭的爵位,那也还有贾宝玉。不过我想应该是不会有这样的规定的,如果有,贾珍怎么可能花一千二百两银子给贾蓉捐个五品龙禁尉反丢了世袭的爵位呢?如果庶出的也可以袭爵,贾琏下面还有个贾琮在,怎么也轮不到贾环身上,可是贾赦就这么说了,众人听了也没什么反应,只有贾政说了句:"不过他胡诌如此,哪里就论到后事了。"言下之意乃是贾政觉得贾赦的话也不过就是随口一说罢了,所以也就没有较真,但却也并未觉得贾赦之言有何不妥之处;这《红楼梦》号称字字句句皆有深意,因此我辈后生小子读到此处难免想得多了些。难道说因为探春日后做了王妃,贾环的身份地位也水涨船高,荣国府的爵位竟便宜了这小子了?

暂且不去理会贾赦言语之事,反正也不可能猜得出结果来，眼下只说这几位爷们儿在席间居然作了诗，这就让史湘云很不服气了，直言因为宝钗姐妹缺席，导致女士们的"社也散了，诗也不作了"。结果"倒是他们父子叔侄纵横起来"，未尽之言其实是："作诗，什么时候轮到这帮酒囊饭袋了！"于是豪气万丈地对林黛玉说道："'卧榻之侧，岂容他人酣睡。'他们不作，咱们两个联句来，明日羞他们一羞！"一位脸上写满了对那几位男士水平的不屑，仿佛心中有多少锦绣辞藻喷薄欲出的憨直、要强的小姑娘顿时跃然纸上。其实别说是贾环等人了，就算是贾宝玉的文采史湘云也从未放在眼里，芦雪庵联诗钗琴黛三美共战湘云时，贾宝玉刚说了句"撒盐是旧谣，艇蓑犹泊钓"，史湘云便不耐烦地笑道："你快下去，你不中用，倒耽搁了我。"

此时湘黛二位美女加才女到了凹晶馆，见天上一轮皓月，池中一轮水月，上下争辉，仿佛置身于晶宫鲛室之内，微风过处，碧波荡漾，神清气爽。史湘云顿时深恨自己家里没有这样的好所在，否则此时此刻坐在船上饮酒作诗岂不赛过神仙！

湘云和黛玉联诗的妙词佳句层出不穷，但是最为绝妙的当数"寒塘渡鹤影，冷月葬花魂"。尤其是湘云的

"寒塘渡鹤影",当真叫作佳句天成、妙手偶得。黛玉指着池中黑影说:"敢是个鬼罢?"湘云则笑说:"我是不怕鬼的,等我打他一下。"说到此处不由得想起这整部《红楼梦》鬼神无处不在,神仙且不去说他,只这"鬼"便从原著第五回警幻仙姑声称受宁、荣二公之灵所托点化贾宝玉开始,到王熙凤梦见秦可卿的幽灵,再到秦钟煞有介事地和鬼判交谈,乃至前一天晚上,贾珍等人疑神疑鬼,被祠堂里的风声吓得毛发悚然。到了此处,史湘云却笑说"我是不怕鬼的",而且说着便捡了块小石头打了过去,果然哪有什么鬼不鬼的,不过是一只夜宿的白鹤。

湘云性情由此可见一斑,真正叫"英豪阔大宽宏量",诚然似"霁月光风耀玉堂"。实在是太喜欢史湘云了!尽管第五回时已经给她配了一款花雕,可那个只当是为她醉卧山石所配吧,不足以表达在下对她的钟爱之情。酩悦香槟(Moët& Chandon)是在下最喜欢的香槟,就将此酒送与湘云吧!

酩悦香槟是法国最具国际知名度的香槟酒,创立于1743年,据说世界上每卖出四瓶香槟其中必定有一瓶是酩悦。酩悦香槟是辉煌传统与摩登愉悦的代名词,开启酩悦的瞬间总能让人联想到宏伟与慷慨,欢乐与成功,这和史湘云热情开朗洒脱的性格实在是太相像了。酩悦还曾因为拿破仑的喜爱而被称为皇室香槟,两个多世纪以来,一直是欧洲许多皇室的贡酒。酩悦香槟酒体色泽金黄,馥郁芳香,入喉细致圆润,回味绵延悠长,适饮温度在8°~10°,一口酩悦入喉,使人顿生"是真名士自风流"之感!

第七十七回

人参养荣丸

原著回目为"俏丫鬟抱屈夭风流　美优伶斩情归水月"

本回一开篇便是王熙凤需要人参来配调理养荣丸。这人参养荣丸乃是一味气血双补的中成药，但无论多好的药长期服用总是多少都有些副作用的，尤其是像林黛玉这种据有关专家诊断属于"阴虚"体质的人，从小吃到大，更是适得其反，不但对医病无益，反对健康不利。原著第三回提到林黛玉向贾母汇报自己正吃人参养荣丸时，贾母随口便说家里也正配丸药呢，让人多配一料即可。脂砚斋于此处批注："为后葛、菱伏脉。"有学者认为，很有可能林黛玉将来或死或病重于贾葛、贾菱之手。在下亦深以为然。不论我等现代读者如何评议，当时的人参养荣丸显然是贵族家庭的妇女之友。例如，王熙凤的病刚好点，马上就着手调配人参养荣丸进行调理。

于是，薛宝钗便有了个展示业务水平的机会。王夫人从贾母处找来的人参年代太久不能用了，只好准备打发人出去买新的，被薛宝钗给拦住了，因为薛家的生意薛蟠不过是挂个名而已，实际掌控人是薛宝钗——薛蚪来后兴许成了宝钗的得力助手。所以，对铺子里的业务，宝钗了如指掌。她很清楚外头参行里根本就没什么好人参，偶尔能有枝好的，也必定要被截做两三段，再镶嵌上芦泡须枝，卷匀，叫消费者根本看不出粗细，分不清好歹。普通的消费者若没有内部人员事先约好，就算是拿着真金白银，也只好当冤大头挨宰。

不知诸位读至原著此处是否发现薛宝钗针对人参所发的一番感慨十分耐人寻味："这东西虽然值钱，究竟不过是药，原该济众散人才是。咱们比不得那没见世面的人家，得了就珍藏密敛的。"要知道王夫人打算外购人参之前是先在自己房中找了一通，只找到一包人参的须末和几枝簪挺粗细的小枝；王熙凤自己也只有些参膏、芦须之类；邢夫人更是声称早已用完了；是王夫人亲自到贾母处去问，得知贾母处竟然有一大包，而且全都是手指粗细的。因为王熙凤配药需用人参二两，所以贾母让人称了二两给王夫人。当然结果前面已经说了，年代太陈早就没用了。这就有意思了。薛宝钗所说的"珍藏密敛"者到底是说贾母还是怀疑邢夫人呢？无论如何，贾母处收藏了一大包是不争的事实，而且还只是从那一大包中"称了二两"给王夫人，余下的则继续"珍藏密敛"。

也许有读者会说：薛家不过是一介商贾，薛宝钗怎么可能敢说贾母是"那没见世面的人家"呢？不知诸位可还记得原著第七十二回中王熙凤怼贾琏的话："你们看着你们石崇、邓通，把王家地缝子扫一扫，就够你们过一辈子的了！"诸位莫忘了，薛姨妈也姓王。而且以薛宝钗的智商，她在贾家住了这些年，贾府的"假大空"她早已心知肚明，其内心对于贾府的不屑实际上和王熙凤如出一辙，平时不过是人在屋檐下不得不低头罢了。这会儿，她有意无意地随口这么含蓄地一说，也算是对平日事事委曲求全的小小发泄吧。

不过按照薛宝钗的性格，通常这样的事她就算是看破了也不会轻易说破的，但她这一回偏就当着周瑞家的面说了这样暗带锋芒的话，可见她很可能已经下定决心要离了大观园这个看似世外桃源实则是个是非之地的场所了。尤其是那位刺玫瑰贾探春在她提出要回家暂住,以便照顾薛姨妈的病时曾直言:"很好。不但姨妈好了还来的,就便好了不来也使得。""亲戚们好,也不必要死住着才好。"其实,薛宝钗原本还真没打算不回来了。她对李纨说得很明白,希望她把史湘云请来替自己看家,自己回去看看薛姨妈,过个三两日的就回来了:"依我的主意,也不必添人过去,竟把云丫头请来,你和她住一两日,岂不省事?"但俗话说:"响鼓不用重锤。"薛宝钗也是个绝顶聪明的人,探春把话说成这样,大观园再待下去实在是没意思了。况且,如果王夫人和薛姨妈私下里有要促成"金玉良缘"之意,薛宝钗就更不能一直长住大观园了。此时不走,更待何时?宝钗一回家住,贾母的中秋宴薛姨妈一家也就不再出现了,或者真如贾母所说,因为贾政等人在场,所以不便请薛家母女一起赏月,又因他们家新添了两口人。这两口人却不知是否指的是薛蝌与薛宝琴?若是,连祭祖这样的大事薛宝琴都曾旁观过,吃个中秋团圆饭又有什么大不了的?且男女分席而坐,又有何妨?若不是指薛蝌兄妹,那会是谁呢?邢岫烟和孩子?薛蝌已婚?不大可能呀!前文只字未提。又或者在这儿混了这么些年,"金玉"之事也并无实质性的进展,反平白蹉跎了女儿的大好年华,薛姨妈也有些心灰意冷,懒得再来敷衍了。

至于王夫人听了宝钗关于收藏人参的话立马表示赞成:"这话很是。"王夫人的这句话一出口,便是和薛宝钗达成了共识。二人对于贾府的种种现状便心照不宣了。她俩当然不可能像王熙凤那样大声叫嚣:"说出来的话也不怕臊!现有对证:把太太和我的嫁妆细细的看看,比你们的哪一样儿是配不上的!"姑侄二人的对话点到为止。在此之前,王夫人还因为真假人参的事刚赞了宝钗"倒是你明白"——这么和谐的场面,真心觉得"金玉良缘"背后的美好婆媳关系呼之欲出呢!

又扯远了,还是回到人参养荣丸上吧!那么,服用人参养荣丸期间能喝酒吗?当然不能。建议诸位不管服用什么药的期间都别喝酒,忍一忍,过了服药期再喝不迟。

第七十八回

贾兰和砾石堡

原著回目为"老学士闲征姽婳词　痴公子杜撰芙蓉诔"

王夫人抄检大观园时,将平时看着不爽的一帮子小丫头统统打发了出去。照理来说,以李纨为首的稻香村应该是挑不出什么毛病的,但也还是有一个无辜躺枪的,那就是贾兰新进来的奶妈子。王夫人纯属无意之中顺路瞥见,因为在王夫人看来,她"也十分妖娆",便也被撵了出去。诸位有没有觉得奇怪:贾兰到底多大了,还需要奶妈子?

本回以《芙蓉诔》为主,以《姽婳词》为宾。在贾宝玉的《姽婳词》登场前,贾兰写了一首七言绝句热场,贾政的幕友们看了皆大赞:"小哥儿十三岁的人就如此,可知家学渊源。"其实,关于红楼人物的年龄问题,前文已多次提到过,只是本回开篇王夫人便特意说了贾兰的奶妈子，所以在下也就忍不住又要就贾兰的年龄问题唠叨几句。

原著第四回提到："珠虽夭亡，幸存一子，取名贾兰，今方五岁，已入学攻书。"也就是说，原著在提到贾兰的年龄时都是十分明确的，并没有含糊其词。正如开头第二回时介绍林黛玉一样，十分肯定："今只有嫡妻贾氏，生了一女，乳名黛玉，年方五岁。"贾雨村给林黛玉当了一年的老师，黛玉丧母。贾雨村闲来无事，外出瞎逛，偶遇冷子兴，闲聊中提及贾宝玉，说他"如今长了七八岁"。虽说冷子兴对于贾宝玉年龄的描述是不精确的，只是个大概数字，这本在情理之中，而林黛玉和王夫人的对话中所说的贾宝玉的年龄则是准确的："在家时亦曾听见母亲常说，这位哥哥比我大一岁，小名就唤宝玉。"对照前文，不难得出林黛玉乃是六岁丧母，那么贾宝玉就是七岁，冷子兴随口说成"七八岁"是绝对没毛病的。林如海为林黛玉选择入京的时间是正月初六，估计是在家过了个年。林黛玉的生日是二月十二，但咱们中国古人是不论生日只论年的，既过年了就长一岁，那么就算林黛玉是虚岁七岁进京吧。

林黛玉和贾雨村"有日到了都中"。这个"有日"

就神奇了！当王熙凤见到林黛玉问其年龄时，黛玉答道："十三岁了。"从扬州到京城当然不可能需要走上六年的时间，更何况贾雨村求官心切，怎么可能在路上瞎浪费时间呢！正是在林黛玉进入贾府的第二天，因为王夫人忙着处理薛蟠打死冯渊之事无暇顾及黛玉，黛玉才随众去寻李纨，恰在此处介绍了李纨母子。若按在下拙见，贾兰的年龄其实和林黛玉、贾宝玉等人的年龄相差并不太多，这也是他为什么常和贾环结伴而不是和那位搞得"黑眉乌嘴"的小不点贾琮一起瞎混。因为和贾琮的年龄差距太大了，根本玩不到一起去。原著虽不曾交代过贾环的具体年龄，但在本回中却由贾政的幕友们说道："三爷才大不多两岁。"也就是说，贾环和贾兰年龄相仿，而贾环同时也应该和贾宝玉的年纪差不多，否则贾政也不可能替他俩同时相中了房里人。在原著第七十二回中，因为旺儿之子逼婚贾环的相好彩霞，贾环不肯出头，赵姨娘只好自己和贾政说此事。贾政当时便说自己已经看中了两个丫头，"一个与宝玉，一个给环儿"。因此贾兰和贾宝玉、贾环的年龄差距都不会太大。

而且在王夫人所生的三个孩子当中，贾珠最大，元春乃是老二。元春省亲时，书中曾有旁白介绍："那宝玉未入学堂之先，三四岁时，已得贾妃手引口传，教授了几本书、数千字在腹内了。其名分虽系姊弟，其情形犹如母子。"所以贾珠的儿子和贾宝玉年龄相仿也完全合乎情理。

也许有读者会说：如果林黛玉进贾府的时候就是十三岁，那么贾宝玉理所当然就是十四岁，怎么就和贾兰年纪相仿了？"十三岁"可是林黛玉自己亲口对王熙凤说的，还能有错？！那好，无须多说，在下只列出几个点来，诸位便知这个"十三岁"的说法根本不成立。

首先，林黛玉正月初六从扬州出发，不管路上怎么耽搁，年底前肯定是到了贾府了。何况林黛玉一进贾府绝对不是在冬季，我们只要看一看王熙凤的穿着打扮就能明了："身上穿着镂金百蝶穿花大红洋缎穿福袄，外罩五彩刻丝石青银鼠褂；下罩翡翠洒花洋绉裙。"这分明是北方春秋季节的装扮。假设林黛玉进府时是十三岁，且不论林黛玉在贾府住了多久，更别管贾雨村这样的人能有多大的耐心在林家当了七八年的家庭教师，只说刘姥姥第一次去贾府乃是在年底。这个年一过，林黛玉可就十四岁了。到了原著第十一回贾敬过寿乃是九月，年底林如海病危，贾琏带着林黛玉回去探亲，其他的日子都不论，这就又是一整年过去了。林如海死于黛玉探亲次年的九月初三，此时林黛玉怎么也该是十五岁了。贾琏处理完林如海的后事和林黛玉在年底时分赶回京城，开始着手筹备元妃省亲之事。元妃省亲是在正月十五，就算贾府日夜开工，大观园造成至少也是一年以后的事情了，何况前文第十七回中我们也说过，偌大的工程，没个三两年根本就不可能完成。此处只当它是一年完工的，那么此时林黛玉至少十六岁了。而故事进行到此处，原著不过才刚写到第十八回。到了原著第四十五回，不知多少个春秋过去了，林黛玉又一次亲口对薛宝钗说出了自己的年龄："我长了今年十五岁，竟无一个人像你前日的话教导我。"所以凡《红楼梦》中提到年龄的，皆不必太过当真，只当所有的剧中人都如原著第四十九回所言"皆不过十五六七岁"，永远都是花样年华！

　　既然如此，那在下又何必废话劳神说这么多呢？哈！兴之所至，一时忘情了！何况关于《红楼梦》的研究既已被称作"红学"了，那可就必须要经得起推敲才行啊！而且如此反复斟酌、前后比照，岂不正是一众红迷的乐趣所在吗？

而贾兰恰恰在书中始终被当作一个仿佛永远没长大的小不点儿。这个角色从最初的五岁开始,一直在不急不忙地长着,始终未成年,还时常生点小病,仿佛一个时刻需要妈妈照看的小宝宝,不仅可以和贾宝玉一样住在女儿丛中,还能在关键时刻让李纨得以置身是非之外。比如,在原著第六十一回中,贾母、王夫人等因为宫中的老太妃薨了须入朝随班守制,凤姐又病了,故将家事托付于李纨、探春和宝钗三人照管。大观园里乱成一团,赵姨娘更是大闹怡红院。司棋等人因为开小灶闹出意见,把厨房都砸了。王夫人屋里的柜子被打开,除了玫瑰露也不知究竟还有多少东西被盗。而当林之孝家的带了柳五儿和"赃证"玫瑰露瓶以及茯苓霜去见李纨时,李纨却以贾兰病了为由,"不理事件,只命去见探春"。人人都知王夫人屋里的玫瑰露是彩云偷了给贾环了,李纨岂能不知?所以她压根儿不去蹚这潭浑水。这就难怪学堂里乱成一锅粥,贾兰却还能置身事外了。

好不容易熬到了本回——第七十八回,贾兰终于十三岁了,可是却又给他弄了个"新进来的奶子"出来。注意:这里不是说自幼的乳母,而是新找的"奶子",是有正经用处的。

在下虽然不清楚人家贵族家庭的公子哥儿究竟对于奶妈的需求是截止到什么年龄的，但是即使林黛玉进府时已经十三岁了，探春、惜春都比她小，尤其是惜春，原著还特别强调了她和迎春、探春的年龄差距颇大。那两位已经一个是"肌肤微丰，合中身材，腮凝新荔，鼻腻鹅脂，温柔沉默，观之可亲"，另一个是"削肩细腰，长挑身材，鸭蛋脸面，俊眼修眉，顾盼神飞，文采精华，见之忘俗"，而惜春则是"身材未足，形容尚小"。可是并没有听说她们谁还需要"奶子"的。

就算是男女有别，公子哥儿特别金贵些，可是宁荣二府，谁又金贵得过贾宝玉呢？早在原著第八回中提到贾宝玉的乳母李嬷嬷，林黛玉就已经因为她阻拦贾宝玉吃酒而称其为"老货"了。贾宝玉因为枫露茶事件也明确表示："不过是仗着我小时候吃过她几日奶罢了。如今逞的她比祖宗还大。如今我又吃不着奶了，白白的养着祖宗似的！"那会子贾宝玉多大呢？且不管他在第八回中有多大，只说他到了第十四回尚且为了向王熙凤要对牌而"猴"到她身上，你说他能有多大？自然不可能大过这第七十八回的贾兰的年龄。

可怜的贾兰，硬生生被弄成个长不大的兰哥儿！贾府来日那一刹那的回光返照还全都指望着他呢,不然李纨的凤冠霞帔从何而来?容在下好好想想,怎么也得给兰哥儿配款好酒,安抚一下那颗委屈的小心灵。

其实仔细想来,若按原著中的设定年龄,小贾兰还真是个不折不扣的好孩子。茗烟大闹学堂的时候,整个学堂里都闹翻了天,打太平拳的,站到书桌上拍手乱笑的,嚷嚷着叫打乱起哄的,贾兰的同桌兼好友贾茵更是直接参加了战斗。只有贾兰不仅没有稀里糊涂地裹入混战当中,还很冷静地劝阻贾茵:"好兄弟,不与咱们相干。"也许有读者会说,那只是因为贾兰太小、太弱了,所以不敢生事。贾兰和贾茵无疑要比贾宝玉等人小,不然贾茵也不可能扔书匣子砸金荣的朋友反而帮了倒忙,砸到了贾宝玉和秦钟的书桌上。但是说贾兰弱,则未必。

贾兰绝对是个文武兼修的标准贵族公子。在原著第二十六回中,贾宝玉无事瞎逛悠时便正好遇见贾兰拿着一张小弓追得两只小鹿箭也似的飞跑,看见贾宝玉在前面,便站住行礼打招呼。贾宝玉说他淘气,他却笑道:"这会子不念书,闲着做什么?所以演习演习骑射。"一位静若处子、动若脱兔的翩翩少年呼之欲出。而且贾兰和贾宝玉一样，身处大观园这个花花世界里，可是二人的生活方式、性格特征有着天壤之别。贾宝玉是无事忙，忙着淘胭脂、制腮红，哪里热闹往哪里去，哪里人多哪有他。而贾兰即使是元宵猜灯谜这么热闹的场合，贾政不点名叫他，他是绝对不肯自己跑去凑热闹的。

也许有读者觉得贾兰这是因为父亲早逝，腼腆是单亲家庭长大的孩子常有的特征之一，而且他虽然小，但是也很清楚贾宝玉在贾府的地位，所以很有可能是自卑。对于这种说法，在下却以为不然。贾兰是贾政这一房的长子长孙，又是贾珠的嫡妻所生，他没有任何必要感到自卑，而且他对于贾宝玉天天在贾母跟前耗费诸多无谓的时间也未必认同，他对于自己的时间是有明确的安排的。当中秋夜宴时，他看见贾宝玉得了贾政的奖励，便毫不犹豫地出席也作了一首递与贾政，而贾政此刻对于长孙的喜爱之情也溢于言表。贾政看了贾兰的诗"喜不自胜"，还主动讲解给贾母听。到了本回——第七十八回，贾政的题目刚出不久，贾兰便先有了。由此可见，贾兰从来就不是个腼腆之人。

曹公因为其特殊的身世，整部红楼最终想要表达的是对现实世界的不满与无奈以及自我安慰式的超脱，所以才会有开场的《好了歌》，以及太虚幻境的《飞鸟各投林》做进一步的注解。但时至今日，我辈已很难像脂砚斋读红楼那样时时处处皆能感同身受了，所以有时只好将人物相对独立地进行分析。其实也正因如此，《红楼梦》才能够几百年来长盛不衰，恰是人人心中都可以有自己的解读方式呀！

在下心目中的贾兰便是真正的贵族公子该有的样子，贾府未来的希望。曹公自己其实也说了："桃李春风结子完，到头谁似一盆兰。"虽然他老人家在《晚韶华》中强调，各种富贵到头来不过还是些"虚名儿"，但以现代人的观点来看大多还是欣赏贾兰这种自律、自尊、自爱的好孩子的，只有他才配得上"气昂昂，头戴簪缨，光闪闪，胸悬金印；威赫赫，爵禄高登"！人终将一死，怎么说人家贾兰也留下些声名"与后人钦敬"，比那些庸碌一生，犹如草木一秋之辈不知强出几许！

说到此处，竟不自觉地想到了在下位于波尔多的那个酒庄——砾石堡（Château L'Estran）。论出身，它好歹也是家老牌的中级名庄，据说还曾在西班牙王室的手里待过；论地理位置，离大神拉菲酒庄不过二十分钟车程；论品质，分别请了梅多克（Médoc）、波亚克

（Pauillac）等顾问保驾护航。无论是法国农业部的大奖，还是大名鼎鼎的"波尔多之星"，年年都拿，即便是和某些列级庄的酒放在一起盲品也不打怵。经典的波尔多混酿，由赤霞珠、美乐、小维尔多（Petit Verdot）混酿而成，富含红色水果的气息，酒体雄壮，口感圆润、饱满，余韵绵长，2010年、2018年、2019年都是极好的年份，适饮温度为14℃左右，适宜搭配各式红烧肉类。不过，本人比较喜欢用它来配红烧猪蹄、酱羊蹄之类。不好意思，请原谅我喜欢啃各种骨头！

但无论怎么努力，如何用心，就是逃不脱中级庄的宿命，永远也无法跟人家列级庄相提并论。正如贾兰一般，诗词歌赋怎么也超越不了贾宝玉，天生的资质不一样，贾兰的七绝怎么和贾宝玉的《长歌行》比呀！压根儿就不是一个级别的！不过这并不影响贾兰是李纨所有的希望，是贾府唯一的希望。

好吧，就给好孩子贾兰配上一款砾石堡吧！好好学习，天天向上，虽然对于中级庄而言，天道未必酬勤；但人家李纨的结局我们可是都知道的，终有守得云开见月明的那一天。加油，贾兰！早日让你老妈戴上珠冠，披上凤袄。

第七十九回

薛大少婚宴上的桂花酒

原著回目为"薛文龙悔娶河东狮　贾迎春误嫁中山狼"

在原著中，本回并无十分精彩的情节，只是日常叙事而已，不过倒是有几处小细节值得玩味，待在下将其罗列出来，让诸君也品一品。

贾宝玉和香菱在紫菱洲附近相遇，二人便随口闲聊了几句。香菱说自己是奉命进园里来"找你凤姐姐"的，贾宝玉便请香菱去怡红院喝杯茶再走。香菱说等"找着琏二奶奶"办完"正经事"再来喝茶，贾宝玉便问她什么"正经事"。香菱遂告知乃是薛蟠的婚事——薛蟠欲求娶夏金桂，薛姨妈便找"这里姨太太、凤姑娘商量了几日"。说这么几句话，换了这么些花头来称呼一个对于谈话内容来说并不重要的人，怎么品都觉着这说话之人太过矫情，而香菱并非这样的性情。因此，在下怀疑这段文字并非曹公原著。

　　此外，香菱对于薛姨妈的称呼也很有意思，完全不符合贾府的辈分设定——香菱称薛姨妈为"我们奶奶"。众所周知，李纨、王熙凤、尤氏等人才是"奶奶"级的，薛姨妈理应和王夫人是一个级别的，贾府上下对她的官称也是"姨太太"。若是薛家的称呼自成体系，可是薛蟠的官称乃是"薛大爷"，和"珍大爷、宝二爷"等人一样，都是"爷"辈的，"爷"对应的便该是"奶奶"，否则又何必于原著的本回文末说夏金桂"自为要作当家的奶奶，比不得作女儿时腼腆温柔"？这不是乱了辈分了吗?! 还是说一天不娶儿媳妇，便一天不能称太太呢？但是尤氏也并没有因为贾蓉已经成亲而被称为太太呀！阖府上下依旧是称她为"奶奶"。不过呢，等夏金桂过了门，香菱再提到薛姨妈时便改了称呼了："奶奶有所不知，当日我来的时候，原是老太太使唤的，故此姑娘起的名字。"薛姨妈一下子又升级成了"老太太"，直接越过了"太太"这一级。还真是商贾之家，不按套路出牌啊！单就称呼这一条便比老牌的贵族之家——贾府逊色多了。

　　再者，贾宝玉生病在家休养了五六十天后，想要出门，贾母王夫人却宁愿让他继续宅在怡红院内和丫头们恣意胡闹，就是不让他出门，且这个门指的居然还是怡红院的门，连薛蟠成亲、迎春出嫁这样的大事都不让他出席。这种情况，怎么想都觉得不合情理。贾宝玉又不是卧床不起，一个大男人居然被困在一个小院子里，整天和一群小丫头厮闹，且作得"只不曾拆了怡红院"，原著此处特意声称免了"贾政责备逼迫读书之难"。前面一回刚特意交代过贾政年迈，"名利亦渐冷"，如今见宝玉虽不读书，但诗词风流灵动无人可比，"细评起来，也还不算十分玷辱祖宗"，所以也就"不以举业逼他了"。本回却又拿逃避贾政逼迫读书做幌子，岂非自相矛盾？！更何况又遇上两起婚嫁大事，竟都不让贾宝玉参与。贾母和王夫人不近人情到如此地步，实在是匪夷所思！而且贾宝玉宅家的这一百天里只字未提林黛玉、探春、惜春等人，不得不说这段文字着实无聊，实有画蛇添足之感！

与其聊如此令人郁闷的情节，倒不如来猜猜薛蟠的婚宴喝什么酒。薛蟠既是娶了"桂花夏家"的大小姐，夏小姐家自然是有桂花酒作为陪嫁的，婚宴就喝它吧。桂花酒选用盛开的金桂为原料，配以优质米酒陈酿而成，上好的桂花酒色呈琥珀，芬芳馥郁，酒质清新醇和、绵甜爽净，酒精度在10°左右，也有用白酒泡制的高度桂花酒，酒精度在38°～53°。

按照薛家的实际当家人薛宝钗劝王夫人的说法是："该减些的也就减些罢，也不会失了大家子的体面。"又说："说不得当日的话。姨妈深知我家的，难道我们家当日也是这等零落不成？"薛蟠成亲，毫无疑问他这个大少爷自己是不会操心的，肯定外头有薛蚪、里头有宝钗替他张罗，他只等着喝喜酒、入洞房便是。所以，薛大少的婚宴喝夏少奶奶陪嫁的桂花酒岂不是又经济又不失体面？！

第八十回

夏金桂与假酒

原著回目为"懦弱迎春肠回九曲　娇怯香菱病入膏肓"

《红楼梦》里有三个女人，按其让人嫌憎程度依次可分为讨人嫌、招人烦、惹人恨。那位讨人嫌的便是邢夫人了，自私自利，爱财如命，薄情寡义。招人烦的则是赵姨娘，整天聒噪，招人厌烦而不自知，最不堪其扰的当数她自己的亲闺女贾探春，拿她一点办法也没有。而薛大少新娶的这位大少奶奶夏金桂，看了可真是惹人恨哪！原著中说她"若论心中的丘壑经纬，颇步熙凤之后尘"。在嫉妒、吃醋方面，这二位还真有一拼。

王熙凤是"凡丫头们二爷多看一眼，她有本事当面打个烂羊头"。但是由于王熙凤吃醋的故事是通过贾琏的小厮兴儿口述表达出来的，所以很难在读者的心中引起共鸣。至于尤二姐的事儿，一则王熙凤起初并未想要置她于死地，二则后来秋桐的出现，分解掉了一部分读者对于王熙凤的敌意，再则尤二姐本身与贾珍父子的前情使得读者对尤二姐的同情之心有所保留。所以在尤二姐事件上，虽然贾琏气得跺脚捶胸，可是读者除了对尤二姐的同情与叹惜，并没有因此产生对王熙凤的仇恨。更何况前面王熙凤协理宁国府的干练给读者留下了深刻的印象，其才能深得一众读者的欣赏和喜爱。

而夏金桂就不一样了。首先，她是初来乍到，读者没有看到她任何的可爱或是讨喜之处。至于所谓"心中的丘壑经纬"，她压根儿还没得着机会一显身手。虽说她在极短的时间内便已将薛蟠收拾得服服帖帖，但是她要想成为薛家的"当家奶奶"可就没那么容易了。薛大小姐当了这些年的家，岂是等闲之辈？一眼便识破了她想要逐一攻克、各个击破的策略，"宝钗久察其不轨之心，每随机应变，暗以言语弹压"。如此一来，夏金桂不但没占着便宜，还"只得曲意俯就"。再加上曹公从一开始便有旁白对她的骄横秉性加以描述，说她从小"娇养溺爱"，"竟酿成个盗跖的性气。爱自己尊若菩萨，待他人秽如粪土"。所以到了本回她大耍阴谋诡计出手陷害天真烂漫、人畜无害的香菱，而且是亲自动手时,怎能不惹人恨呢?

这位"外具花柳之姿,内秉风雷之性"的夏金桂,活脱脱就如同一瓶装在原瓶里的假酒,恰如贾宝玉所言:"举止形容也不怪厉,一般是鲜花嫩柳,与众姊妹不差上下的,焉得这等样情性,可谓奇之至极。"单看外表,与真酒一般无二,可是喝上一口立马就能分辨出不过是一瓶金玉其表,败絮其里的三文不值二文的劣酒而已。

后记　高鹗续书与酒瓶子

其实整部《红楼梦》本身就如同一瓶极品美酒，结构复杂、芳香迷人、回味绵长，而高鹗先生的续书则如同一个盛酒的酒瓶，因为有了这个瓶子，后世读者才得以将曹公的原著捧在手上。否则，单凭半部《红楼梦》，再怎么好也不太容易留传下来。

虽说高鹗先生的续书中有些不尽如人意之处，但时过境迁，我辈谁又能猜到高老先生续书之时所面临的境遇呢？又怎知我等发现的问题而为高老先生所疏漏呢？且高先生于乾隆五十三年中试顺天乡试举人，乾隆六十年中乙卯恩科进士，殿试三甲第一名，历任内阁中书、内阁侍读、江南道监察御史、刑科给事中。其人天才明敏，遇事如锥脱颖、无所不办，工戏曲、绘画，于金石之学亦靡不通晓。试问后世小辈对高鹗所续《红楼梦》说长道短，又有几人敢说自己的才华文章一定能超越高鹗先生的呢？这也是为什么后续《红楼梦》多如牛毛，可是通行本依然采用的是高续本啊！

所以在下以为，不管《红楼梦》前八十回是怎样的一款稀世美酒，玉液琼浆，可如果没个瓶子盛着，就全洒了！因此，高鹗先生所续的后四十回便如同是个酒瓶子，什么材质真的无所谓，不必镶金镀银，不必雕花嵌钻，与曹公的前八十回共存至今，胜过一切修饰！

如果将《红楼梦》比作一瓶上好的波尔多红酒（绝大多数的波尔多红酒都是由不同的葡萄品种混酿而成，使用频率最高的无疑是赤霞珠和美乐），那么曹公的前八十回和高鹗先生的后四十回恰好似赤霞珠和美乐，要想酿出一款经典的波尔多红葡萄酒，二者缺一不可。赤霞珠赋予葡萄酒紧实的口感以及出色的陈年潜力，美乐则使得葡萄酒入口愈发柔顺，果香更加浓郁，二者相得益彰。波尔多左岸的葡萄酒通常以赤霞珠为主、美乐为辅进行酿造，右岸则有许多酒庄会以美乐为主。而脂砚斋的批注便如同小维尔多一般，小维尔多的产量很少且晚熟，但它能为葡萄酒增添酸度、平衡酒质，一流的酿酒师只需要1%～2%的小维尔多便能对酒的整体品质的提升起到画龙点睛的效果。《红楼梦》如果没有了脂砚斋的批注，定然少了诸多意趣。须知，后世学者们的研究更是大多依附于脂砚斋的批语。

感谢曹公雪芹,感谢脂砚斋,也感谢高鹗先生,给后世留下了如此曼妙迷人、魅力无穷的文学瑰宝。但愿此生于红楼梦中沉醉不醒,岂不妙哉!快哉!

(完)